KB043598

욕망, 그 뜨거운

옥 , 그 뜨거운

가하)

옥탑 그 뜨거운

지은이 이서윤
펴낸이 이형기
펴낸곳 도서출판 가하

초판인쇄 2016년 8월 11일
초판발행 2016년 8월 18일
출판등록 2008년 10월 15일 제 318-2008-00100호

주소 서울 영등포구 양평로 67, 1209 (당산동5가, 한강포스빌)
전화 02-2631-2846 **팩스** 02-2631-1846

www.ixbook.co.kr

ISBN 979-11-300-1019-9 03810

값 10,000원

차   례

프롤로그

햇살이 선명하고 밝은 날이다.

전면 통유리 창으로 들어오는 햇빛은 숨이 막힐 것처럼 따갑고, 그만큼 찬란했다.

지대가 높아 한여름에도 그렇게 덥지 않은 곳. 특히 어젯밤 비가 내린 터라 초록 이파리에 매달린 물기조차 싱그럽게 느껴졌다.

라온은 청소 카트를 객실 입구에 세우고 안으로 들어섰다. 짙은 회색의 원피스 위에 면 재질인 흰색의 앞치마와 머릿수건까지 두른 라온은 마치 유럽 귀족의 성에 고용된 메이드처럼 단정해 보였다.

리조트의 이름이 로열캐슬, 성.

그러니 비약은 아닐지는 몰라도 기분까지 비슷해지는 것은 그다지 유쾌하지 않았다. 간혹 비이성적으로 대하는 투숙 손님을 만나게 된다면 더욱더.

라온이 올라온 곳은 리조트에 몇 되지 않는 별채의 객실이었다. 특히 이곳은 프레지덴셜룸으로 가장 객실료가 비싼 곳이었다.

리조트의 얼굴 같은 곳이다. 무조건 돈이 많고, 원한다고 해서 모두 예약할 수 있는 것은 아니었다. 일단 회원제이기도 했지만, 리조트로서는 손님을 가리기도 했으니까.

로열캐슬 리조트는 해발 1,000미터가 넘는 고지대에 지어졌나. 일대는 예진에 탄광촌으로 유명했고, 사양길에 접어든 탄광 대신 카지노가 들어서면서 관광리조트로 개발된 지역이었다.

골프장이 사시사철 운영되었고, 여름이면 바다와 수영장, 겨울이면 스키장을 찾는 이들이 끊임없이 몰려들었다.

그중에서도 연중무휴로 불야성을 이루는 곳은 물론 카지노다. 잠시 즐기기 위한 사람들과 일확천금을 노리는 이들이 한데 섞여 어지러운 곳이었다.

지대가 높은 별채는 전망으로도 명성이 높다. 응접실에서는 물론 화장실에서조차 우리나라 산야가 아득하게 내려다보였다. 벽면은 전체가 하나의 통유리로 이어져 그곳을 통해 사시사철 옷을 갈아입는 산야와 어울린 파란 바다의 모습을 파노라마처럼 볼 수 있었다.

라온은 이곳에 들어설 때마다 압도당할 것 같았다. 숨이 콱 막힐 때도 있었다. 눈 앞에 펼쳐진 풍경이 아니라 티끌 하나 없이 완벽한 객실 때문에.

무균실 같아.

라온은 옅은 한숨을 내쉬며 재빠르게 창문으로 다가가 내려진 커튼과 블라인드를 걷었다. 워낙 밝던 공간이 더욱 환해졌다.

"난 환한 것 별론데. 적나라하잖아."

문득 중저음의 목소리가 들렸다. 아주 깊은 것도, 그렇다고 가볍지도 않은 적당한 무게감의 목소리.

바로 뒤에서 들린 소리에 라온은 놀라 우뚝 굳었다. 차마 뒤를 돌아보지 못했다. 소름 끼치는 전율이 스쳐 애꿎은 치맛자락을 꾹 쥐었다.

"내가 방해하지 말라고 지시 안 했나?"

남자가 라온의 목덜미에 입술을 댔다. 저도 모르게 라온은 움찔 온몸을 굳혔다.

"말해봐, 유라온."

목덜미에 닿은 남자의 숨결이 뜨겁다. 살결을 훑는 혀끝이 간지러우면서 동시에 뜨거운 불로 찍는 낙인 같았다. 그러면서도 보디클렌저 향이 선명히 남은 남자의 몸은 서늘했다. 매끄럽고 단단한 가슴이 그녀의 등에 바짝 와 닿아 덮을 듯 감쌌다.

라온은 오슬오슬 소름이 돋았다. 늘어뜨린 손끝이 그의 강철 같은 허벅지를 스친 순간, 그녀의 두 눈에 번쩍 힘이 들어갔다. 벼락이라도 맞았나. 손끝이 저릿했다.

"몰랐어요."

라온의 마른침이 꿀꺽 넘어갔다. 움찔거린 목덜미에서 남자의 입술이 빙긋 웃었다. 천천히 움직이기 시작했다. 훗, 하는 신음을 라온은 악물었다.

두 눈을 꾹 감았다가 뜬 그녀가 저도 모르게 심호흡하며 숨을 골랐다.

"서울에 간다 했삲아요."

"보다시피."

안 갔다는 뜻.

간신히 동요를 삼킨 라온이 돌아섰다. 볼 때마다 전율을 느끼게 하는 서늘한 시선과 마주쳤을 때, 저도 모르게 흠칫 숨이 멎었다.

남자의 시선은 묘하고 두렵다. 자신을 완전히 발가벗겨버린다. 라온은 상대 모르게 옅은 한숨을 목구멍 안쪽으로 꿀꺽 넘겼다.

"안 계신 줄 알았어요."

라온에게 바짝 붙었던 남자는 허리에만 흰 목욕수건을 두른 채였다. 거의 나체와 같았다. 단단한 근육으로 짜인 구릿빛 상체는 미끈하게 빠졌다.

완벽하리만치 늘씬한 체형. 하얗지도, 그렇다고 검지도 않은 적당히 구릿빛 살결. 촘촘히 짜인 복근이 길게 이어졌다.

아슬아슬하게 수건이 가리기 시작한 골반 아래부터 검은 털이 시작되었다. 남자의 근육이 그의 미세한 움직임에도 꿈틀거렸다. 저도 모르게 라온은 어금니를 짓깨물었다.

또다시 떠올랐다. 이 남자가 얼마나 뜨거운지. 거침없는지. 저돌적인지. 은밀하고 야한지.

생각만으로도 라온은 깊은 곳이 뜨거워지는 것 같았다. 아니다. 실제로 라온의 다리 사이는 화끈거렸다. 욱신거림과 갈증으로 그녀는 신음할 뻔했다.

미쳤어.

"그럼 다시 오겠습니다."

라온이 미련 없다는 듯 몸을 돌렸다.

그런데 그때였다.

남자가 지나치려는 라온의 팔목을 홱 낚아챘다. 제게로 바짝 끌어당기니 그녀의 가는 몸이 휘청 딸려왔다.

부딪치듯 맞붙은 몸.

상대는 아무렇지도 않은데, 라온의 숨결이 턱 막혔다. 겨우 숨은 내쉬지만, 거칠어지기 시작했다.

남자의 욕망이 적나라하게 꿈틀거렸다. 맞닿은 중심이 아주 조금 비벼졌을 뿐인데, 그의 페니스가 단단하게 굵기를 키웠다. 당장에라도 수건을 뚫고 튀어나올 것 같이 불룩 솟아 라온의 표정이 움찔했다.

"놔줘요. 문 열려 있어요."

11

라온이 빠르게 속삭였다. 표정은 당황했고, 찰나 겁먹은 것을 숨기지 못한 눈빛이 까맣게 응축됐다. 그러나 상대는 그런 것쯤 아랑곳하지 않았다.

매력적인 입술을 비틀어 웃던 그가 고개를 숙였다. 라온의 귓가에 입술을 가져다 대고는 혀끝으로 귓불을 핥았다. 연한 귓바퀴도 입에 넣고 빨았다. 움찔한 그녀를 무시한 채 달콤하게 속삭였다. 지독한 열감에 라온은 부르르 떨었다.

"더 흥분되지 않아? 너만 소리 안 내면 돼."

남자가 말을 마친 직후였다. 라온이 거부할 수도 없는 사이.

"흡!"

라온이 급하게 숨을 들이켰다. 비명이 터질 것 같아 손바닥으로 입을 막았다.

어느새 허리를 굽힌 그가 그녀의 치맛자락을 휙 들쳐 올리고는 그 안으로 머리를 쑥 집어넣은 것이다. 단숨에 속바지 속으로 손을 집어넣고는 그대로 힘을 줬다.

"사장님!"

연이어 라온의 나지막한 비명이 터졌다. 그녀의 속옷이 아래로 쭉 내려온 것과 그가 라온의 탱탱한 엉덩이를 꽉 쥐고 끌어당긴 것은 동시였다.

라온은 들이켠 숨을 그대로 멈췄다.

"하!"

전혀 예상치 못했던 침입. 하지 말라는 말을 하고 싶었다.

그러나 말은 목구멍에 걸렸다. 대신 끄읏, 하는 신음이 터졌다. 겨우 삼켰지만, 헉헉 거친 숨이 간헐적으로 흘러나왔다.

그가 그녀의 다리 사이 갈라진 틈에 얼굴을 들이밀었다. 그녀의 검은 숲에 얼굴을 묻고 코끝을 비볐다. 흡 숨을 들이켜 그녀의 냄새를 한껏 맡았다.

"하읏……, 읏!"

라온이 온몸에 힘을 줬다. 눈앞이 하얗게 탈색되었다. 다리 사이부터 시작한 저릿저릿함. 그저 그의 숨결이 닿은 것뿐인데…… 온몸이 녹을 것 같다. 라온은 그대로 주저앉을 것 같다.

"안 돼요!"

라온의 얼굴이 시뻘겋게 달아올랐다. 아침에 샤워하고 나온 것과 별개로 그의 행위는 여전히 당황스러웠다. 그의 입술이 스칠 때마다 아래쪽이 젖어들었다. 움찔거리며 경련했다. 음탕한 여자라도 된 것 같아 라온은 몸 둘 바를 몰랐다.

그 순간이었다. 남자가 입술을 크게 벌려 그녀의 여성을 삼켰다. 라온의 몸이 전기라도 관통한 것처럼 펄쩍 뛴 것을 그의 손이 붙들었다. 그러고는 이제 뾰족한 혀끝을 내밀어 갈라진 틈을 따라 핥았다. 깊은 곳의 입구까지 내려가 들어갈 듯 말 듯 현란하게 혀를 놀렸다.

"으읏!"

라온은 신음했다. 할짝거리는 소리가 천둥처럼 귓가를 울리는 듯했다. 그녀의 두 다리는 힘이 들어가는가 싶더니, 이내 주저앉고 싶을 만큼 힘이 빠졌다.

아니다. 사실은 몸부림치고 싶었다. 남자의 행위에 익숙해진 몸은 쾌감을 느끼며 함께 흔들리고 싶었다. 엉덩이가 움찔거렸다.

「넌 아무 생각 하지 마. 그냥 잊어. 그리고 이 감각을 즐겨.」

남자가 했던 말이 귓가를 떠돌았다. 아무 생각 없이 그저 받아들이면 된다. 그러라고 했고, 자신도 그럴 수 있었다. 그러려고 했다.

하지만 지금은 안 돼. 문이 열려 있어.

라온이 몽롱한 머릿속으로 어지러워하는데, 남자의 팔이 그녀의 다리를 벌렸다. 하. 뜨거운 탄식이 흐르고 주륵 쾌락의 액이 흐른 곳을 따라 남자의 혀가 드나들었다. 단단하고 뾰족하게 세운 혀가 깊은 곳을 핥고, 앞뒤로 쓱쓱 문댔다.

하아, 하아.

두 다리에서는 힘이 빠져갔다. 라온은 당장에라도 주저앉을 것 같아 가까스로 한 발 앞에 있던 소파의 등받이를 힘겹게 움켜쥐었다. 제대로 몸을 세울 수가 없었다. 손등 위로 하얗게 뼈가 도드라지고, 무언가 잡고 있어도 온몸이 부들부들 떨렸다.

"그, 그만해……."

다리 사이로 흘러내리는 것은 자신에게서 흐른 애액과 그의
타액.

마치 달콤한 사탕이라도 먹는 것처럼 그는 그녀의 중심을
빨아들였다. 혀끝이 요동치며 중심 안으로 파고들었다. 라온
의 숨통을 꽉 틀어막았다.

그는 단단해진 클리토리스를 맛있게 빨아들여 혀끝으로 굴
렸다. 회음부를 쿡쿡 찌르고 길게 핥았다.

"흐으으읏!"

라온은 어금니를 악물었다. 눈앞이 새하얗게 바랬다. 다리
에 힘이 풀려 당장에라도 주저앉을 것 같았다. 두 눈을 질끈
감은 그녀가 그를 밀어내려 하는 순간이었다.

"라온 씨, 이번 주 계속 이쪽이네? 누구랑 함께야?"

그때 누군가 문 앞에서 고개를 들이밀었다.

라온은 두 눈을 반짝 떴다. 다른 세상에 있던 걸까. 라온의
심장이 쿵 내려앉았다. 온몸을 뒤흔들던 끓는 피가 일시에 식
었다.

"아, 안녕하세요?"

라온의 얼굴에는 핏기가 가셨다. 저릿저릿 심장이 뜨거워졌
다. 또다시 숨을 쉴 수 없었다. 발가락에 힘을 줘 간신히 지탱
했다. 문 앞의 중년 여자와 시선이 마주치자, 그녀는 억지로
웃었다.

라온의 앞에는 응접실의 커다란 소파세트가 놓여 있어서 문에서는 그녀의 상체만 보일 터였다. 그런데 문 쪽에서 소리가 들린 동시였다. 남자의 혀가 갈라진 틈 사이, 흥분으로 단단해지고 볼록 튀어나온 곳을 집중적으로 핥기 시작했다. 이 세상으로 돌아온 라온이 마음에 안 든다는 것처럼 행위는 노골적이고 대담했다.

"B조 조장님과 제가······."

라온은 황급히 대답했다. 사바 너는 입을 열 수가 없었다.

얼굴이 일그러지지 않기를, 조금이라도 뜨거운 열기가 새어 나오지 않기를.

라온은 간절히 바라고, 또 바랐다. 그 사이라도 남자가 멈춰 줬으면 했지만, 그는 아랑곳하지 않았다. 그녀의 은밀하고 깊숙한 곳에 집착했다. 할짝대는 소리가 천둥처럼 들렸다. 라온의 심장이 터질 것처럼 뛰고 있었다.

"현주 엄마? 안 보이는데?"

"C동에······ 계세요."

다행인 것은 평소에도 라온은 말을 못하는 것이 아닌가 싶을 만큼, 말수가 적다는 것이다. 중년 여인은 라온의 변화를 눈치 못 챈 듯했다. 게다가 밖에서 누군가 불러 시선을 그쪽으로 돌렸다.

"알았어요. 간다니까. 라온 씨, 이따 봐."

투덜거리던 여인이 라온을 향해 얘기하고는 빠르게 몸을 돌려 사라졌다.

하아.

잔뜩 힘이 들어갔던 라온의 몸에서 일시에 힘이 빠졌다.

"홋!"

문제는 힘을 빼니 아래쪽 남자의 움직임이 더욱 선명히 느껴졌다. 그의 집요한 입술과 핥아대는 혀끝. 허벅지와 엉덩이를 움켜쥔 손이 슬슬 쓰다듬고 주무를 때마다 느낌이 오싹했다. 전율이 일었다.

이대로라면 눈앞이 하얗게 탈색되어 완전히 가버릴지도 모른다. 라온은 색정적인 신음이 터질 것 같아 어금니를 악물었다.

"여기가 이렇게 젖었는데, 아직 못 느끼지는 않을 테고. 신음 같은 거, 참지 마라. 미련하게 굴지 마."

문에서 사람이 사라지자마자, 그녀의 치마 속에서 남자가 얼굴을 드러냈다. 홋. 옅은 코웃음 소리가 들렸다.

"아니면, 계속 참아. 어디까지 견디는지 나도 좀 보자."

눈, 코, 입의 조화가 완벽함을 자랑하는 조각 같은 얼굴, 하지만 미소는 서늘하고 잔인했다. 내뱉는 말 한 마디 한 마디가 날카로웠지만, 라온은 무감한 눈빛인 척 가장한 채 그를 내려다봤다.

당신은…… 나한테 왜 이래. 나는 이제 아무것도 필요 없는데.

심장이 쿵쿵 뛰었다. 불길처럼 일어난 감정은 육체의 쾌락을 묘하게 증폭시켰다.

"그만…… 놔줘요."

라온은 겨우겨우 숨을 내쉬며 말을 이었다. 남자의 비틀린 입술이 타액으로 번들거렸다. 눈매가 가늘어져 그녀를 올려다보았다. 남자의 눈엔 재미있다는 빛이 역력했다.

"지금? 그러고 싶지 않아."

그가 말을 끊었다. 라온을 향해 피식 웃었다.

"어디까지 견디나, 가볼까?"

라온이 어지러워 두 눈을 꼭 감았다. 벌떡 일어선 그가 성큼걸음으로 걸어 객실 문을 닫고 다시 돌아오는 그 짧은 순간. 라온은 옅은 한숨을 내쉬며 주먹을 바르르 떨었다.

도망가야 하나.

찰나 갈등했다.

"아침이에요. 이러지 마요."

"아침? 그런 거 상관없어. 안 가리잖아?"

"여긴 제 직장이에요. 존중해주세요."

"직장? 일?"

남자가 쿡, 코웃음을 쳤다.

"당장 잘라줘?"

"아니요. 일은 하고 싶어요."

라온의 표정이 더욱 어두워졌다.

"하지 마, 일 같은 거. 옆에 있어."

남자는 단호했다. 판결을 내린 판사 같은 표정이었다.

"돈이 필요해? 그럼 줄게. 얼마면 될까?"

"그런 건 필요 없다고 했어요."

라온은 입술을 깨물었다. 자신 앞까지 다가온 남자의 눈을 가까스로 외면했다. 집요하고도 끈적끈적한 욕망으로 가득 찬 시선. 라온은 온몸을 바르르 경련했다.

순간 남자가 몸을 부딪쳐 왔다. 피하려는 라온의 몸을 그대로 소파 등받이를 향해 밀쳤다.

"헉!"

라온은 급히 숨을 들이켰다. 가는 그녀의 몸을 남자는 온몸으로 찍어 눌렀다. 소파 등받이와 그의 가슴 사이에 끼어 라온은 움쭉달싹도 하지 못한 채 바르작거렸다.

"유라온."

남자가 라온의 귀를 핥으며 속삭였다. 지독한 전율. 온몸을 파르르 떨게 하는 관능. 제 이름조차 야하게 들렸다. 헉, 숨을 삼킨 라온은 대답하지 못했다. 저도 모르게 고개를 저었다.

남자는 두 손으로 라온을 결박하듯 안았다. 풍만한 가슴을 옷 위로 움켜쥐고 리듬을 타듯 주무르고, 옷 위로 도드라진 유두를 손끝으로 비비고 긁었다. 라온의 가느다란 신음이 그의 욕망을 부채질했다.

그 순간, 남자가 라온의 스커트를 훌렁 걷어 올렸다. 소담한 엉덩이가 달처럼 하얗게 드러났다. 보드랍고 찰진 그곳을 두 손으로 쓱 쓸어 올려 감촉을 만끽했다. 사정감을 참는 남자의 목덜미에 지끈 힘줄이 돋았다.

"다친다. 다리 더 벌려."

으득 이를 문 남자가 내뱉었다. 힘이 들어가 단단하고 봉긋해진 엉덩이 사이를 벌렸다. 잘 익은 복숭아 같은 곳은 이미 충분히 젖었다. 그곳에다 남자는 수건 사이로 튀어나온 자신의 페니스를 쓱쓱 문질렀다.

"하지…… 흣!"

라온의 몸이 강물을 거스르는 연어처럼 펄쩍 튀어 올랐다.

"정말 싫어?"

남자가 그녀의 귓가에서 속삭였다. 그녀의 목덜미에 얼굴을 묻었다. 웃음이 묻은 숨결이 그곳에 흩어졌다. 그러다 귓불을 잘근거렸다. 라온이 부르르 떨자 그녀의 귓속에 옅은 웃음을 흘렸다.

"싫으면 다시 말해봐. 그만 하라고."

라온의 입술이 벌어졌다. 하악, 뜨거운 한숨이 터졌다. 무섭게 달아오른 그녀가 무겁게 고개를 저었다.

아니야. 그만두지 마.

말은 하지 않았다. 그러나 그는 정확히 라온의 뜻을 알아들었다.

순간, 그가 강철 같은 팔로 라온의 허벅지 하나를 번쩍 들었다. 그대로 소파 등받이에 걸치게 했다. 활짝 벌려 드러난 중심에 그의 손이 와 닿았다. 넓게 벌린 손바닥으로 남자가 그녀의 다리 사이 중심을 천천히 쓰다듬었다. 손가락 끝으로 클리토리스를 문질러 자극했다.

라온의 눈앞이 아득해졌다. 흥분의 증거가 다리 사이로 왈칵 흘렀다. 남자의 손을 적셨다.

"진짜 뜨겁다. 불같아. 빨아들이려고 움찔거리지?"

남자가 감탄처럼 속삭인 때였다.

"헉!"

라온이 격하게 숨을 들이켰다. 마치 아래로부터 꼬챙이로 뚫린 듯, 남자의 페니스가 순간적으로 그곳에 박혔다.

"으흐…… 훗!"

펄쩍 뛰어오른 그녀의 목이 뒤로 젖혀졌다. 제 가운데를 뚫고 들어온 남자의 페니스가 적나라하게 느껴졌다.

굵고, 단단하지만, 살아 있다는 증거로 꿈틀거린다. 뜨겁고, 제 안의 모양대로 그의 것 또한 모양을 바꾸고 있었다. 그를 머금은 곳이 힘껏 조였다. 파르르 떨렸다.

"너, 진짜…… 읏!"

기어이 남자가 라온의 귓가에 신음을 터뜨렸다. 낮은 목소리로 야수처럼 으르렁거린 그가 그녀의 몸을 틈도 없이 껴안았다.

이미 그에게 익숙해진 몸. 그는 라온의 몸을 그녀보다 더 잘 아는 것처럼 움직였다. 깊은 곳을 찌르고, 물러섰다가 다시 힘껏 밀려들었다. 블랙홀처럼 그를 빨아들이는 곳. 그녀의 깊숙한 곳을 제 페니스로 정신없이 마찰했다. 끈적끈적하고 질척한 소리, 거친 숨소리가 어지럽게 얽혔다.

"천천히……."

라온은 가까스로 숨을 내쉬며 할딱거렸다. 손에 닿는 대로 붙들고는 있지만, 언제까지 버틸지 모른다. 온몸을 부들부들 떨었다. 이질어질한 눈앞. 사물이 흐릿해졌다.

그녀는 흠뻑 젖었다. 가슴골로 땀이 주룩 흘렀고, 그와 결합한 곳 또한 물기가 가득했다. 극치로 치닫는 몸은 남자가 만지는 곳마다 경련했다.

"히, 힘들어요."

"알아. 나도 오늘 미칠 것 같아."

넌 나한테 무슨 짓을 한 거야.

남자는 그녀의 귓가에 거칠게 숨소리를 쏟아냈다. 라온이 이해 못 할 소리가 섞였다. 억양이나 느낌으로 유럽 어느 곳의 언어라는 것을 라온은 어렴풋이 짐작했다.

"아흣!"

남자의 페니스가 쓱 빠져나갔다가, 다시 힘껏 짓쳐들어왔다. 빠듯하게 내벽이 쓸렸다. 오싹 전율이 흘렀다. 깊은 곳의 연약한 곳이 자극당해 라온은 파들파들 떨었다. 결합한 곳에서 그의 것이 움직일 때마다 농도 짙은 관능의 열기에 흠뻑 젖

22

어들었다.

그때, 우득, 소리와 함께 유니폼 원피스의 앞 단추 하나가 떨어져 나갔다. 남자의 손이 그 안을 파고들어 라온의 가슴을 억세게 쥐었다. 저도 모르게 라온은 웃 하며 온몸에 힘을 줬다.

"하앗…… 하으…….."

남자의 움직임에 따라 그녀의 몸 또한 격렬하게 흔들거렸다. 카펫 위에 놓인 육중한 소파가 끽, 소리가 나며 밀릴 만큼 남자는 거세게 짓쳐들었다. 젖은 살과 살이 쓸리는 적나라한 소리가 에어컨 팬 소리만 나는 공간을 갈랐다. 그의 손이 움켜쥔 그녀의 젖가슴이 터져나가고, 허리가 끊어질 것 같았다.

"아흣…… 으응……흐읏!"

라온은 끊임없이 가느다란 신음을 쏟아냈다. 어지러운 쾌감 속에서도 생각했다.

왜 이렇게 됐을까.

불과 이 여름 안에 벌어진 일.

한여름 하늘의 태양을 정면으로 본 것처럼 라온은 눈이 시리고 부셨다. 눈앞이 아득해졌다.

두 눈을 꾹 감은 그녀의 앞으로 오래지 않은 일들이 하나둘 스쳤다.

청. 봄눈, 내리다

달이 높이 뜬 밤이었다.

고풍스러운 기와를 얹은 저택은 높은 담으로 둘러싸였다. 솜씨 좋은 정원사의 손길이 매일 닿은 정원은 봄꽃이 흐드러져 날이 저물면 밤만의 독특한 향취가 물씬 풍겼다. 이름 모를 꽃과 풀의 향이 뒤섞이고, 검푸른 밤하늘로 만개한 벚꽃 잎이 흰 눈처럼 흩날렸다. 마치 봄에 오는 눈과 같았다.

대문으로 들어선 이는 키가 훌쩍 크고, 단단해 보이는 체형의 젊은이였다. 그는 정원의 디딤석이 시작되는 곳에서 자신의 옷매무시를 다시 한 번 매만졌다.

오랜만에 입은 슈트가 어색했다. 그동안 끼니를 제대로 챙기기는커녕, 술로 몸의 수분을 채웠다 해도 과언이 아니었다. 타인이 보기에는 멀쩡했어도, 항상 핏감이 좋던 슈트도 어딘지 헐렁해졌다. 원래 좋던 체격으로 버틸 뿐이지, 실제로는 살이 쑥 빠졌다.

"얼굴이 많이 안 좋아 보이십니다."

유혁은 대문까지 그를 마중 나온 조부의 비서를 흘끔 바라봤다. 오십 대의 조 비서는 조부의 개인비서이자, 이 집안의 대소사를 처리하는 조부의 사람이었다. 예전 말로 하면 집사 신분이다.

"좋을 리가 있어요?"

퉁명스럽게 전한 말에도 조 비서는 기분 나쁜 표정을 짓지 않았다. 오히려 이해한다는 눈빛이었다.

"방황을 빨리 끝내셔서 다행입니다."

"방황?"

유혁이 훗, 코웃음 쳤다.

"황송한 대우군요."

밟혀서 그저 한번 꿈틀거렸을 뿐인데.

그때, 정원을 가로질러 안채로 향하던 유혁의 걸음이 우뚝 멈췄다.

안채에는 가야금 연주가 한창이었다. 가야금 산조의 운율이 빠른 휘모리장단을 지나고 있다. 현 위를 가볍게 뛰노는 느낌. 현란하리만치 기민한 손놀림의 맑고 청아한 선율은 복사꽃잎 흩날리는 봄밤의 난분분한 마음 위로 휘몰아쳤다.

검은 하늘, 달밤, 흩날리는 연분홍 꽃잎, 그리고 뼛속 깊이 스미는 현의 울림.

적막한 봄밤과 미묘하게 어울렸다. 텅 비었다고 여긴 그의 안으로 전율처럼 스며들었다.

하. 유혁은 옅은 한숨을 빠르게 내뱉었다.

황폐한 제 속을 누군가 어루만지는 느낌. 이런 연주회가 열리면, 억지로 불려와 앉은 때도 있었건만. 우습게도 연주자가 궁금해지기는 또 처음이다.

유혁은 제 상황에 어울리지 않아 핏 웃었다.

"할아버지 뵐 수 없습니까?"

"연주가 거의 끝나갑니다."

약속하지 않고 찾아온 건 자신이다. 한 달 동안 오피스텔에 틀어박혀, 내일이면 세상이 끝날 것처럼 살았다. 아니, 그때 강유혁은 한 번 죽었는지 모르겠다.

당신 손자 또한 죽었다 여기고 사시라 할까? 지속적인 조부의 부름에 응하지 않았다.

"바로 끝내지는 않으시겠군요."

유혁이 흘끔 안채에 시선을 두며 냉소적이게 내뱉었다.

그의 조부는 풍류를 좋아하는 소위 한량이었다. 만석꾼의 집안에서 태어나 고생 모르고 자랐고, 평생 놀고먹어도 남을 유산을 받았다. 그러면서도 젊을 적 우연히 손댄 건설업으로 크게 일어난 그에게 평생 걱정은 없어 보였다.

다만 한 가지.

그에게는 자손이 귀했다. 유일한 자식이던 유혁의 어머니는 젊은 나이에 병으로 세상을 떴다. 그런 줄로만 알았다.

죽었다던 그 어머니가 멀쩡히 살아 찾아온 것은 유혁이 오피스텔에서 두문불출한 지 한 달이 다 돼가는 때였다.

"정말 살아 계셨습니까?"

우스운 질문이었다. 15년이 지나 만난 어머니에게 던진 첫 마디가 그거였다니. 죽었다고 알고 살아온 어머니를 태연스럽게도 제 오피스텔 소파에서 마주할 줄이야.

"이럴 수도 있군요. 살아 계신 분을 죽었다고 여기게⋯⋯. 할아버지, 정말 대단하신 분이세요."

"괜찮니?"

어머니 또한 대답 대신 질문을 택했다. 그것이 유혁에게는 역시 우스웠다.

"괜찮지 않습니다."

유혁이 피식 웃었다. 제 모습과 오피스텔 안을 낯선 타인처럼 가볍게 훑었다. 먼지 한 점 없이 무균실 같던 곳이 지금은 쓰레기장을 방불케 변했다. 여기저기 굴러다니는 술병과 너저분한 쓰레기들. 넓은 공간이라 표시가 덜 날 뿐이었다.

이렇게 틀어박힌 지 한 달쯤 되었을까. 모든 연락을 차단했다. 심지어 유일한 절친이라는 환이 찾아온 것조차 모른 척했다.

오로지 살아 있다고 느끼는 순간은 양껏 알코올을 들이켜고, 속에서 못 견뎌 토해낼 때뿐.

조부는 그 모습을 기어이 못 견디신 거다. 이렇게 특단의 조치가 취해진 것을 보니. 어쩌면 그는 염려했는지도 모른다. 하나 남은 손자 유혁 또한 제 뜻을 거스르지 않을까.

그 대단한 분의 인내는 한 달이었다. 조금만 더 버티면 무슨 일이 벌어질까. 그 한 달로 당신이 죽은 이로 만든 딸을 이렇게 불러들이다니. 조금 더 버틸 걸 그랬나.

유혁은 그런 생각이 언뜻 떠올라 쓴웃음 지었다.

그래도.

어머니다, 어머니. 죽어 사진으로만 남은 내 어머니. 살아 있다고 알게 된 순간, 제가 딛고 선 땅이 주저앉은 것 같아 후들후들 떨던 어머니.

아프리카 대륙의 어느 시골 마을에서 살다 돌아온 어머니는 그의 기억에 남아 있는 모습에 세월의 흔적만 더했을 뿐. 기억 속 모습 그대로였다. 달라진 것이 없어 그의 심장을 알싸하게 했다.

"괜찮지 않으니 어머니도 부활해서 찾아오시고. 이 짓도 할 만하네요."

말은 비아냥거렸지만, 유혁의 시선은 차마 어머니를 제대로 바라보지 못했다. 심장 같은 것 없다 여기고 살았는데, 그곳이 쿡쿡 쑤셨다.

"얼굴이 많이 상했구나. 술만 먹고 살았던 거니?"

어머니의 음성이 따스했다. 속에서 뜨거운 무언가가 울컥한 것을 유혁은 꾹 삼켰다.

"절 알아볼 수나 있으세요?"

"당연히."

"어머니 떠나신 지 15년이 넘었습니다."

유혁의 눈매가 미심쩍어 날카로워졌다. 어머니가 조심스럽게 덧붙였다.

"그때 네가 열두 살이었지. 조금 더 크고 어른스러워졌을 뿐 십 대 때와 크게 달라지지 않았어. 그리고……"

어머니는 잠시 숨을 고르듯 말을 끊었다.

"너 크는 모습, 가끔 봤어. 사진으로. 그리고…… 한두 번 먼 발치에서…….”

유혁이 '허!' 하며 기막힌 탄식을 했다.

무얼 기대했던가. 죽었다고 여겼을 정도였는데. 어머니, 자신. 무엇을 어떻게 생각해도 유혁은 마음이 쓰렸다. 조부에 대한 감정으로 심장이 턱턱 막혔다.

그의 할아버지는 모자의 연을 생으로 끊어내신 분이다. 당신은 본인 또한 딸과의 연을 끊었으니, 마찬가지라고 하실 텐가. 아니다. 할아버지야 당신 스스로 결정한 일이고, 아무리 피붙이라 해도 이것은 타인의 인생이었다.

유혁은 그걸 받아들인 어머니에 대한 분노가 새삼 일었다.

"생으로 아들까지 떼어놓고. 어머니는 왜 감내하셨어요? 그렇게 어머니 일이 소중했습니까?"

아들의 목소리에 배인 원망과 힐난을 어머니가 못 알아듣지는 않으셨을 것이다. 그 또한 어머니의 쓸쓸한 목소리가 물기에 젖은 것을 알아차렸다.

"나는 내 아버지가 주시는 것들로 만족하지 못했으니까. 아무리 맞춰 살아보려 해도……."

"아들까지 버리면서요?"

유혁의 질문은 가차 없었다. 커 온 시간을 떠올리면, 이렇게 어머니와 평온한 얼굴로 마주한 채 대화할 수 없다. 적어도 유혁이 생각하기에는.

"처음부터 널 혼자 여기 남겨두겠다고 의도한 건 아니었어. 의료봉사를 나가 계시던 네 아버지가 병을 얻었고, 엄마는 네 할아버지 반대를 무릅쓰고 기어이 갔지."

유혁은 어렴풋이나마 옛 기억을 떠올릴 수 있었다. '엄마, 꼭 돌아올게.' 하던, 어머니의 목소리도 가끔은 기억이 났다. 그것이 마지막이었다.

"가실 때부터 각오하셨던 거죠?"

"그래. 나가면 다신 못 돌아온다고 하셨으니까."

어머니는 그의 시선을 피해 깊은 한숨을 내쉬었다. 감정을 추스른 듯, 그 후 다시 시선을 맞췄다. 격랑이 치던 눈빛은 온화해졌다. 얼음처럼 굳은 유혁의 심장까지 녹일 듯했다.

"네 아빠는 병으로 결국 세상을 뜨고, 내가 그 일을 이어받았지만, 후회하지 않아. 엄마는 그래도 아들 네가 크면, 이해해줄 거라고 믿었어. 엄마의 선택을 존중할 거라고."

유혁이 미간을 찌푸렸다.

"아들을 상당히 과신하셨군요."

그의 말을 듣던 어머니가 짧게 웃음을 터트렸다. 아니라며 고개를 저었다.

"엄마는 내 아들을 아주 잘 알아. 내 인생에서 가장 잘한 일은 의대로 진학해 네 아버지를 만나고, 너를 낳은 거야. 널 누구보다 바르게 키웠어. 엄마는 자부해."

"어머니와 함께한 시간보다 할아버지께서 절 훈육하신 시간이 더 길어요. 할아버지 성격 아시죠?"

"그래, 알아. 얼마나 엄격하셨을지. 나도 겪었으니까."

"그동안 제가 무얼 배웠다고 여기십니까?"

어머니의 눈매가 슬프게 일그러졌다. 본인은 피했지만, 아들은 지키지 못했다는 자책일까. 그 무게를 감당치 못한 유혁은 끝내 어머니의 시선을 피했다.

연거푸 나오는 것은 허탈한 웃음이었다. 유혁은 자신을 잘 알고 있다. 결국은 어머니에게 어떤 말도 하지 못할 것이다. 제가 어떻게 커왔고, 어떻게 교육받았는지. 맘 둘 곳 하나 없이 지금껏 어떻게 살아왔는지. 고자질은커녕, 하다못해 '보고 싶었다.'라는 그리움 섞인 투정조차 내뱉지 못하리라는 것을.

"그래도 할아버지가 끝까지 고집불통은 아니시네. 이렇게 날 부르셨잖아."

"완전히 동의할 수는 없지만, 그렇다고 해두죠."

유혁이 힘없이 웃었다. 15년이 지나 만난 어머니와 이런 얘기만 한다는 것이 마땅찮았다.

"그래서. 좋으세요?"

"이렇게 사는 것도 나쁘진 않아. 나만 기다리는 아이들이 있거든."

제게도 어머니가 필요했다. 아니, 지금도 필요하다고 유혁은 말하지 못했다. 다 큰 어른인 자신에게 이제 어머니라는 존재는 필요치 않다고, 이를 악물었다.

"유혁아! 엄마 자격은 없지만, 한마디는 할게. 넌 그 자리 지켜. 넌 다 버릴 순 없잖니?"

유혁은 선뜻 대답하지 못했다. 가진 것 다 내려놓고 무일푼이 된다?

그의 주저함을 읽은 어머니가 말을 이었다.

"그렇다면 싫어도 해야 해. 그렇게 한다 해도 엄마는 뭐라 안 해. 부자 아버지는 엄마가 버렸으니, 이제 부자 아들 좀 돼 보자."

어머니의 말은 마치 예언처럼 들렸다. 그리고 유혁은 기어이 인정했다. 어머니의 말이 맞는다고.

아무리 버틴다 해도 결국 자신은 돌아갈 것이다. 제 자리라고 여기던 그 자리를 지킬 수밖에 없다. 그렇게 배웠고, 컸으니까. 손에 쥔 것은 놓지 않을 성격임을 아니까.

박애 정신이 특별한 어머니나 아버지와 자신은 다르다. 제가 할아버지, 외조부를 닮았다는 것을 유혁 스스로 잘 알고 있다.

"어머니 말이 맞아요. 저는 정해진 틀에서 살 수 있어요. 할아버지가 정해주는 여자와 만날 거고, 일하라는 곳에 가서 일할 수 있어요."

"유혁아, 정 힘들면, 조금은 피해서 가는 것도 필요하긴 해. 특히 결혼은……."

"아뇨. 힘들 거 없어요. 가진 것 누리려면, 다들 그렇게 살잖아요."

유혁이 웃었다. 그리고 덧붙였다.

"이제 어머니……, 엄마도 조금쯤은 편해졌으면 좋겠어요."

어머니가 편해질 수 있다면, 자신은 상관없다고 말하고 싶었다. 이제 다 큰 자식으로서 해드릴 수 있는 것이 많지 않다. 알고 있음에도 그 말까지는 차마 하지 못했다.

자신이 닮았다는 외조부. 무엇이든 자신만만하게 휘두르길 좋아하고, 소유욕이 강한 이.

그 조부와 자신이 다른 점은 그는 풍류를 즐긴다는 점이었
다. 말 그대로 한량이었다.

때때로 조부는 흥을 못 이기셨다. 달 뜨고 꽃비가 봄눈처럼
내리는 계절. 봄밤의 여운이 짙게 깔린 오늘 또한 마찬가지.

직접 연주자를 청하는 경우는 한 곡으로 끝나는 일이 없었
다. 흥이 깨지길 원하지 않으신다. 다른 이는 비집고 들어갈
수도 없는 조부만의 시간이었다.

"백서희 선생께서 외 계십니다."

백서희? 유혁이 오랜만에 들은 이름에 미간을 찡그렸다. 속
으로 쯧쯧 혀를 찼다.

"무슨 일이랍니까? 생전 이쪽은 쳐다보지도 않던 분이."

"그러게 말입니다. 아이 하나를 데려오셨더군요. 봐달라 하
셨습니다."

"훗!"

유혁이 가볍게 웃었다. 입귀가 비틀렸다.

"할아버지와 엮이는 걸 제일로 질색하시던 분이 무슨 바
람이 불어서? 얼마나 대단하기에 그렇게도 자랑하고 싶으셨
나."

백서희다. 중요인간문화재 23호, 가야금 산조로 명인 반열
에 오른 이.

그리되기까지 한 번쯤은 조부의 도움을 받아도 되었으련만,
독한 백서희는 단 한 번도 조부를 찾지 않았다. 조부가 얼마나

그녀를 짝사랑하고, 얼마나 아끼는지도 분명 알고 있었으면서.

"후계자랍니까? 예전에도 유독 아껴 키운다는 어린애 하나를 본 기억이 있는데요."

"글쎄요. 이수자들은 있다고 들었는데, 거기까진 모르겠습니다."

"혹시 다른 의도가 있는 거 아닙니까?"

예를 들어 어려운 청탁을 하기 위한 뇌물쯤은 아니냐는 뜻.

유혁은 소리 내어 말하지 않았지만, 조 비서는 알아들었다.

"그런 일 없다는 건 도련님이 더 잘 아시지 않습니까."

훗. 유혁은 표시 나지 않게 코웃음 쳤다. 조부가 여전히 여자를 좋아하는 것은 세상이 다 안다. 백서희만 단순한 '여자'가 아닌 훨씬 위쪽 선상에 놓았을 뿐이다.

"그리고 아이는 아직 열아홉 살이라 하더군요."

"열아홉? 고등학생?"

"예. 그런데도 잘 모르는 제가 듣기에도 잘하더군요. 재주가 많습니다. 기악과 병창[1]을 아울러 모두 뛰어나더라는 칭찬을 하시더랍니다."

"백 선생께서? 회장님한테?"

그렇다는 뜻으로 조 비서가 고개를 끄덕였다. 유혁은 피식

---

1 악기와 창을 함께 연주하는 형태.

웃었다.

"내일 서쪽서 해 뜨는지 확인해요."

백서희가 칭찬을?

백서희가 얼마나 깐깐하고 칭찬에 인색한지는 이쪽으로 관심도 없고, 잘 알지도 못하는 유혁도 알고 있다.

"백 선생, 회춘하셨나 보네. 연애라도 하시나."

"네?"

"저보다 몰라요?"

우리 음악에 조예가 깊은 조부와 달리, 유혁은 그저 어깨너머로 듣고 보고 한 수준이었다. 그런 자신보다도 모른다며 유혁은 집사를 가볍게 타박했다.

"연주 분위기가 달라졌잖아요."

봄밤에 어울릴 만큼 산조에 산뜻한 울림이 스몄다.

"연세도 있으시면서. 젊은 애들 썸타는 것처럼. 사람 참 설레게 하시네."

호기심이 쥐꼬리만큼 생긴 유혁이 본채로 향하는 정원 길로 들어섰을 때였다.

유혁은 우뚝 섰다. 현관문까지는 아직 먼 곳이었다.

본채의 중앙 거실 오른쪽으로는 조부의 다실이다. 몇십 명이 모여 앉아 다회(茶會)를 할 수 있을 만큼 큰 공간이었다.

바닥에는 다탁이 놓이고, 병풍이 쳐진 상석에는 보료가 깔렸다. 선반과 다구장으로 꽉 짜인 벽은 무언가가 보기 좋게 들어찼다. 오래되고 희귀하여 고가를 자랑하는 보이차를 비롯한 조부의 소장품인 차와 다구들이다.

그 덕에 다실로 들어서면, 차가 익어가는 향이 그윽하니 풍긴다. 다구 중에는 오래되고, 귀한 것으로 치면 보물급의 것도 전시되어 있어 보는 이의 눈을 즐겁게 해준다.

다실에는 정원을 관망할 수 있도록 통유리 창을 냈다. 평소 블라인드를 내려 적당한 밝기를 유지하는데, 지금은 완전히 걷혀 있다. 달빛만으로도 밝을 것 같은 밤. 희뿌연 어둠을 몰아낸 연한 주황의 전등 빛 아래 자리 잡은 사람들의 모습이 보였다.

유혁은 여전히 움직이지 못했다. 시선은 유리창 너머 한 여자에게 꽂힌 채.

여자라 하기에는 아직 이르다. 짙은 회색의 교복 위로 단발머리가 찰랑거렸다. 이목구비가 또렷한 작은 얼굴은 순백처럼 하얗다. 밤의 전등불빛에도 드러나는 보송송한 솜털, 길고 가는 목. 다소곳이 앉아 무릎에 비스듬히 얹어놓은 가야금 12줄 현을 누비는 가늘고 긴 손가락. 음률에 따라 격렬하게도, 처연하게도 떨리는 여린 몸은 이미 무아지경.

열아홉이 맞나, 싶을 만큼, 여자의 손끝이 만들어내는 선율은 생생한 열기와 생기로 가득 찼다. 그러면서도 애달프고, 기품이 넘쳤다.

너였니?

백서희의 연주가 아니었다. 느낌을 무시한 것은 자신의 무지 탓. 백서희가 조부는 사로잡았는지 모르지만, 자신은 아니었는데…….

아래로 늘어졌던 유혁의 손이 움찔했다. 동요를 감추기 위해 그는 주먹을 꽉 쥐었다.

설레? 이런 연주 따위에.

유혁의 눈매가 가늘어졌다. 인정할 수도, 감당할 수도 없어 그는 몸을 돌렸다. 안으로 들어가기를 포기했다.

"밖에서 기다리겠습니다."

"들어가셔도 괜찮습니다, 도련님!"

"끝나면 저 왔다고만 해주세요. 꽃잎 날리고, 가야금 소리까지 들리고. 풍류 모른다고 타박받는 제가 보기에도 운치 있고 좋네요."

"술상이라도 봐 드릴까요?"

유혁이 짧게 웃었다.

"술독에서 간신히 빠져나왔습니다. 사양합니다."

씩 웃은 유혁이 큰 걸음으로 걸었다. 정원 잔디밭 가에 심어진 벚나무 아래로 갔다.

수령이 수십 년은 되었을 나무 아래에는 원목 벤치가 놓였다. 그의 기억 속 어린 시절부터 벤치는 늘 저 자리에 있었다. 낡아 새것으로 바뀌었을지는 몰라도.

그 위에 유혁이 철퍼덕 주저앉았다. 오랜만에 꼿꼿이 힘줬던 몸이 긴장 풀리듯 허물어졌다.

"하아."

유혁은 옅은 한숨을 내뱉었다. 몸을 비틀어 벤치 등받이에 팔꿈치를 얹고, 손으로는 이마를 받쳤다. 머리 하나도 무거워 견딜 수가 없다. 심장은 또 왜 요동치지?

살이 빠진 것은 둘째치고라도, 체력이 급속도로 나빠졌다. 제 몸 하나 조절하지 못할 정도라니. 밤이라 그렇지 환한 낮에 본 제 몰골이 병자 저리가라였다는 것을 유혁은 알고 있었다. 어머니가 놀라서 떠나기 전 보약을 지어 보낸 것이 이해될 만큼.

유혁의 시선이 의미 없이 검은 허공을 향했다.

바야흐로 꽃잎의 계절.

하나씩 떨어지는 꽃잎이 바람이라도 불면 우수수 밀려들어 눈 앞을 가렸다.

「유혁아. 우리 아들, 이리 와!」
「엄마! 나랑 오래오래 살 거지?」
「당연하지. 엄마는 진짜 오래 살 거야.」

눈앞이 어지러운 것은 한꺼번에 흘러내린 꽃잎 때문이겠지. 아니면 미치도록 진한 그리움의 향기.

견딜 수 없는 유혁이 두 눈을 꾹 감았다.

젠장!

봄날의 이 집에는 기억해야 할 것들이 너무도 많았다. 그래서 일찍 독립했고, 더욱 오기 싫었던 거다.

"괜찮아요?"

문득 들린 목소리에 유혁이 번쩍 눈을 떴다. 후드득 떨어지는 연분홍 꽃잎. 그 사이로 보이는 붉은 입술과 또렷한 눈빛. 찰랑거리는 단발, 하얗고 긴 목.

너!

허리 굽혀 그와 시선을 맞춘 이는 그 아이다. 커다란 두 눈에 주체 못 할 호기심과 염려가 담겼다.

유난히 목이 가늘어.

유혁은 손 뻗어 상대의 목을 감아 그대로 힘주고 싶은 충동을 애써 눌렀다.

"많이 아파요? 표정도, 안색도 다 안 좋은데."

아이가 한 걸음 더 다가왔다. 생기 가득한 얼굴이 일그러졌다. 하얗고 단아한 이마와 눈매가 좁혀졌다. 유혁이 대답도 하지 않고, 조금 더 나른하게 뒤로 몸을 기댔기 때문이다.

감정을 숨기지 못하는 아이다. 걱정한다는 느낌이 고스란히 드러났다.

"일어날 수 없어요? 누구라도 불러요?"

아이가 하는 말과 행동을 유혁은 그저 보고만 있었다. 제 얼굴 앞에서 저를 살핀다고 고개를 갸웃거리는 것이 꽃잎처럼 나풀거리는 것 같았다.

살아 있는 꽃잎인가. 환상인가. 제 앞에서 춤을 추듯 아른거린다. 그런 것들이 유혁의 심장을 설레게 했다. 나쁘지 않았다.

"뭐가?"

유혁이 짐짓 아무렇지도 않은 표정으로 물었다. 그때껏 늘어져 있던 그가 몸을 일으키자, 움찔한 아이는 뒤로 한 걸음 물러서려 했다. 동시에 유혁이 아이의 어깨를 잡았다. 멀어지지 말라며.

숨결이 스칠 만큼 가까운 거리. 시선이 똑바로 마주쳤다. 그 공간으로 떨어진 복사꽃 이파리들이 난분분 흩날렸다.

유혁은 눈을 돌릴 수 없었다. 투명하고 맑은 눈동자 속으로 빨려 들어갈 것 같은 아찔한 경험. 이것이 정상일까. 아직 술이 덜 깨서 이런가. 유혁은 심장이 멍했다. 설레는 것이 생경했다.

"있잖아요."

조금 전, 다실에서 가야금 연주하던 그 아이가 맞나 싶다. 얼굴은 같지만, 느낌이 달랐다.

색기.

가야금을 뜯던 여자에게서 받았던 선뜩한 느낌. 듣는 이의 심금을 울리고, 뼛속까지 울리던 처연함이 사라졌다.

놀란 눈이 토끼처럼 크고 댕그래졌다. 속눈썹이 붙인 듯 풍

부하고, 작은 얼굴에 눈코입이 상당히 조화로울 뿐인 그저 평
범한…… 여고생 아이.

"이거 놓으면 좋겠는데요?"

실상은 놀라지 않았다는 듯 태연히 대답하는 모습이 상당히
똘똘해 보이는 아이. 목소리도 가볍게 통통 튄다. 전혀 거리낌
이 없다.

"왜? 뭐가 마음에 안 들어?"

"와아. 석반하상. 이거 성추행이잖아요. 허락 없이 손대는
거."

"그랬냐? 허락 없이 다가온 건 넌데?"

"전 그쪽이 술 취해 잠든 줄 알았다고요. 한참이나 눈 감고
있어서. 아니면, 진짜 어디가 아픈가, 했어요."

"아파 보여?"

"얼굴색 창백하고 눈은 퀭해서, 비실비실하잖아요."

아이가 투덜거렸다. 아이의 입을 통해 듣는 제 모습이 유혁
은 우습기만 했다.

"아프기는 했어."

유혁이 손에서 힘을 풀자마자, 아이는 오뚝이처럼 발딱 허
리를 세웠다. 그의 손이 닿았던 어깨를 툭툭 털었다. 아프다는
그의 말에 두 눈이 둥그레졌다.

"어디가요?"

"여기."

유혁은 주먹 쥔 손으로 제 가슴을 두드렸다. 바라보던 아이가 못 볼 것이라도 본 듯 표정을 우습게 찡그렸다.

"또 왜? 물어봐서 대답 잘해 줬는데."

"거기. 심장이 아파요? 심장병인가?"

유혁의 입가에 느긋한 웃음이 서렸다. 의도치 않았지만, 무거웠던 마음이 느슨해지기 시작했다.

"술이 덜 깼나. 여기가 쿵쿵 뛴다."

"진짜 어이없어. 술 취한 거였어요? 나는 또 어디 아픈 줄 알고 걱정했는데."

아이의 어조는 십 대답게 팔랑거렸다. 당돌할 만큼은 아니었다. 딱 그 나이다웠다. 둥글게 뜬 눈망울이 신선했다.

"나는 진심이야. 그런데, 내가 그렇게 걱정스러울 정도야?"

"그럼요. 옆집 똥개도 그 정도로 비실대면 걱정해요."

똥개? 유혁이 하, 혀를 찼다.

"기가 막히네. 똥개 취급이나 당하고."

"아휴. 말을 꼭 한 귀로 들어. 비유였거든요? 귀는 잘 들으라고 두 개래요. 이제부터라도 다른 사람 말 좀 잘 들으세요."

아이가 팩 토라져 흥, 소리를 냈다. 고개를 홱 돌렸다.

올려다보던 유혁의 입가에 미소가 짙어졌다.

"연주 잘 들었다, 꼬마. 막 귀인 내가 듣기에도 잘하더군."

돌아서려던 아이가 움찔했다. 놀란 시선이 똑바로 맞닿았다. '정말?'이냐고 눈빛으로 물었다.

"내가 어지간한 건 성에 차지도 않아요. 내 귀에 들렸다는 건 대단한 거지."

이 또한 유혁은 진심이었지만, 아이는 믿음이 사라져 가는 눈빛이다. 그녀가 눈을 게슴츠레 뜨고 가늠하듯 유혁을 바라봤다.

"뭐 하는 분인데요?"

"나? 백수."

기대하던 눈빛이 일시에 사그라졌다. 풀이 죽지는 않았지만, 심통은 난 듯했다.

"우습게 보지 마라. 백수라고 귀까지 막힌 건 아니지. 백수의 막 귀를 움직인다는 건 어지간한 일이 아니야."

"아, 뭐…… 제가 좀 잘해요. 감동했죠?"

배시시 웃는다. 자신감이 충만한 척 물으면서도 쑥스럽다며. 그러면서도 칭찬받은 것이 기쁘다는 것을 숨기지 못했다. 생기가 넘쳐 반짝거리고, 어딘지 들떠 보였다.

"신동 소리 듣고 컸겠다?"

"신동? 와, 완전 옛날 말. 어려보이는데 말투가 왜 그래요?"

"어려 보여?"

유혁이 쿡하니 웃었다.

"이십 대 중반 훌쩍 넘고, 어려 보인다니, 나쁜 기분은 아니네."

"아하. 애늙은이인 줄 알았는데, 그냥 아저씨였구나."

"허! 아저씨? 오빠도 아니고?"

"네, 아저씨. 요즘엔 영재라 해요."

"영재?"

유혁이 피식 웃었다. 아저씨에, 애늙은이에. 그래 봤자 저와 나이 차이가 크게 나는 것도 아닐 텐데.

"영재 소리야 많이 들었죠. 국악 영재로 뽑혔으니까, 선생님도 뵌 거고."

"국악 영재 양, 오늘도 한 가지는 배웠겠다."

"뭐요?"

"쓸데없는 호의는 접어. 특히 젊은 남자한테."

'방금 넌 큰일 날 뻔했다'는 말을 유혁은 하지 않았다. 분위기에 취해 끌어안고 키스라도 할 뻔했으니까.

유혁은 아무렇지 않은 듯 벌떡 일어섰다. 제 어깨 정도로 오는 아이의 머리를 쓱쓱 쓰다듬었다. 목을 움찔하여 움츠리는 것이 아직은 아이 같다.

"나도 쓸데없는 호의 한 번 베풀까?"

아이의 표정이 볼 만했다. 들떴던 마음과 난감함의 어지러운 교차. 두 눈은 일그러지고, 입매는 웃을까 울까 망설이는 듯하다. 그녀는 키 차이 때문에 고개를 한참 들어 그를 올려다봤다.

"네 선생이 뭐라 했을지 모르지만. 저 영감 멀리해."

"네? 정 회장님요? 왜요?"

곧바로 걸려든 단순함. 호기심과 놀란 표정이 역력히 드러난 아이를 두고, 유혁은 엷은 웃음을 속으로 삼켰다. 기밀이라도 누설한다는 듯 주변을 쓱 살피고 목소리를 낮췄다.

"저 영감 색마야. 저 나이에도 여자 좋아해. 너 같은 애들 킬러다. 진짜 조심해."

믿지 않는 표정이다. 아이는 얼떨떨한 표정으로 그를 올려다보더니, 이내 미간을 확 구겼다. 유혁의 눈에 스친 웃음을 봐서였다.

그 순간, 유혁은 정강이가 뜨끔했다. 윽, 하는 비명을 가까스로 삼켰다. 발끝에 얻어맞은 정강이에서 불이 나는 것 같았다.

"야, 너, 구둣발로 여길 차면……!"

"정 회장님 손자라면서요. 손자가 할아버지한테 어떻게 그런 말을 해요? 정 회장님 정말 음악도 아시고, 매너 있는 분이신데."

아이의 흥분이 고스란히 전해졌다. 불의나 옳지 않은 일을 보면 참지 못하는 성격? 유혁은 쿡, 웃었다.

"왜 못해? 거짓말도 아니구만. 그리고 넌 어떻게 알아, 내가 이 집 손자라는 거?"

"안에서 부르시니까 알죠."

유혁의 눈이 흘끔 다실로 향했다. 아이는 밖으로 내보내고 백 선생과 조부는 무슨 할 말이 있는지, 표정이 진지하다. 두 사람은 밀담이라도 나누는 것처럼 머리를 맞댔다. 아이를 내보내서까지 무슨 얘기를 하고 있나.

겉으로는 허울 좋은 후원자와 그의 후원을 받는 사이. 실질적으로는 오래된 관계. 저 나이에서는 그런 관계를 어떻게 부르나, 유혁은 궁금했다.

유혁이 눈만 내려 아이를 흘끔 봤다. 그를 올려다보던 아이와 시선이 마주쳤다.

무슨 일이 있는 거네.

백서희가 생전 먼저 걸음 하지 않던 이곳에 아이를 데려온 것도 그렇고. 여러 정황으로 보아 이 아이 일인가 보다. 그러나 유혁은 상관하고 싶지도, 알고 싶지도 않았다. 제 일로도 머리가 터질 것 같으니까.

유혁은 벤치에 다시 털썩 주저앉았다. 잠시 가셨던 두통이 일시에 몰려오는 듯했다.

"어어? 왜 다시 앉아요?"

"얼마나 세게 찼는지, 다리 부러졌나 봐."

"정말요? 나 그렇게 세게 안 찼는데."

"거짓말이지."

유혁이 싱긋 웃었다. 아이의 머리 위로 모락모락 김이 올라가는 듯했다.

"사실 기운 없어서 그래. 움직일 힘도 없다."

"아이참. 정말인지 거짓말인지 알 수가 없어. 나 잡고 일어나 봐요."

끝까지 화를 내지 못하는 성격인가 보다. 아이가 그에게 다
가왔다. 팔을 잡아 일으키려 했다.

"나 상관 말고 가."

"정원서 청승 떨지 말고 들어오시라잖아요."

아이가 새침하게 말하며 고개를 돌렸다. 찰랑대는 단발머리
가 그의 입술을 스쳤다. 차갑고 보드라운 전율.

전기라도 맞은 듯 유혁이 반사적으로 몸을 일으켰다. 그의
팔을 잡고 있던 아이를 힘주어 벤치에 눌러 앉혔다. 두 손으로
그녀의 어깨를 잡고, 놀라 눈이 커진 아이의 입술에 가볍게 입
맞췄다. 보드라운 입술이 향긋한 꽃향을 내뿜었다.

아이의 두 눈이 화등잔만 하게 커진 것은 덤. 다시 세차게
정강이가 까인 것은 부록. 이번에는 '윽.' 하는 신음 한 번으로
끝날 것 같지 않았다.

날카로운 아픔에 유혁은 두 눈을 찔끔 감았다가 떴다.

"이, 이게 무슨 짓이에요?"

"서양식 인사. 마음에 안 들면, 이 집만의 인사라고 해둘
까?"

"말도 안 돼. 아무한테나 뽀뽀하는 게 그쪽 취미였어요?"

유혁은 씩씩대는 아이를 내려다봤다. 여유롭게 팔짱을 끼고
는 어깨를 으쓱했다.

"얘기했잖아. 저 영감 색마라고. 그 피가 어디 가?"

"그걸 또 자랑해요? 참 자랑거리도 없으시다."

"왜? 성희롱이라고 하고 싶어?"

아이가 그를 밉지 않게 노려보았다. 펄쩍 뛰지 않는 것을 보니 저라고 영 마음이 없는 것은 아닌가 보다. 유혁은 저도 모르게 흐뭇해졌다.

"흥!"

아이가 벤치에서 벌떡 일어났다. 그를 쌩 뒤돌아서서는 그대로 온 길을 따라 뛰다시피 걸어갔다. 때마침 분 세찬 바람이 밤하늘로 연분홍 꽃잎을 우수수 날아 올렸다.

"낙인이야, 너. 찍었어."

혼잣말로 중얼거리는 유혁의 입가로 희미한 미소가 스몄다.

진한 꽃 향과 함께 날아온 아련한 봄밤의 기억.

같은 장소가 아니라도, 꽃잎이 봄눈처럼 떨어지는 계절이 오면, 가끔은 떠오르던 그 밤, 그리고 아이.

얼마나 컸니, 꼬맹이. 찾아볼까.

유혁은 피식 웃었다. 언제 돌아갈 줄 알고.

유혁은 멀리 에펠탑이 보이는 자신의 아파트 창가에 서 있었다. 맞은편 공원의 나무마다 흰 꽃을 가득 이고 있다. 가로등 불빛에 황홀하게 빛이 났다. 바람이 불면, 바닥으로 하얗게 떨어졌다.

"야. 뭘 보고 그렇게 히죽대?"

그때, 오랜만에 유혁을 찾아왔던 환이 수건으로 머리를 털며 욕실서 나왔다. 냉장고에서 맥주캔을 들고 다가와 유혁에게도 캔을 던지며 물었다.

유일무이, 유혁이 친구라 여기는 단 한 명. 유혁이 쫓겨온 해부터 들락거리더니, 이제는 제집처럼 모든 것이 자연스러웠다.

"봄눈이 내려서."

"뭐? 눈? 파리도 이상기온이야? 지구가 갈 데까지 갔구만. 조금 있으면 여름인데, 무슨 눈이야?"

창밖을 내다보던 환이 얼굴을 일그러뜨렸다. 이게 미쳤나, 하는 표정으로 유혁을 바라봤다.

"눈이 어디 와?"

"그런 게 있어."

"너 정말 유배 생활 오래 하면 안 되겠다. 다 망가지겠어."

쯧쯧 혀를 차며 고개를 젓는 환에게도 얘기하지 않은 일. 가끔은 이렇게 추억의 한 자락으로 한 번씩 꺼내볼 뿐이다. 외로움이 사무칠 때면, 제게도 웃을 수 있는 그런 날이 있었노라며. 팍팍한 강유혁의 인생에도.

봄눈이 내린다.

흥. 여름, 우중재회(雨中再會)

3년 후, 초여름.

고향으로 돌아오는 길은 항상 서늘했다.

고향은 산이 많은 강원도에서도 특히 고지대로 유명한 곳이다. 그 이유일 수도 있었지만, 집으로 가는 길이 언제나 마음 편하지는 않았던 때문이라고 라온은 생각했다.

버스에서 내린 라온은 얇은 카디건을 입은 어깨를 엇갈린 두 손으로 쓰다듬었다.

초여름 소나기다. 조금씩 흩날리던 빗방울이 와 쏟아지기 시작했다. 제법 양이 많았다. 바로 그칠까 싶어 라온은 버스터미널 건물의 처마를 벗어나지 못했다. 쏴아아. 빗소리가 세찼다. 비는 여간해서 그칠 것 같지가 않았다.

비까지 오니 가뜩이나 선선한 바람이 서늘하기까지 했다. 벌써 열대야가 나타났다고 아우성인 곳도 있지만, 이곳 기온은 언제나 초봄처럼 서늘했다.

한동안 고향에 안 왔다고, 제가 나고 자란 곳의 날씨를 잊어먹었나 보다. 좀 더 껴입을걸. 하아. 옅은 한숨에 입김까지 묻어날 것 같다.

라온은 터미널 안 편의점에서 산 투명 비닐우산을 펼쳤다. 투명해서 빗방울이 떨어지는 거며, 비 오는 하늘까지 볼 수 있어 좋았다. 그녀는 자연스럽게 우산 밖으로 손을 뻗어 빗물을 받았다. 차가운 빗물이 눈물처럼 흐른다. 손끝에 박인 굳은살에도 빗물의 서늘한 감각이 느껴졌다.

「라온아……. 미안하다, 아가…….」

선생님.
라온의 입술이 달싹거렸다.

스승이신 백서희 선생의 삼우제가 끝난 지 며칠 지나지 않았다. 고등학교 2학년이던 열여덟 살에 만났던 스승. 4년을 한집에서 함께 지낸 것을 떠나, 너무도 많은 의지를 했나 보다. 이렇게 팔 한쪽이 떨어진 것처럼 힘이 든 것을 보면.

장례식이 끝나고도 지금까지 생각만 하면 눈두덩이 뜨거워졌다. 드러내 울 수도 없는 자신의 처지. 사람들의 수군거림이 두려웠다. 지금이라도 울 수 있을까. 울음이 왈칵 쏟아질 것 같은데, 막상 눈물은 나지 않았다.

비를 맞고 있는 손가락 끝에 라온의 멍한 시선이 멎었다. 터지고, 갈라지고, 못이 박이고. 몇 년 동안 반창고에 시달렸던 손끝이 이 며칠 현을 뜯지 않았다고 차분해졌다. 조금 더 내버려두면, 야들야들한 새살이 돋을 것 같다.

이제 너도 좀 쉬어. 지문이 없어질 정도로 시달렸잖아.

라온이 걸음을 옮기는데 주머니에 넣어둔 휴대전화가 울렸다. 어머니다. 지금은 한창 일할 시간.

"네, 엄마."

— 비 오더라. 우산은 갖고 온 거지?

"터미널서 샀어요."

— 집에 가 있어. 엄마 일 끝내고 금방 갈게. 너 온다고 장 봐 뒀다. 잡채 해줄게.

"와, 좋다. 아! 엄마, 오늘 밤 근무 아니셨어요?"

— 좀 서두르지 뭐.

"그러지 않으셔도 되는데."

말은 그렇게 했지만, 라온은 힘이 나는 것 같았다. 지금 이 순간에도 견딜 수 있는 것은 어머니 덕분이다.

— 그 정도 할 짬밥은 좀 되네요, 아가씨. 집에 가서 네 아빠한테 잔소리 좀 해. 요즘 매일 술이다. 그래도 예쁜 딸 말은 듣는 척이라도 하잖아.

라온이 희미하게 웃었다.

"알았어요. 그래도 천천히 오세요."

— 그리고 라온아.

"네."

— 엄마가 너 배우는 거, 잘은 몰라도 말이다. 가야금은 그만
두지 말자. 우리 딸, 그거 많이 좋아하잖아. 처음 가야금 사던
날 잊었어?

잊을 수 있을까. 가장 싼 중고 악기였건만, 값비싼 선물을
받은 것에 비할까. 설렜다. 밤새 옆에 두고 자다가 눈뜨면 한
번씩 현을 뜯어보곤 했다.

그까짓 기 한 번 졌다고, 길이 없는 깃도 아니지. 새 선생
님 찾으면 되는 거 아니냐?

라온은 대답하지 않았다. '그까짓 한 번'이라는 엄마의 말에
동의할 수 없어 슬펐다.

지난 시간, 스승의 수제자는 자신이라 여겼고, 모두 그런 줄
알고 있었다. 스승인 백서희가 곁에 끼고 키우던 아이, 유라
온.

그런데 따로 정해진 이가 있었다. 그랬다고 했다. 이 가야금
유파가 계속 이어지려면 그 사람이 되어야 한단다. 인정하고
안 하고의 문제가 아니라며.

물론 형식적 경합에 나섰다. 명인이 인정한 후계자가 되기
위해서라는. 그 한 번의 기회에서 자신은 선택되지 못했다. 그
리고 믿고 의지했던 스승을 원망하기 전, 그분이 돌아가셨다.

엄마, 가야금 따위 다시 쳐다보기도 싫어요. 제게 남은 것이
무엇인지 모르겠어요.

목구멍에서 간질거리는 얘기를 라온은 차마 꺼내지 못했다. 안 그래도 어머니는 뒷바라지 못 해줘서 그렇다는 말을 꾹 참고 있으실 텐데.

"다시 얘기해요, 엄마."

라온은 옅은 한숨을 내쉬며 전화를 끊었다. 편 우산을 들고 천천히 터미널을 벗어나 집으로 가기 위해 건널목 앞에 섰다. 투둑투둑 빗줄기가 떨어지는 보도블록을 발끝으로 톡톡 찼다.

무심히 고개를 든 그녀의 눈매가 가늘어졌다. 못마땅한 시선이 길 건너 멀리 산 중턱 즈음에 우뚝 선 건물을 향했다.

쏴아. 줄기차게 내리는 빗줄기가 뽀얀 운무를 만들었다. 산 허리를 휘돌아 하늘로 솟구치는 형상. 그 안에서 건물은 중세의 성과 같은 모습으로 당당히 위용을 뽐냈다.

리조트가 이 지역에 들어선 것은 꽤 오래전이었다. 라온이 철이 들기 훨씬 전부터 리조트는 부지가 개발되었다. 그러다 어느 순간 호텔과 콘도가 뚝딱 지어졌다. 그때 카지노도 생겼다. 내국인이 출입 가능한 국내 유일의 카지노이다.

침체된 폐광촌이 활기를 띠기 시작한 것도 그즈음이었다.

사람들이 몰려들었다. 순수하게 고도 높은 지역의 때 묻지 않은 자연을 즐기기 위해 온 사람들도 있었고, 오로지 카지노 출입 목적으로 온 사람들도 있었다.

지역경제가 되살아났다고 했다. 식당이 생기고, 술집이 생기고, 저렴한 숙박업소가 생겼다. 그리고 또 이 산동네에서는 볼 수도 없었던 전당포가 우후죽순 문을 열었다. 불야성의 밤이 시작된 것이다.

"볼 때마다 기분이 안 좋긴 해."

라온은 가볍게 후, 한숨을 내쉬었다. 유난히 눈에 띄는 카지노 건물에서 시선을 돌렸다.

밤과 달리 그곳은 지금 지극히 고요했다. 누구도 드나들지 않는 것처럼. 마치 대낮에 자는 박쥐가 거꾸로 매달려 날개로 제 온 얼굴을 가리는 것과 같아 보였다. 낮에 보아도 카지노 건물의 어딘지 스산한 느낌은 어릴 때나 성인이 된 지금이나 여전했다.

입술을 깨물던 라온이 방금 바뀐 신호등을 확인했다. 길을 건너기 위해 이차선 도로로 발을 내딛던 찰나였다.

"앗!"

미친 듯한 속도로 달려온 자동차가 그녀의 바로 코앞을 쌩, 하니 비껴갔다. 피하려고 몸을 돌렸지만, 이미 늦었다. 촤륵 튕긴 빗물이 라온의 앞섶을 온통 적셨다.

"허!"

라온이 급히 고개를 돌렸다. 빗물 튀긴 범인 차량은 이미 저 앞으로 튕기듯 멀어졌다.

날렵한 몸체. 라온은 알지 못하는 엠블럼.

분명 외제차량이다. 그 꽁무니를 바라보는 라온의 미간이 잔뜩 일그러졌다.

그 순간이었다.

끼이익!

타이어 밀린 소리가 요란하게 들렸다. 그러더니 또 다른 차 한 대가 그녀를 지나치다가 급정거했다.

"앗!"

첫 번째 차보다 오히려 지금이 더욱 많은 물보라를 일으켰다. 가다가 섰기 때문이다. 라온은 물에 빠진 생쥐처럼 쫄딱 젖었다. 쓰고 있던 우산은 무용지물. 이미 늦었다.

하!

허탈한 웃음이 터지고, 라온은 쓰나 마나 의미 없는 우산을 기가 막혀 바라보았다.

사천 원이나 주고 샀는데.

그때, 누군가 차에서 내렸다. 대형 크기의 골프우산이 제구실을 못 하는 라온의 비닐우산 위로 덧씌워졌다.

그녀의 머리 위에선 비가 그쳤다. 마치 구름이 해를 가린 것처럼 어둑한 장막이 드리워졌다. 라온이 고개를 번쩍 들었다.

시야를 가린 장신. 빗물이 튕긴 앞머리를 신경질적으로 걷어 올리는 하얗고 길쭉한 손. 단정한 이마, 서늘하고 긴 눈매, 그리고 그 안에 나른하게 빛나는 검은 눈빛.

라온은 순간적으로 흠칫했다.

눈에 띄게 잘생긴 남자. 그보다 어둡게 가라앉은 눈빛이 어딘지 더 시선을 끌었다. 왠지 낯설지 않다. 마주친 눈빛에 퍼뜩 정신이 들었다. 아니다. 오히려 넋을 놓았다.

미쳤어, 유라온.

남자는 키가 훌쩍 크고, 전체적으로 단단해 보였다. 그러면서도 턱이 갸름해 소년 같다는 느낌이 들었다. 잘 봐야 스물두 살인 자신과 비슷하려나. 관심 없어서 잘은 모르지만, 지금 활동하는 아이돌 가수 누군가를 닮은 것 같다.

그래서 낯이 익나? 이런, 별! 질생기면 이래도 돼?

라온은 부르르 떨었다. 두 눈을 도발적으로 치켜떴다.

"이게 뭐예요?"

우습게도 상대가 지폐를 내밀었다. 지갑에 있는 오만 원권은 모두 꺼낸 것이 아닐까 싶을 만큼 상대의 손에는 노란 지폐가 두툼하게 들려 있다.

"옷, 가방, 신발, 필요하면 속옷까지. 다 새로 사."

이거면 됐지? 먹고 떨어져.

적당히 중저음의 목소리는 근사하게 울렸지만, 속의 말까지 그가 말하지 않아도 다 들린다. 무언의 의미가 귓속을 파고들었다.

라온은 제 눈높이에 있는 노란 지폐뭉치를 노려보다가 피식 입꼬리를 비틀었다. 혼잣말처럼 툭 내뱉었다.

"인성 참 바닥이다."

라온은 비에 젖은 앞머리를 입바람으로 후 날렸다. 눈앞의 지폐뭉치를 삼 초 정도 다시 노려봤다. 그러다 그녀는 허공의 매가 먹이를 낚아채듯 지폐뭉치를 가로챘다.

"내 거 맞죠?"

확인까지 마쳤다. 그러고 라온은 상대의 눈앞에 돈을 흩뿌렸다. 지폐들이 허공으로 훨훨 날지도 못한 채, 비를 맞아 바닥으로 척척 떨어졌다. 그들 주위로 노란 바탕 위에 그려진 신사임당의 초상화가 어지럽게 널렸다. 아직 단풍철도 아닌데, 노랗게 물든 은행잎이 우수수 떨어진 것 같았다.

"고마워요. 덕분에 잘 썼어요."

라온의 입술이 비틀렸다. 그저 미안하다고 하면 해결될 일인데. 저렇게 돈 자랑하고 싶어 하는 부류가 있다.

그렇게 하고 싶어 하면, 하게 해줘야지.

"비도 오고 구질구질해서 흙탕물 밟기도 싫었는데. 이렇게 화려한 카펫까지 깔아주고."

라온의 말대로 주변에 깔린 오만 원 권이 마치 노란 카펫을 깐 것 같았다.

"미안하다는 한마디가 그렇게 힘든가."

라온은 혼잣말로 중얼거렸다.

정작 빗물을 쫄딱 맞게 된 원인은 도망간 앞차였는데, 이 차주는 그나마 양심이 있었나 보다. 앞차가 잘못한 것까지 대신 보상하려 했으니까.

그렇긴 해도 도토리 키 재기였다. 어차피 둘 다 마찬가지 아닌가. 행인 정도는 이들에게는 우스울 터였다. 누가 있든 없든 신호마저 무시하고 고속질주하는 외제차라니.

때마침 신호등의 파란불이 다시 들어왔다. 라온은 우산도 접은 채 종종걸음으로 뛰어 길을 건넜다.

한 장쯤 남길 걸 그랬나 봐. 우산이나 크고 튼튼한 거로 새로 사게.

집으로 가는 모퉁이를 돌면서 라온은 피식 쓰게 웃었다. 그 남자가 자신의 뒷모습을 끝까지 보고 있다는 것은 알아차리지 못했다.

"야! 뭐 해?"

조수석 차창이 내려갔다. 동글동글 나이를 가늠하기 힘든 귀여운 얼굴이 불쑥 나타났다. 그새를 참지 못한 환이 얼굴을 내밀었다. 제대한 지 얼마 되지 않아 늘 쓰고 다니던 캡모자를 지금은 뒤로 돌려서 얼굴만 하얗게 동동 뜬 듯했다.

"왜 안 타?"

성격 느긋한 환조차 성화일 정도로 차를 세운 유혁이 빗속에 오래 서 있긴 했다.

"허. 이게 뭐야? 왜 이래?"

비를 맞아 둥둥 떠다니는 오만 원권 지폐를 본 것이다. 놀란 환이 기어이 차 문을 열고 내렸다. 귀여운 인상과 달리 환은 키가 크고 체격이 좋았다. 긴 몸을 굽혀 지폐 몇 장을 손닿는 대로 빗물에서 건졌다.

흘끔 그를 본 유혁은 긴 다리로 걸어 운전석으로 돌아와 올라탔다. 장우산을 접어 뒷좌석에 던졌다.

"오 초 내로 안 타면 그냥 갈 거다."

"야야야! 이 미친…….”

투덜거리면서도 환은 다시 조수석에 오를 수밖에 없었다. 채 수습하지 못한 지폐가 아까웠지만, 미련을 잘랐다. 그가 아는 유혁은 제 말을 충분히 실천할 위인이니까.

아니나 다를까. 환이 타자마자 유혁은 쌩하니 바로 가속을 시작했다. 차는 총알처럼 튀어나가 벨트를 매던 환의 몸이 앞으로 쏠렸다가 일어섰다.

"하, 이 자식. 성질머리 하곤."

환은 투덜거렸다. 그러면서도 손에 쥔 지폐를 펴서 창문에 척척 붙였다. 물에 젖은 거라 잘 붙는다.

"돈은 왜 버려? 사고는 저 앞 새끼들이 쳤는데, 왜 네가 나서냐?"

"내 차 빗물도 뒤집어썼어."

"하아. 그러게 왜 너답지 않게 저런 놈들과 카레이싱은 하고 그래. 더구나 빗길에서. 사고나 안 치면 다행이지."

"나는 살살 했다."

"너도 위험했어. 이렇게 선 게 다행이다. 내가 어지간한 건 참겠는데. 저 새끼들하고 엮이는 건 구토가 난단 말이지."

툴툴거리던 환이 지폐 한 장을 또다시 유리창에 붙였다.

"그런데. 그 여자가 이 돈 안 받겠대? 그러고 버렸냐? 성격 지랄맞긴. 여자 강유혁이 또 하나 있었네."

환은 모든 것이 영 마음에 들지 않았다. 유혁이 걱정되어 동행했지만, 지금이라도 그는 서울로 올라가고 싶었다. 심드렁한 표정과 목소리로 흰이 입을 열었다.

"너 3년 만에 들어왔다. 알지?"

유혁은 대답하지 않았다. 그래도 환은 마치 들은 것처럼 대화를 이어갔다.

"희찬이 저런 놈들과는 왜 아직도 어울리냐?"

환의 제대와 유혁의 귀국이 비슷한 시기에 맞물렸다.

"나 군대 있던 동안 계속 연락한 거냐? 너 저 새끼들이 무슨 짓을 하고 다니는 줄이나 알아?"

여자관계도 난잡하고, 약도 한다는 소문이었다. 직전에는 강간미수로 고소당한 것을 돈으로 무마했단다. 녀석은 워낙 더럽게 놀기로 유명한 그 바닥에서도 손꼽히는 악질이다. 갓 제대한 제 귀에도 들어온 것을 유혁이 모를 거라고는 환은 생각지 않았다.

"고희찬 저 자식은 나날이 아주 똘끼가 넘쳐요. 세상이 다 제 발아래지. 저런 놈은 좀 멀리해. 너 또 쫓겨날까 두렵다."

"설마 또 쫓아내시겠어. 이제 쫓아내실 기력도 안 남으셨다."

유혁의 목소리는 감정 한 점 담기지 않았다.

"아무리 그래도 할아버지 성격까지 죽으셨겠냐. 노인네 또 어깃장 놓으면 죽도 밥도 안 돼. 내가 얘기했잖아. 지난번에 전 재산 사회환원 얘기 꺼내셔서 아버지가 기겁해서 말리셨다고."

환이 혀를 찼다. 로열그룹의 고문 법무법인 대표인 아버지의 말이 떠오른 탓이다.

"어엿하게 후계자가 있는데. 넌 유일한 손자잖아. 아무리 그래도 팔은 안으로 굽어. 좀 맞춰드릴 수 없어? 한 번 굽힌 거면, 끝까지 굽히던지."

환의 잔소리는 끝이 날 것 같지 않았다. 몇 번 대꾸하던 유혁조차 입을 닫았다.

"마음에 안 들어."

유혁은 앞만 보고 운전에 열중했다. 차는 산 위 리조트로 향하는 도로로 접어들었다. 코너를 도느라 천천히 속도를 늦춘 유혁이 피식 웃었다.

"뭐가 그렇게 마음에 안 들어?"

"나 반항한다고 보여주는 것 같아. 중2병스럽게 그게 뭐야."

"중2병은 모르겠고. 가끔 꿈틀거리는 건 필요해. 나 지금 기분 더럽다는 어필."

"야, 약혼녀 일은 좀 잊어라. 그렇게 싫다면, 적당히 기회 봐서 파혼하면 안 돼?"

"영감이 파혼은 수용 안 할 거다. 성격 몰라?"

곰곰이 생각하던 환이 음, 목울림 소리를 냈다.

"방법이 없는 건 아닐 텐데. 그 정도로 소문이 났다는 건 알 만한 사람은 다 안다는 거지. 꼬리가 길면 안 잡힐 수가 없어."

그 말은 의미심장했다. 뜻까지 알아들었지만, 유혁은 아무런 말을 하지 않았다. 듣지 않은 척 표정을 굳혔다.

그러나 차가 리조트 현관에 들어설 즈음, 한마디 툭 던졌다.

"김환, 너 학교 복귀하기 전에 알바 하나 해."

"알바? 뭐?"

"그 꼬리 좀 잡아봐. 법에 저촉되지 않는 선에서."

유혁이 환을 돌아보며 씩 웃었다.

"쟤들, 머리 식히기 좋아. 사는 거, 복잡하지도 않고."

웃음 밴 입매가 냉철해 보였다. 눈은 웃고 있지 않았다.

라온의 집은 읍내에서는 조금 떨어진 외곽에 있었다.

읍내라 봐야 손바닥만 한 곳이니 끝에서 끝까지 걸어도 한 시간이 채 걸리지 않는다. 그녀는 오래지 않아 낡은 아파트 입구에 다다랐다. 비는 그쳤건만, 그녀는 이미 폭 젖었다.

"나쁜 자식. 미안하다고만 했어도 돈을 그렇게 버리진 않았 잖아. 에이, 아까워. 필요한 사람이 요긴하게나 썼으면 좋겠 다."

라온이 중얼거렸다. 옷자락의 빗물을 툭툭 털었다.

그런 사람들이 물에 젖은 돈을 주워 갈 거라고는 생각할 수 없었다. 게다가 그 남자의 오만했던 눈빛을 떠올리면.

순간, 라온은 온몸으로 진저리쳤다.

"다신 생각하지 말자. 꿈에 볼까 무서워."

라온은 아파트 입구로 들어섰다. 오래되어 낡고 허름한 저층 아파트. 현관문의 문틀마저 비틀어져 아귀가 맞지 않는다. 바람에 덜컹거리는 것을 라온은 힘으로 당겨 아예 열고 돌덩이로 괴어뒀다.

"라온이 아니냐. 벌써 방학 했나?"

목에서 바람이 빠지는 것 같은 쉰 목소리가 들렸다. 이내 쿨룩쿨룩 쇳소리 섞인 기침이 뒤를 이었다.

"비 오는데 어딜 다녀오세요, 아저씨?"

아파트 1층에 사는 김 씨다. 진폐증 진단받아 투병하던 중 풍까지 왔다. 불편해진 다리를 끌고, 그는 지팡이에 의지한 채 아파트 뒤편에서 느릿하게 걸어왔다. 입술도 많이 비뚤어졌었는데, 몇 달 사이 그건 꽤 돌아온 모양이다.

라온에게 병을 앓고 있는 사람은 익숙했다. 주변 이웃치고 병자 없는 집이 없다. 집에 남은 이들의 기침 소리가 들리지 않으면, 오히려 이상하다.

사지 성한 사람들은 모두 일하러 나간 대낮에는 몸 불편한 이를 만나는 것은 더욱 흔한 일상이었다.

"해도 답답해설랑 물 구경 가지 않았나."

"어디 물 넘쳐요?"

"뒷집. 하수도가 넘쳤다 해서 도와주고 왔지."

"그게 무슨 물 구경이에요. 몸도 아프시면서."

"그 정도도 못 하면서야 이제 죽이야 되지 않나. 근데 너 평일에 무슨 일이나? 벌써 방학 했나?"

"네. 이제 방학이죠."

"방학에도 계속 서울서 있지 않았나? 너 데리고 다님서 연습시킨다며 독선생이 안 보낸다 하지 않았나?"

라온은 쓸쓸하게 웃었다. 이제 그분이 계시지 않는다. 계셨더라도 선택받지 못한 제가 무엇을 했을까. 라온의 마음이 끈 떨어진 연과 같이 펄럭거렸다.

김 씨에게 뭐라 대답해야 하나 라온이 망설일 때다. 강한 바람이 휘릭 불었다. 몸이 휘청할 정도였다.

"무슨 바담이 이래 쎄게 부나."

현관문 유리에 붙어 있던 광고전단이 떨어질 것처럼 펄럭거렸다. 언뜻 눈에 띈 단어가 있어 라온은 전단을 완전히 떼어냈다.

[로열캐슬리조트에서 객실 사원을 모집합니다.]

"여긴 항상 사람이 모자라나 봐요."

"여름 휴가철 아니나. 이제부터야 더욱 바쁘재. 너 엄마도 바쁘다 하지 않았나?"

김 씨가 리조트 객실부에 다니는 라온의 어머니를 떠올리며 물었다.

"엄마는 항상 바쁘세요. 일을 잘하신데요."

"느그 어매 손끝이 야무지다. 니가 어매를 닮았지 않니. 니가야금 공부시키는 거로 어매가 이래저래 힘들어."

라온이 씁쓸하게 웃어 보였다.

"그러게요."

수준에 맞지도 않는 악기는 왜 해설랑. 다른 아이들 같은 뒷바라지 못 해주실 거 빤히 알고 있었으면서.

라온은 미처 말하지 못한 말 대신 그저 웃어 보였다.

"저 먼저 올라갈게요, 아저씨."

"일봐라. 너 아버지가 오늘은 비가 와서 지비 있으려나?"

"아버지…… 매일 나가세요?"

라온의 표정이 굳었다.

"내난 요즘은 자주 디려다보질 못해. 잘은 모르겠어. 너 아부지도 매번 집에만 있을라서니, 병이 아니 낫는다. 너가 이해해."

아버지를 떠올리자, 라온은 더욱 시무룩해졌다.

"저희 아버지요. 아직도 저기 도박장 다니세요?"

"저기? 나는 모르나."

"모르는 척하지 않으셔도 돼요. 대충 짐작 가는데요, 뭐."

"느무 걱정이설랑 말어. 너 아부지도 가끔은 바람이라도 쐐야지. 속이 얼마나 뭉그러졌드나."

"네, 가끔이야 하셔도 되죠."

라온이 푸시식 웃었다.

"방학이문, 언제까지 있을 거나?"

"아직 못 정했어요."

가야금을 계속할 수 있을까. 라온은 힘없이 고개를 저었다.

"그래도 당분간 있을 거나? 시간 되면 경로당에 와서 금 좀 뜯어줘. 할마이들이 너 오면 어째 좋아하지 않겠나."

"네."

라온은 돌아섰다. 비교적 근래의 일이 떠올랐다.

아버지는 버스 운전기사셨다. 어린 라온에게 기사 유니폼을 입은 젊은 아버지의 모습은 여느 제복 입은 이보다 멋지게 보였다. 그런 아버지를 제게서 뺏어간 것도 아버지의 직업이었다.

눈 오는 겨울날, 고불고불한 강원도 도로, 승객을 태운 버스의 전복. 천만다행으로 목숨은 부지하셨지만, 후유증으로 아버지는 장애를 입으셨다.

그 뒤로 많은 것이 변했다. 전업주부이던 어머니는 일을 시작하셨고, 아버지는 집 안에 칩거했다. 몸이 불편해진 아버지가 할 수 있는 일은 많지 않았다. 형편도 기울고, 분위기는 더없이 우울해졌다.

라온이 어느 날 우연히 들은 가야금 선율에 빠졌던 것은 그 이유에서였을 터였다. 온통 정신을 쏟을 것이 필요했다. 읍내 유일이던 음악학원에서 배운 가야금 실력으로 대회에 나갔고, 그곳에서 선생님을 만났다. 그저 직접 만난 것만으로도 영광이던 명인 백서희를.

"먼저 올라갈게요, 아저씨."

김 씨에게 꾸벅 인사한 라온이 돌아서 계단을 오르기 시작했다.

[4대 보험, 중식, 출퇴근 차량 제공, 3개월 단기사원 가능.]

라온의 눈에 손에 들고 있던 광고전단의 다음 줄이 들어오기 시작했다.

단기사원 가능?

라온의 눈빛이 그 줄에서 딱 멈췄다.

아르바이트라도 할까. 엄마가 허락하실까. 허락 안 하셔도 할 수 없잖아. 악기는 그만둘 건데.

그러나 그 악기를 놓으면? 당장 할 수 있는 게 무엇이지?

먹여주고, 재워주시던 선생님 댁에서 나왔다. 당장 있을 곳 하나 없는 서울.

일단은 집으로 돌아오는 것이 맞았다. 패배자는 말이 없어야 하니까. 라온은 옅은 한숨을 내쉬며 계단을 올랐다.

사정이 다 된 시각. 라온은 카지노 로비로 늘어섰다. 대리석으로 치장된 실내는 으리으리하고, 불빛이 환하여 어딘지 사람을 위축시켰다. 한밤이 되어 망토 같은 날개를 펼친 박쥐의 입안으로 들어온 느낌.

이 시각에 라온이 카지노의 로비에 들어선 이유는 하나뿐이다. 그녀의 하얀 얼굴이 매섭게 굳었다.

"놔! 놓아!"

로비 한쪽 구석에서는 실랑이가 한창이었다. 카지노로 들어가려는 이와 막으려는 이의 몸싸움이다.

승패는 분명해 보였다. 들어가려는 이는 머리가 반은 허옇게 센 중늙은이인 데다 다리까지 절룩거렸다. 반면 그를 막는 이들은 검은 양복을 빼입은 건장한 젊은이들이다. 힘으로는 이길 수가 없다.

"아버지!"

라온이 그들을 향해 달려갔다.

"벼락 맞을 놈들아! 내가 돈 구해왔다고 했잖아! 왜 안 들여 보내는 건데!"

막무가내로 몸부림치는 아버지를 젊은이 몇이 달려들어 겨우 잡고 있었다. 안에서는 끌고 나왔지만, 여기서부터는 역부족이니 집으로 연락이 왔으리라.

"가족입니까?"

말쑥하게 슈트를 차려입은 보안요원이 라온에게 물었다.

"네. 딸이에요."

이런 일이 한두 번이 아니었나 보다. 집으로 연락이 왔을 때, 전화했던 상대의 목소리는 귀찮음이 뚝뚝 묻어났다.

「경찰서로 연락하면 저희도 편하겠지만, 나이 드신 분이라서 요. 거기 들어가면 힘드시잖아요. 빨리 와 모셔가시죠.」

야간근무 중인 어머니는 전화 연락이 되질 않았다. 일찍 나오지 못하셨나 보다. 때마침 자신이라도 있어 달려올 수 있던 것이 다행이라고, 라온은 그렇게 생각했다.

"전화로 말씀드렸듯이 만취 상태로는 입장 불가입니다. 모시고 가시죠."

보안요원의 눈짓에 라온의 아버지를 붙들고 있던 이들이 손을 놓았다.

그렇게 발버둥 치던 분이 억압이 풀리니 또 잠잠해졌다.

"에이, 씨……."

욕설을 내뱉으려던 아버지의 말끝이 흐려졌다. 잠이 오는지 이제는 바닥 대리석 로비에 그대로 누울 기세였다.

라온이 당황해서 아버지의 팔을 잡았다.

"아버지, 일어나봐요."

술 취한 몸이다. 라온의 힘에 부쳤다. 망연히 바라보던 라온이 옅은 한숨을 내쉴 때였다.

누군가 그의 아버지 앞에 무릎을 접어 기를 낮췄다. 술에 절어 늘어진 아버지의 몸을 가볍게 업고 일어섰다.

"뭐 해? 안 따라와?"

라온은 멍한 시선으로 상대를 바라봤다. 키가 크고, 어깨가 넓고, 앞머리가 이마를 덮은 얼굴은 하얗고. 그리고 특히 저 나른하고 냉소적인 눈빛. 낯이 익었다.

그 남자야!

라온의 두 눈에 힘이 들어가 커졌다. 비 오던 도로. 돈다발을 내밀던 그 남자.

평범한 외모가 아니다. 사람을 잘 알아보진 못해도 그새 잊을 리 없다.

"앞장 안 서면 아무 데나 갈 거야."

툭툭 내뱉는 남자의 어조가 퉁명스러웠다. 온기라고는 한 점도 없었다. 그러나 따질 계제가 아니었다.

라온은 성큼성큼 걷는 남자의 뒤를 따라 급히 걸음을 옮겼다.

쾅.

깊은 밤, 현관 닫히는 소리가 유난히 크게 들렸다. 낡은 아파트의 계단을 내려온 유혁은 건물 입구 앞에서 우뚝 걸음을 멈췄다.

달이 뜨고, 별이 쏟아질 듯 무수히 박힌 검은 하늘.

그렇게 비가 오더니 이제 구름이 걷히려나 보다. 해발이 높은 곳에서 바라보는 하늘은 검푸른 빛이 깊고 별빛은 선명했다.

어디선가 여름 꽃향기가 날렸다. 유혁의 미간이 일그러졌다. 마치 그날 밤과 같다.

봄밤, 아득한 꽃향기. 달빛을 타고 흐르던 현의 울림. 미치도록 마음이 심란해지고, 스산해질 때면 떠오르던 그 밤, 연분홍 복사꽃을 닮은 해사한 단발 소녀.

유혁의 심장이 욱신 조였다. 슬쩍 뒤를 돌아본 눈이 가늘어졌다.

그 아이라고? 설마…….

현관문 닫는 소리, 계단 내려오는 소리가 들렸다. 적막한 한밤중, 사람이 내는 소리는 무엇보다 크게 울렸다.

유혁은 얇은 여름 재킷 안주머니에서 담배를 꺼내 물었다. 당장에라도 불붙여 깊숙이 들이마시고 싶었다.

"고맙습니다."

기분이 묘했다. 여자의 목소리는 깊은 어둠 속으로 스미는 듯했다. 흘끔 여자를 바라본 유혁의 시선이 그대로 멎었다.

반듯한 이마, 미끄럽고 날카로울 만큼 오똑한 콧날, 그리고 무언가 문 듯 도톰한 입술. 깊은 밤의 색깔 때문일까. 피부가 눈처럼 하얗고, 매끄러워 보였다. 낮에 봤을 때보다 더.

유려한 목선을 따라 내려온 유혁의 시선이 봉긋한 가슴에 멎었다. 적당한 크기. 그러나 가는 몸에 비하면, 유독 도드라진.

유혁은 팔짱을 낀 채 오만하게 여자를 내려다보았다. 작지만 육감적인 입술이 내뱉은 한숨. 그의 심장까지 쿵 울렸다. 온몸에 팽팽한 긴장이 돈다. 유혁의 눈매가 가늘어지고, 주먹 쥔 손끝이 움찔거렸다.

아주 오랜만에 느끼는 저릿한 욕망. 정직한 육체의 반응.

유혁의 눈빛이 날카롭게 번뜩였다. 먹잇감을 앞에 둔 것처럼. 피식, 바람 빠지는 소리가 나온 입안이 씁쓸해졌다.

"묘한데? 이번엔 내가 받을 차롄가?"

유혁의 목소리에 라온이 천천히 시선을 돌렸다. 한 쌍의 눈동자와 마주쳤다.

남자의 눈빛은 날카롭다. 속 어딘가를 깊게 꿰뚫는 듯해서 몸을 떨게 했다. 제 속을 낱낱이 까발릴 것 같아 라온은 슬쩍 시선을 피했다.

"도와준 건 고맙지만, 내가 그쪽한테 해줄 수 있는 건 그리 많지 않아요."

"아쉽겠어. 그 신사임당, 날리지 않거나, 뒤늦게라도 주웠으면 꽤 쏠쏠했을 텐데. 이럴 때 내게 다시 내밀 수도 있고."

유혁이 무슨 얘기를 하는지 라온은 바로 알아차렸다.

"그러게요. 그쪽 말대로 아쉽네요. 나도 돈다발 흔들 수 있었는데. 하지만 이미 쓴 거에 대해 연연하는 성격은 아니에요."

라온의 어조가 똑 떨어졌다. 낮과 마찬가지로 전혀 기죽지 않는 모습이 유혁의 흥미를 욱씬 당겼다.

"그래? 그럼 네가 지금 나한테 해줄 수 있는 건?"

유혁이 빙글 웃었다. 라온의 미간이 희미하게 일그러졌다.

"대가를 바라는 호의와 친절이었어요? 뭐가 필요한 게 있어요? 그쪽, 필요한 게 있을 만큼 없어 보이지도 않는데."

유혁이 라온을 향해 몸을 휙 돌렸다. 한발 성큼 다가섰다. 놀라 주춤한 라온의 등이 현관 입구 벽에 닿았다.

"유혁."

라온의 두 눈이 번쩍 커졌다. 그는 그녀의 귀 옆 벽을 손바닥으로 짚어 라온을 옴짝달싹 못 하게 만들었다.

"강유혁이야. 그쪽이 아니라."

유혁의 눈빛은 똑바로 라온의 눈동자를 향했다. 다시는 틀리지 말라, 제 이름을 똑똑히 일렀다. 그녀는 홀린 듯 미동도하지 못했다. 추운 것처럼 몸이 덜덜 떨렸다.

"넌?"

라온은 입을 열지 않았다. 느긋하게 기다리던 유혁이 피식웃었다.

"가르쳐주기 싫으면……."

"라온. 유라온."

그만두라는 말이 나오기 전, 라온이 급하게 자신을 밝혔다. 유혁의 한쪽 입꼬리가 냉소적으로 비틀렸다.

"좋아. 유라온. 마음에 들어."

이름이? 라온이 의문을 품기도 전이었다.

"그런데 말이지."

유혁의 음성이 깊게 가라앉았다. 어둠에 어울려 몹시도 색정적으로 들렸다. 마치 욕망으로 가득 찬 듯한.

"내가 원하는 게 돈이 아닐 수도 있잖아."

라온이 숨을 크게 쉬었다. 남자의 얼굴이 어둠에 묻혀 유독위험해 보였다.

"알려줄까?"

"아뇨. 알고 싶지 않아. 필요 없어요."

굳어 있던 라온의 입술이 희미하게 말렸다. 네 속셈 정도야꿰뚫고 있다고 말하는 듯 눈빛을 빛냈다.

"좋아. 너, 더욱 마음에 든다."

마치 먹잇감을 찍은 야수처럼 유혁이 눈빛을 빛냈다.

이럴 때 겁먹고 움츠린 모습을 보인다면, 야수는 더욱 극성을 부릴 것이다. 라온은 본능적으로 알고 있었다. 그녀는 고개를 오만하게 쳐들었다.

"오늘 고마웠어요. 조심해서 가세요."

라온이 유혁의 팔을 밀치려는 순간이었다.

그녀의 팔이 확 잡혀 끌려갔다. 조금 전까지 등을 대고 있던 벽으로 다시 밀쳐졌다. 충격으로 커진 라온의 두 눈을 유혁이 내려다보았다. 나른하던 그의 눈빛에 생기가 돌았다.

재밌는 것을 발견했다는 듯.

"왜 도망가?"

"도망? 내가 왜요? 강유혁 씨와 볼일이 끝난 것뿐인데요. 시간도 늦었고."

라온의 말은 태연했다. 그러나 끔찍하게도 숨결이 흐트러지기 시작했다. 코끝으로 스며든 그의 향이 어지러웠다.

다가오지 마. 제발.

간절한 애원과 달리 유혁은 거침없었다. 얼굴이 닿을 만큼 가까워졌다. 거칠게 오르락내리락하는 가슴을 그가 눈치채지 않았으면. 라온은 기를 썼지만, 역부족이었다. 심장이 오그라들 것 같았다. 옷자락 위에 놓은 손을 꽉 쥐었다.

"나는 안 끝났어."

라온과 입술이 닿을 듯 말 듯 가까워진 유혁이 피식 웃었다. 입술 위에 그의 숨결이 느껴졌다.

흠칫 놀란 라온이 몸을 뒤로 뺐다. 훗, 하는 유혁의 웃음소리가 묘하게 신경을 긁었다. 신경이 바짝 곤두섰다. 라온의 숨이 턱 막혔다.

그 순간이다. 유혁이 씩 웃으며 손끝으로 라온의 볼을 톡 찔렀다. 덮쳐도 이상치 않았을 타이밍.

예상치 못한 전개에 라온의 눈이 커졌다. 온몸에 흠칫 힘이 들어갔다.

"유라온. 맞아, 이름이 유라온이었어."

옛 기억을 되짚는 듯 유혁의 어조가 느릿해졌다. 의미심장하여 라온의 눈매가 가늘어졌다.

"날 알아요?"

당연하다는 듯 유혁이 한쪽 입술을 비틀어 웃었다.

"너, 나 기억 안 나?"

라온의 두 눈이 휘둥그레 커졌다.

"아까 낮에……."

"그거 말고."

라온의 미간이 좁혀졌다. 무언가 생각해 내려 애를 썼다. 이 남자를 언제 만난 적이 있나?

"기억력 형편없다, 너."

유혁이 순간 상처 입은 표정으로 투덜댔다. 찰나라 라온은 알아차리지 못했다.

"내일, 시간 어때?"

라온은 입을 열지 못했다. 그가 자신을 안다는 것에 이어, 갑작스러운 질문의 연속이다. 유혁이 어떤 뜻으로 물었는지 모르겠다. 어떻게 대답해야 하나, 라온은 결정하지 못했다.

그때, 라온의 카디건 주머니에 넣어뒀던 휴대전화가 지잉 울렸다. 구세주라도 만난 양, 그녀는 주머니에서 전화를 꺼냈다.

모르는 번호다. 게다가 한밤중의 전화. 그러나 지역 번호 '033'을 보면 이 동네 어딘가에서 걸려온 전화일 터였다. 예정보다 귀가가 늦어지는 엄마일지도 모른다는 생각으로 라온은 전화를 받았다.

"네, 여보세요."

– 여긴 경찰서입니다. 혹시 최은주 씨 아십니까?

상대 남자의 목소리는 낯설었다. 그러나 그가 묻는 이름은 알고 있다. 그녀의 어머니다.

"제 어머니세요. 그런데 경찰서라뇨?"

라온의 두 눈이 화들짝 커졌다.

– 따님이시군요.

"네."

– 놀라지 말고 들으세요. 어머님이 교통사고를 당하셨어요.

라온의 심장이 쿵 내려앉았다. 두 눈이 우뚝 굳었다. 흡, 들이켠 숨 그대로 더는 숨을 쉴 수 없었다.

머릿속을 어지럽게 울리는 낯익은 기시감.

「라온아, 아빠 차가 교통사고로 전복되어서…….」

귓가에 어머니의 목소리가 윙윙거리며 울렸다. 휴대전화를 쥔 손끝에 파르르 힘이 들어갔다. 리온은 가까스로 숨을 내쉬었다.

― 어머니 전화기가 부서졌어요. 사원증이 있어서 회사에 우선 연락했는데, 비상연락망이라고 알려주시네요.

"엄마…… 우리 엄마는요? 무사하신 거죠? 왜, 왜 전화도 못하세요!"

라온의 숨결이 급격하게 터졌다. 전화도 직접 못하실 정도면. 하얀 얼굴이 더욱 창백하게 질렸다.

― 어머니는 원주로 가셨어요.

"원주요?"

라온의 두 눈이 휘둥그레졌다.

"원주는 왜요! 많이 다치셨어요?"

상대는 바로 얘기를 못 했다. 뜸 들이는 목소리가 라온을 애타게 했다.

― 위급한 상황이라……. 가장 가까운 종합병원이 거기라서

요. 일단 병원으로 가보시죠. 바로 수술 들어가야 할 겁니다.

라온의 심장이 쿵 내려앉았다. 하. 기가 막혀 그녀는 손으로 입을 틀어막았다. 비명이 터질 것 같았다.

"수술이라뇨! 누가……, 도대체 어떤 차에 사고가 나신 거예요?"

— 리조트에서 내려오는 길에서요. 길도 미끄러웠고, 야간이라 잘 보이지도 않았을 겁니다. 여기선 위험해서 일단 긴급 이송 시켰습니다. 그쪽 변호사가 병원으로 간다니 만나보시죠.

변호사라니? 가해자가 아닌 변호사?

라온은 믿기지 않아 고개를 저었다. 꽉 쥔 주먹이 파르르 떨렸다.

"운전한 사람은요? 그 사람이 변호산가요?"

— 저도 자세히는 몰라요. 일단 병원부터 가봐요. 변호사…… 저희도 그렇게만…….

가해자가 나타나지 않았다는 말인가?

라온은 온몸을 덜덜 떨었다. 상대의 말이 뜨문뜨문 들리기 시작했다. 저도 모르게 손에서 힘이 빠졌다. 주저앉으려 하는 그녀의 팔을 유혁이 꽉 잡았다. 그녀 대신 휴대전화를 받아 들었다.

유혁이 물었다. 대충 전화기 밖까지 들리던 대화로 상황을 짐작했다.

"원주면 어느 병원으로 가셨습니까?"

─ 누구십니까?

"제게 말씀하시면 됩니다. 유라온 씨 친구입니다."

갑작스러운 남자 목소리에 경찰은 주저했지만, 이내 이해한 듯했다.

─ 기독병원입니다. 어쩌면 그쪽서 보호자 찾느라 먼저 연락할 수도 있습니다. 전화 잘 받으시고…….

상대가 말을 끝내기도 전, 유혁은 전화를 끊었다. 망연하니 그를 바라보는 라온의 손목을 낚아챘다. 빠른 걸음으로 걸어 현관 앞에 세워둔 자신의 차로 다가섰다. 조수석 문을 열고는 라온을 밀어 태웠다.

환의 전화가 온 것은 유혁이 차 문을 열기 직전이었다.

─ 너 어디야? 오줌 싸러 간 놈이 왜 이렇게 안 와?

"오늘 다시 못 가. 알아서 서울로 가."

─ 뭐? 야! 너까지 이러면 어떡하냐. 희찬이 새끼는 사고까지 쳤는데.

그대로 전화를 끊으려던 유혁이 다시 전화를 귀에다 댔다. 선뜩한 예감이 등골을 스쳤다.

"사고?"

─ 미친 새끼. 또 처달렸겠지. 사람 하나 쳤단다. 저는 무서워 서울로 도망갔고, 빵빵한 변호사 불렀대.

"어디서?"

– 리조트 내려가면서라던데?

유혁의 눈이 가늘어졌다. 같은 건(件). 가해자가 고희찬?

충분히 있을 수 있는 일이다.

"그 새끼 술 마셨잖아!"

– 어? 어······.

평소라면 시큰둥했을 유혁의 격렬한 반응에 당황한 거다. 환이 순간 말을 더듬었다.

"그 새끼 게임 들어가기 전에 한 잔씩 해. 안 풀리면 질주하고."

– 따로 있어서 잘 몰랐어. 옆에 있던 놈들은 왜 안 말렸는데?

"말린다고 들을 놈 아니야."

유혁은 일부러 천천히 운전석 문을 열었다. 조수석에 오도카니 앉아 있는 라온의 모습이 실내등 불빛에 드러났다. 얼굴은 사색이 되었고, 어깨를 파들파들 떨고 있었다.

젠장!

3년이다. 네가 궁금했던 그 시간이.

"환아."

– 어?

"믿을 만한 변호사 선임해줘. 너, 가능하잖아."

– 변호사? 이 야밤에? 너는 또 왜? 너도 사고 쳤냐?

환의 목소리가 낮아졌다.

"결정되면, 원주 기독병원으로 바로 오라 해. 경찰에 고희찬 음주측정 당장 요청하라 하고."

― 유혁아.

"자세한 건 지금 묻지 마. 변호사는 고희찬이 보내는 급보다 높아야 해. 능력, 연줄, 경력 뭐든 다. 아무리 비싸도 상관없어."

― 알았어. 바로 연락할게.

지체없이 환도 대답했다. 유혁의 음성에서 긴급함을 느꼈을 터다.

"최 비서한테도 연락 좀 해줘. 나는 운전해서 전화 못 받을 수도 있어. 병원으로 와서 전화하라 해."

환은 더는 묻지 않았다. 이상하고 궁금한 것이 많았을 테지만.

그만큼 환도 유혁도 서로를 믿었다.

병원까지는 한 시간을 갓 넘겨 도착했다. 제 속도를 지켰다면, 두 시간도 걸렸을 거리. 성능 좋은 유혁의 차는 오늘 그 진가를 발휘했다. 물론 며칠 뒤면 벌금고지서가 잔뜩 날아와 쌓일 테지만.

라온은 병원에 도착하자마자, 응급실 문을 열고 뛰어들어갔다. 그러나 그녀는 직감했다.

늦었다.

"라온아!"

누군가 라온을 알아보고 달려왔다. 어머니와 같은 직장에 다니는 이웃 현주 엄마였다.

"아이고, 라온 엄마야. 기다리라니까, 조금만 기다리면, 라온이 온다니까……."

현주 엄마의 얼굴을 보기도 전에 라온은 눈물이 터졌다. 예감이었다. 아버지의 사고가 있던 그 날이 눈앞에서 겹쳤다. 이미 엇갈리는 사람들이 두셋으로 보이고, 어지럽게 흩어지기 시작했다.

"아줌마, 우리 엄마는……."

"라온아, 느그 엄마가 숨을 쉬지 않는다."

현주 엄마는 라온을 얼싸안고 울음을 터트렸다. 그러나 그녀에게는 그 소리가 들리지 않았다. 동시에 그녀의 말도 이제는 나오지 않았다.

"라온아, 라온아!"

주저앉으려는 라온을 사람들이 일으켜 세웠다. 몇 개의 손에 끌려 응급실 한쪽에 설치된 또 다른 공간으로 다가가면서도 라온은 공포에 떨었다. 두려웠다. 무슨 일이 벌어지고 있나, 현실감이 없다.

그 공간에서는 조금 전까지 심폐소생술에 매달렸던 의료진이 주위를 정리하기 시작했다.

어…… 엄마…….

입술이 달싹거렸다. 병상에 누워 있는 이가 라온은 자신의 엄마라고 믿고 싶지 않았다. 피가 흐르는 엄마의 이마에 라온의 손끝이 닿았다. 파들파들 떨렸다.

"엄마, 일어나…… 일어나봐요."

라온은 멍하게 중얼거렸다.

"안 되잖아. 선생님도…… 엄마도…… 나한테…… 왜 이래."

나 혼자 두지 마. 무서워.

라온은 숨이 턱 막혔다. 연이어 눈앞이 하얗게 변해갔다.

"엄마…… 엄마!"

고함과 눈물이 동시에 터졌다. 다리에서 힘이 풀렸다. 눈앞이 한순간 어찔하더니, 그녀는 그대로 털썩 주저앉았다. 그녀의 시야가 까맣게 변했다.

그 순간이었다. 한 남자가 정신 잃은 라온을 안아 들었다. 유혁이었다.

"병실 잡아."

유혁이 그에게 다가온 다른 남자에게 명령조로 말을 뱉었다. 말끔하게 차려입은 슈트가 차가운 인상을 풍긴다. 그는 라온을 안아 든 유혁의 명령이 당연하다는 것처럼 받아들였다.

"강유혁 씨, 이렇게까지 할 필요가……."

누군가 또 나섰다. 유혁이 길고 서늘한 눈매로 남자를 노려봤다. 오늘 사고를 낸 고희찬의 아버지가 보낸 비서실 사람이다.

유혁은 응급실 입구에서 자신의 비서와 변호사 등을 만나느라 한발 늦었다. 그런데도 쓰러지는 라온의 모습은 단박에 알 수 있었다. 그의 심장이 사정없이 흔들렸다.

"개소리 집어치우고, 고희찬 그 새끼나 잡아와."

"희찬 군이 올 필요까지야 있습니까?"

"그건 목숨이 붙었을 때 얘기고."

라온을 안은 유혁이 싸늘히 쏘아붙였다. 눈빛이 상대를 꿰뚫을 듯 형형하게 빛났다.

"사람이 죽은 것, 안 보여? 와서 무릎 꿇고 사죄하라 해."

"지금 나타나는 건 안 좋습니다."

"개새끼 찾아와. 경고야."

유혁이 성난 사자처럼 으르렁대자, 비서의 표정이 바뀌었다. 정색한 얼굴로 그가 말했다.

"아무리 친구라 해도 이래라저래라 할 수는 없습니다."

"친구? 누가?"

유혁이 코웃음 쳤다.

"앞뒤 분간 못 하는 개새끼는 친구로 둔 적 없어. 때려죽여서라도 데려와. 형사, 민사로 최고형 때릴 테니까."

"왜 이렇게까지……."

유혁의 살벌한 눈빛에 먼저 질렸다. 그래도 자존심이 있어서 대응하다가 결국 비서는 할 말을 잃었다.

그의 시선이 라온에게 멎었다.

"피해자가 아는 사람입니까?"

유혁은 더는 입을 열지 않았다. 의료진이 안내한 병상에 안고 있던 라온을 뉘였을 뿐이었다.

젠장!

의료진이 달려들자, 유혁은 물러섰다. 거칠게 얼굴을 쓸어내렸다.

3년 만에 돌아온 한국.

모임에서 환영회를 열었다. 기분이 좋지 않았다. 누군가 조세린 얘기를 해서 평온하던 그의 속을 헤집었다.

「강유혁, 쟤는 약혼녀 관리 안 해? 아무리 정략이라지만, 너무 쿨하잖아.」

「약혼을 하긴 한 거야?」

「가기 전에 간단히 하셨단다. 쟤 해외근무 끝나고 들어와서 바로 결혼한다고 안 했나?」

「아무리 그래도 강유혁이 성격에 조세린을 어떻게 데리고 사나 몰라. 쟤가 생긴 것처럼 놀아요. 엄청 깐깐해.」

「영감이 무서운 거지. 재산 물려받으려면 고분고분해야지. 지가 어쩔 거야?」

「저번에 눈 밖에 나서 해외근무 간 거, 맞지?」

「쉬쉬했지만, 그게 그거지. 서로 알아서 살기로 했으니까, 쟤도 받아들인 거고. 약혼할 때만해도 조세린이 그 정도는 아니었어.」

「조세린은 자기네 집에서도 내놨다는 소문이야. 평판 나빠진 거 영감은 몰라? 그놈의 권력이 뭐냐. 쟤 영감이 벌벌 떨 정도라니. 유혁이 저놈도 불쌍하구만.」

「걔랑 잤다는 놈이 한둘이 아니다. 조세린 섹스 중독인 거 너만 알아.」

「그래? 나도 한번 건드려볼까? 넘어오나?」

「너한테 넘어오겠어? 그래도 남자는 철저히 가려.」

「내가 좀 잘하는데. 한번 맛보면 못 벗어나. 콱 뚫어주면……..」

낄낄거리는 웃음소리가 여과도 없이 들렸다. 유혁은 하마터면 자리를 엎을 뻔했다. 환이 옆에서 붙잡지 않았다면.

그때 술자리의 누군가 동해로 가자 했다. 뜨는 아침 해를 봐야 한단다. 기분이 더럽지 않았다면, 그가 직접 차를 몰고 그 대열에 낄 이유는 없었다.

리조트에 들른 것도 희찬과는 다른 이유 때문이었다. 희찬은 게임이나 한판 하자고 했지만, 그는 달랐다. 다음 달이면 그가 맡아 일해야 할 곳이 그곳이었으니, 둘러볼 필요도 있었다.

　그런데 이건 뭐지?

　온종일 이 여자가 눈에 밟히고, 마음이 쓰였다. 제게 눈 똑바로 뜨고 대꾸하던 모습이 신선해서였나.

　어디서 봤지?

　가물거리는 기억이 퍼뜩 떠올랐을 때, 유혁은 피식 웃었다.

　백서희가 특별히 여기던 제자, 유라온.

　봄, 밤, 그리고 꽃향기의 여운. 지난 3년, 간혹 떠오르면 그를 잠 못 이루게 하던 여자. 있지도 않던 심장을 두근거리게 하던 그 꼬맹이.

　왜 여기서 이러고 있는 거야, 너!

　딱딱하게 굳은 표정 안에서 감정이 당장에라도 폭발할 것 같았다.

　유혁은 그 여자, 라온이 깨어나기 전까지 그 자리를 뜨지 못했다.

둥. 위험한 말

현관 벨이 울렸다. 방에 오도카니 앉아 뜨거운 여름 햇살을 고스란히 맞던 라온이 비척비척 일어났다.

종일 가야 찾는 이 없는 집.

누구인지 궁금하지도 않았다. 가스 검침이라도 하러 왔으려니, 하며 라온이 현관문을 열었다.

"아야, 라온아. 확인도 안 하고 문을 여나."

위층 현주 엄마다. 집 안으로 들어서며 라온의 얼굴을 보고 쯧쯧 혀를 찼다.

"너 아침이라도 먹었나."

라온은 대답하지 않았다. 희미하게 웃어 보였다.

"어째 이래 얼굴이 상한 것이나. 우리 라온이가 이 근방선 최고로 예뻤지 않나."

왈칵 감정이 솟구쳐 현주 엄마는 손등으로 눈가를 훔쳤다.

"너 엄마는 없어도, 산 사람은 살아야 않겠드나. 언제까지 집에만 있을라 하나."

라온의 입매가 미미하게 실룩였다. 억지로 웃어 보였다.

"방학이잖아요."

"그래, 맞다. 방학이지. 그런데 너 엄마한테 그때 얘기 들었다. 너 갈치던 스승이 돌아가셨다든데? 너가 상심이 크다고, 엄마도 걱정이셨다."

라온은 입술을 물었다. 어머니가 돌아가시고 몇 주나 지났는데도, 여전히 생각하면 속이 울컥거렸다. 선생님도, 엄마도. 면역이 생기지 않았다.

"너 아부지는 여전히 정신 못 차렸지. 애써 맴돌려 보상금 받았으믄 애한테 쓸 생각하며 살아야지. 그것도 도박해서 홀랑 다 안 날렸나. 딸내미 시집이라도 보내려면 고대로 갖고 있어야 하지 않나."

라온은 쓰게 웃었다. 할 말이 없었다.

"아야. 집에서 이러지 말고 일이라도 하겠나?"

"일요? 어디서요?"

"우리 회사. 니네 엄마도 그래 가고, 가뜩이나 휴가철 일손 달리는데 사람 구하기 힘들재. 너 아부지랑 좁은 집서 복닥대지 말고, 일이라도 하면 엄마 생각도 덜 나지 않겠나."

라온은 선뜻 대답하지 않았다. 모든 것이 귀찮았다.

사는 것마저 귀찮아지기 시작했는데.

왜 사는지 잘 모르겠는데.

내색할 수는 없었다.

"생각해볼게요, 아줌마."

"아부지 보고 열불나는 지금보다야 낫지 않나. 아무리 보상금 받았대도, 라온이 너 성격에 엄마 생각나서 제대로 쓰겠나? 일하면 생활이나 학비에 보탬도 될 거고."

"……네."

라온이 억지로 웃었다. 입매만 슬쩍 휘어지다 말았다.

"아 참. 내 정신 좀 봐. 우리 회관에 점심 먹으러 가자. 오늘 재구 할배 칠순이라 잔치 열지 않았나."

"할배요?"

이번에도 라온은 선뜻 대답하지 못했다. 저를 아껴주시던 할배를 생각하면 응당 가야 마땅한데, 썩 내키지 않았다. 외출 자체가 이제는 겁이 났다.

"싫나?"

라온은 대답하지 못했다.

"싫어도 이번에는 가. 재구 할배가 니 엄청 이뻐하시잖나."

"알아요."

"그럼 가. 여전히 싫나?"

"아니요. 갈게요."

라온이 이내 고개를 저었다. 현주 엄마의 표정이 환해졌다.

"잘됐다. 라온이 너가 가야금 뜯고, 장구 좀 뚜디려야 어르신들 신이 나지. 오랜만에 좀 들려줘."

악기라. 라온이 옅은 한숨을 내쉬었다.

"지금은 악기도 없어요. 갖고 오지 않았어요."

라온이 곤란하다며 미간을 찌그렸다. 쳐다보고 싶지도 않다는 말까지는 하지 못했다. 보통 사람은 이해하지 못한다.

"무슨 상관이냐. 거기 다 있는데. 가야금, 장구 다 있어. 어르신들이 너 장단 잘 맞추시잖나."

"손도 굳었는데. 잘 못할 거예요."

"너 틀려도 아무도 몰라. 조금만 보여주면 되잖느냐. 전국 대회 상이란 상은 다 타서 영재 소리 듣지 않았니. 그깟 며칠 쉬었다고 못하겠느냐."

라온은 더는 거절할 거리를 찾지 못했다. 분위기를 보던 현주 엄마가 그녀의 손목을 잡아끌었다.

"가냐?"

"……네. 옷 갈아입고 올게요."

라온은 안으로 들어가 겉옷만 얼른 걸치고 나왔다.

어머니 돌아가신 후, 3주 만의 외출이었다.

군 청사에서 깔끔한 슈트를 잘 갖춰 입은 한 무리의 사람들이 쏟아져 나왔다. 앞장서 걷는 두 사람 뒤로 무리가 따르는 모양새였다.

한여름 태양 빛처럼 젊음이 반짝이는 남자와 중년 사내.

"자, 다음에 봅시다, 강 대표."

"식사도 못 하고 이렇게 가신다니 섭섭합니다."

유혁이 먼저 내민 상대의 손을 정중하게 맞잡았다. 상대는 현 강원 도지사였다. 앞으로의 큰 행사를 두고 시설 점검차 나선 길이었다.

"다음에 기회가 있겠죠. 일정이 바빠 정신이 없군요. 앞으로 강 대표의 책임이 막중합니다. 다시 한 번, 잘 부탁합니다."

이 지역에서 큰 행사를 치를 만한 곳은 로열캐슬리조트뿐이다. 강원도 전체 중 규모와 시설 면에서 1, 2위를 다투고 있으니 누구도 소홀히 할 수 없는 곳이었다.

"일간 정 회장님도 찾아봬야 하니, 서울에서 뵙겠습니다."

"예."

도지사는 유혁의 외조부인 정 회장의 후원을 받는 이다. 그로서도 리조트 사장으로 갓 취임한 유혁이 아무리 젊다 해도 가벼이 볼 수는 없는 이유였다.

어찌 되었든 외조부의 영향이 안 미치는 곳이 없다. 유혁은 쓴웃음을 삼켰다.

도지사 일행이 떠났다. 점심을 함께하자는 남은 이들의 말도 바쁘다는 이유를 들어 거절했다.

"차 대라고 하겠습니다."

유혁이 비서를 흘끔 보고 피식 웃었다.

"아직 걸어 다닐 만합니다."

유혁을 못 미더워해 조부가 붙인 비서였다. 그보다 나이가 많고, 로열그룹 내 경력도 꽤 된다. 아직은 감시자 같다는 기분이 더 진하게 들지만.

"날도 뜨겁고, 주차장도 멉니다."

시골 읍내의 청사였다. 멀어봤자 작은 운동장 크기도 못 되었다.

"김 비서님은 기다렸다가 타고 오세요."

무뚝뚝하게 내뱉은 유혁이 청사를 벗어나 주차장으로 가기 위해 계단을 내려섰다. 긴 다리로 성큼성큼 걸어 건물 하나를 지났을 때다.

앞쪽 건물에서 문득 왁자한 소리와 박수가 들렸다. 사람들이 연신 드나들던 건물이기도 했으니 궁금할 만도 했다. 지나치던 유혁이 흘끔 시선을 돌리니 낮은 창으로 안의 모습이 들여다보였다. 꽤 넓은 홀 안에 사람들이 북적거렸다.

플래카드가 걸린 단상, 상 위에 높게 괸 음식들, 음식이 차려진 테이블.

잔치가 열린 모양새였다. 문득 유혁은 걸음을 멈췄다.

그 홀의 중앙에 사람들이 둥그렇게 모여 앉았다. 얼굴이 검게 타고, 주름이 자글자글한 노인들이었다. 주변에 서 있는 이들은 조금 젊다지만 그들도 대부분 중년 이상으로 보였다. 한

복 입은 이들도 보이는 것으로 보아 영락없이 시골 마을 잔치였다.

그 원의 가운데 앉은 여자의 얼굴이 유혁에게는 정면으로 보였다. 낯익었다.

유라온.

유혁이 마지막으로 보았던 그때보다 훨씬 수척해 있었다. 날카로운 모습이 오히려 청초해 색기가 흐른다. 유혁의 미간이 희미하게 굳었다.

어느덧 사람들의 웅성거림이 완전히 사라졌다.

"자, 그럼 이제는 오늘의 축하공연이 있겠습니다. 어르신들 다 아시죠? 강원도가 자랑하는 국악 신동 유! 라! 온!"

사회자의 요란한 소개말이 홀을 울렸다. 박수와 함성이 여기저기서 터졌다.

"제가 오늘 연주 좀 해달라고 일주일을 매달렸습니다. 오늘은 평소 할아버님이 가장 좋아하시던 춘향가 중 사랑가를 들려준다고 합니다. 박수 부탁합니다."

또다시 환호와 박수가 터졌다. 모든 이가 익히 아는 이의 등장 같았다.

"할아버지, 칠순 축하드려요. 오래오래 건강하세요."

"그래. 라온이 너도 열심히 살아야 한다. 알재?"

상석에 꽃을 달고 앉은 노인의 말에 라온이 고개를 숙였다. 크게 숨을 들이켠 그녀가 결심한 듯 고개를 들었다.

"사랑가 들려드릴게요."

이내 침묵이 내려앉은 공간을 현란한 현의 울림이 채웠다. 마이크가 없어도 홀에 공명한 소리가 크게 울렸다.

"그때의 춘향과 이 도령이⋯⋯."

잠시의 사이를 두고, 소리가 울렸다.

청아하면서도 약간은 허스키한 음색. 유혁이 알고 있던 목소리와는 어딘지 달랐다.

"도련님이 춘향을 붙들고, 안고, 둥글며 사랑가로 노니난디⋯⋯. 사랑, 사랑, 내 사랑이야⋯⋯."

창에 가야금 연주가 함께 흘렀다. 사람들의 표정에 감탄이 흘렀다.

"사랑가 가야금 병창이군요. 이 시골 동네에서 저렇게 잘하기 쉽지 않은데. 칠순잔치라고 따로 불러왔나 봅니다."

김 비서가 아는 척을 했다. 그새 잔치의 성격까지 파악했다.

"군청에서 주민들 행사에 회관을 빌려주기도 한답니다."

김 비서는 유혁이 궁금해하지도 않은 것까지 줄줄 털어놨다. 조금 더 시간이 있다면, 지금 노인네들 앞에서 가야금 병창을 하는 저 여자, 유라온의 신상까지 모두 파악해 올 수 있을 것 같다.

"젊은 아가씨가 정말 잘하는군요."

"잘한다는 기준이 뭡니까?"

유혁이 퉁명스럽게 물었다.

"우리 소리는 듣는 이의 심금을 울리죠. 젊은 아가씨가 한이 많나, 아주 절절하네요. 가야금도, 노래도. 고음도 힘이 있고 맑아요. 회장님이 이쪽 상당히 좋아하시잖아요. 들으시면 좋아하시겠어요."

젊은 남녀의 원색적인 사랑놀이를 표현한 사랑가를 부르면서도 절절하다니.

유혁의 시선이 라온의 얼굴에 꽂혔다. 못마땅하다는 듯 미간이 꿈틀거렸다.

3년 전 그때와 다른 것을 인정해야 한다. 열아홉 반짝반짝 빛나던 아이는 사라졌다. 하물며 가야금을 뜯고 있는 모습은…….

변했다. 저 느낌이 아니었다. 이렇게 답답함을 주던 연주가 아니었다. 죽기 직전의 사람처럼 눈빛이 탁하게 죽다니.

기교는 덜했어도 유라온이 눈부시게 빛이 나던 그 순간을 유혁은 기억하고 있다.

"진짜 잘하네요. 여기서 썩히긴 아까울 정도입니다."

김 비서의 말을 듣던 유혁이 희미하게 입술을 비틀었다. 목에 핏대가 섰다. 자신만이 바라보는 것이 아니다. 수많은 남자의 시선이 향한 곳. 유혁의 눈빛이 저도 모르게 강하게 빛났다.

지금 당장 뛰어들어가 끌어내고 싶었다. 라온을 향한 다른 남자들의 시선이 유혁은 몸이 떨리도록 싫었다. 당장에라도 끌어내고 싶은 충동.

빌어먹을!

한계에 다다랐음을 유혁은 인정했다. 기어이 견디지 못한 채 그는 몸을 확 돌렸다.

"차 대라 하세요."

"예?"

"차 대라고요. 한 번에 알아듣읍시다."

갑작스러워 못 알아들었지만, 김 비서는 눈치가 빨랐다. 상사의 기분이 좋지 않음을 알아챘다. 유혁의 뒤를 따라가며 그는 재빠르게 기사에게 연락을 넣었다.

검푸른 하늘이 무겁게 내려앉았다. 공기가 진득한 것이 폭우라도 퍼부을 기세다.

"아버지, 집에 가요."

라온은 카지노로 올라가는 마지막 계단에 앉아 있었다. 지나는 이들의 흘끔거리는 시선쯤은 이제 아무렇지 않을 만큼 이골이 났다.

그러나 힘에 부친 것은 현실. 술에 취한 아버지를 저 안에서는 어떻게든 데리고 나왔지만, 그것이 한계였다.

기어이 아버지는 바닥에 주저앉았다. 라온의 힘으로 계단을 업고 내려가기란 불가능했다.

"하."

라온은 옅은 한숨을 내쉬었다. 첫 번째 계단 끝에 오도카니 앉아 무릎을 세웠다. 두 팔로 다리를 감싸 안고 그 위에 얼굴을 얹었다.

"아버지. 아버지만 아내를 잃은 건 아니에요. 나는…… 엄마를 잃었어요. 아버지마저 이러시면…… 갈 곳이 없어."

라온이 멍하니 중얼거렸다. 뜨거운 것이 왈칵 눈으로 몰렸다.

어머니가 돌아가신 지 한 달이 지났다. 선생님이 돌아가신 지는 거기서 일주일을 더하면 된다. 생각하면 미칠 것 같은데, 정작 미치지는 않았다. 그러면서도 무엇을 해야 할지, 라온은 알 수 없었다.

라온은 무심한 시선으로 제 손끝을 내려다봤다.

손가락 끝마다 박힌 못은 지난 시간, 하루도 쉴 틈 없이 연습에 몰입했던 결과였다.

생전 처음이었다. 한 달이 넘도록 가야금을 만지지 않던 것은. 며칠 전, 재구 할배의 칠순잔치에도 한참을 고민했다. 떠밀려 나간 자리. 어느새 부드러워지기 시작하던 손끝에 다시 물집이 잡혔다. 그것도 며칠 지났다고 아물고 있지만.

라온은 손끝을 서로 비볐다. 이상하다. 아무리 가야금을 뜯어도 신명은 나질 않았다. 너무도 좋아했는데. 밥 먹는 것도 잊고 몰두했는데. 마치 제 분신처럼 손끝에 달라붙던 그 느낌이 황홀했는데.

살고 싶지 않은데, 또한 살고 싶었다. 살아 있었다.

이것은 이런 마음과 비슷한 감정일까.

라온은 무의식중에 손끝을 서로 비볐다. 굳은살이 깊게 박인 손끝에 감각은 거의 느껴지지 않았다. 새로 생긴 물집 하나만 느낌이 찌릿했다.

그때였다. 갑작스레 그녀의 앞이 어두워지고 그림자가 드리웠다. 번쩍 고개 든 라온은 제 앞에 우뚝 선 사람을 멍하니 올려다보았다. 또르륵. 눈물이 굴러떨어지고, 뿌옇던 시야가 맑아졌다.

"아버지!"

퍼뜩 정신이 든 라온이 벌떡 일어섰다. 조금 전까지 제 곁에서 꾸벅꾸벅 조시던 아버지는 젊은 남자 등에 업혀 계단을 내려가고 있었다. 아래쪽 도로변에 깜빡이를 켠 자동차 한 대가 보였다.

놀란 라온이 계단을 내려가려 했다. 그림자로 존재하던 그가 라온의 손목을 낚아챘다.

"집에 모셔다드릴 거야. 넌 내 차 타."

남자와 시선이 마주쳤다. 라온의 눈빛이 흔들렸다. 강유혁. 잊지 않은 그의 이름이 저절로 떠올랐다.

화보에서 빠져나온 듯한 말쑥한 정장 차림. 흐트러진 머리카락 한 올 없이 깔끔히 빗어 넘긴 머리스타일.

그를 마지막으로 본 것이 벌써 한 달이 가까워졌다. 그때와 는 전혀 다른 모습이었다. 그래서 단번에 알아보지 못했지만, 분명 강유혁 그였다. 오만한 눈빛과 말투가 그대로였다.

라온은 여전히 그 자리에 서 있었다. 계단을 툭툭 내려가던 그가 우뚝 멈추고는 뒤돌아섰다. 눈빛이 왜냐고 묻는다. 라온 은 오 초쯤 망설이다가 이내 입을 열었다.

"오랜만이네요. 시간 있어요?"

유혁의 대답을 듣지 않고, 라온은 연이어 물었다.

"술 한잔할까요? 우리 엄마 때 신세 진 것도 많은데."

라온은 씁쓸하게 웃었다. 잊고 싶은 '그날'을 떠올렸다. 유 혁이 아니었다면, 그날 어떻게 됐을까. 한 시간은커녕, 버스 시간을 기다리느라 발만 동동 굴렀을지도 모른다.

"앞서간 차에 연락 좀 해주세요. 우리 아버지 업고 간 분. 믿 을 만한 사람이죠?"

유혁이 휴대전화를 들었다.

"비번 안 바뀌었나?"

유혁은 그녀의 집이 현관만 열고 들어가면 된다는 것을 잊 지 않았나 보다. 라온이 고개를 끄덕였다.

"집에 돌아가자마자 바꿔."

라온이 피식 웃었다. 안 바꾼다 해도 아무 문제 없는 집이지 만, 알았다며 고개를 끄덕였다.

"장례 끝나고, 연락하려고 했어요. 연락처 하나 안 남기고 가버린 건 그쪽, 강유혁 씨예요. 장례식장에서 한 번쯤 다시 볼 줄 알았는데."

라온이 담담한 목소리로 설명했다. 온종일 한마디 안 하고도 살 정도였는데, 유혁 앞에서 말이 많아졌다. 반가운 건가. 어쩌면 그럴 수도 있다.

상을 치를 때는 의식하지 못했는데, 치르고 나서는 조금 섭섭했던 것 같다. 적어도 한 빈쯤 들러줄 시라고 은연중 기대했나 보다. 그러나 그는 그대로 사라져 오지 않았다. 제 열망만 남았으니, 그가 온 것 같은 그런 꿈까지 꾸지.

아니다. 오늘이라 그런 걸 거다. 오랜만에 잡은 악기로 잡힌 물집이 터질 듯 부풀고 쓰려서.

"술 마실 시간 없어요?"

유혁은 라온을 빤히 바라보기만 했다.

거절? 피식 웃은 라온이 움직이려 할 때였다.

"밥은?"

"밥 먹을래요? 그것도 좋아요. 술도 좋고, 밥도 좋고."

"너 말이야."

"네?"

어깨를 으쓱하던 라온이 시선을 들었다. 계단 세 개쯤은 아래에 있는 유혁과 시선이 평행으로 맞닿았다.

"밥은 먹고 다니느냐고."

라온은 대답하지 못했다. 무언가 왈칵 심장을 울렸다. 단순히 밥 먹었느냐, 물었을 뿐인데. 오늘도 점심에 물 말아 몇 숟가락 뜬 것이 전부였다. 그러나 배는 고프지 않았다.

라온이 고개를 돌렸다. 유혁의 시선을 피했다.

"나 말고요. 그쪽이 원하는 거, 얘기해요. 빚 갚을게요. 그때는 못했지만, 지금은 해줄 수도 있어."

뜻은 여러 가지로 해석될 수 있었다. 강유혁이 알아듣든, 알아듣지 못했든 상관없었다. 지금은 아무래도 아무렇지 않았다.

"그거 위험한 말인 거, 너 알고 있지?"

알고 있다. 염두에 두고 한 말이었다. 그러나 라온은 대답하지 않았다. 제 속을 들키고 싶지는 않았다.

"내가 널 원하면?"

라온은 놀라지 않았다. 어쩌면 그가 제 앞에 다시 나타났을 때부터 예감했을 수도 있다. 그때도 그는 이런 말을 했다. 그때와 지금의 결과는 물론 달랐을 것이다.

라온이 천천히 고개를 돌렸다. 단 한 번도 흐트러진 적 없는 유혁의 눈을 똑바로 마주 봤다.

"강유혁 씨도 일관성이 있어서 좋네요."

라온은 피식 웃었다. 유혁이 말하는 것이 어떤 의미인지 모를 나이가 아니었다. 그날 밤도, 그리고 지금도. 그의 눈빛이 얼마나 뜨거운지 모르지도 않았다.

"하룻밤이면 되겠어요?"

라온이 시선만 위로 치켜들었다. 달빛 아래 교교한 색기가 흘렀다. 마치 닳고 닳은 창녀처럼 물었건만, 순결한 처녀의 그것처럼 유혁의 심장을 설레게 했다. 그의 숨을 순간 멈추게 했다.

대답을 재촉하는 그녀의 시선에도 유혁은 빤히 바라볼 뿐입을 열지 않았다. 라온은 어쩌면 그가 화를 낼지도 모르겠다고 생각했다. 저 자신도 화가 나고 있으니까.

그래도 상관없다. 이런 기분 따위.

문득 유혁이 라온의 턱을 한 손으로 가볍게 붙들었다. 손끝으로 그녀의 볼을 어루만졌다. 습습한 밤공기에 그의 은밀함이 녹아들었다.

시선이 마주치고, 라온의 심장이 무섭게 뛰었다.

단지 유혁의 손끝이 얼굴에 닿았을 뿐이었다. 그런데도 온몸이 오싹하고, 심장이 덜컥 내려앉았다.

나쁘지 않았다. 이렇게 심장 떨려본 적이 언제인지 기억도 나지 않으니까.

몸속 깊은 어느 곳에서 부싯돌이 딱 부딪친 듯했다. 천천히 달아오르는 것처럼.

라온 또한 손을 뻗었다. 무의식중이었다. 어둠과 하나처럼 어울린 유혁의 볼을 손끝으로 어루만졌다. 검붉게 타오르는 유혁의 눈빛을 용기 내어 마주했다. 외면하지 않았다.

순간, 라온이 휘청했다. 손목이 꽉 잡힌 채, 그녀는 거의 끌려가다시피 계단을 내려갔다. 뛰다시피 했다.

당. 처음, 각인

문이 소리도 없이 닫혔다. 완벽히 밀폐된 공간. 라온은 오랜만에 심장이 욱신거렸다.

남자를 따라 호텔 룸에 들어오는 것이 정상일까.

정상이 아니라면 어때.

심장이 뛰는 것으로 되었다. 강유혁이 어떤 남자인지는 잘 몰라도 제 심장을 다시 뛰게 한 것만으로도 충분했다.

꿀꺽 마른침이 넘어갔다. 라온의 입술이, 목덜미가 파르르 떨렸다. 아슬아슬한 한계. 뒷걸음질 치고 싶은 충동. 하지만 돌아가기엔 늦었다. 그리고 싶지도 않았다.

"네게 두 가지 길이 있어."

아직 안으로 들어가지도 않은 객실 입구. 유혁은 벽에 기대선 라온의 양옆을 두 팔로 짚었다. 그녀를 제 팔 우물 안에 가뒀다. 낮은 조도의 따뜻한 빛, 입구의 불빛이 주변을 밝혔다. 부드럽게 퍼진 색감 속에 유혁의 눈빛만이 선명했다. 번뜩이며 빛났다.

"오른쪽과 왼쪽. 이대로 나가는 길과 완전히 들어가는 길.
선택은 네 몫이야."

라온이 유혁을 빤히 바라봤다. 입술을 파르르 떨면서도 굳
이 물었다.

"내가 별로인가요? 나는 줄 게 나밖에 없다고 했는데. 그쪽
은 생각 바뀌었어요?"

"바뀌었다면, 다른 남자 찾아가나?"

"그럴지도."

유혁의 미간이 굳었다. 눈매가 가늘어졌다. 못마땅하다는
뜻이었지만, 라온은 유혁의 미세한 변화까지 알아차릴 수는
없었다.

"나, 원하지 않아요?"

라온이 낮은 목소리로 물었다.

"원해."

유혁은 주저하지 않았다. 조급하기까지 한 대답이 만족스럽
다. 라온이 희미하게 웃었다.

"그럼 급하지 않나 봐요. 인내심이 깊든지. 친절하게 선택
지까지 주고."

라온이 손을 들었다. 손등으로 유혁의 볼을 천천히 쓸었다.
하고 싶은 대로, 만지고 싶은 대로. 제 그것이 유혹인지도 모
른다. 짙어진 유혁의 눈빛을 무심한 척 바라봤다.

순도 100퍼센트의 욕망.

세상의 번잡함은 끼어들 여지가 없다. 보는 것만으로도 심장이 저릿저릿하게 조였다. 가까이 닿은 그의 중심이 딱딱해져 그녀의 다리 사이를 눌렀다.

누군가가 자신을 원한다는 것이 이렇게 짜릿하다는 것을 라온은 태어나 처음으로 알았다.

은밀한 곳이 욱신거렸다. 저도 모르게 몸속 깊은 곳이 뜨거워져 라온은 두 눈을 감았다. 부싯돌이 불을 지핀 곳에서 불꽃이 팍 일어난 듯했다.

그때, 유혁이 라온의 손목을 탁 소리 나게 잡았다. 라온이 놀라 눈을 뜨기 전, 그대로 고개 숙여 그녀의 입술을 물었다. 넓게 덮고 깊게 파고들었다.

입술과 입술이 상대를 빨았다. 뜨거운 살덩이가 서로 엉켰다. 유혁은 매끄러운 라온의 입안을 저돌적으로 휘젓고, 혀로 그녀의 혀를 감아 제 안으로 끌어당겼다. 혀끝으로 그녀의 혀를 간질이고, 입안 점막을 자극했다. 격한 입맞춤에 채 넘기지 못한 타액이 입가로 흘렀다.

"하아."

라온은 겨우 유혁의 입술에서 벗어났다. 가슴이 오르락내리락, 거친 숨을 몰아쉬었다. 뜨거워진 몸이 바짝 긴장해 유혁의 팔을 잡았다.

그 사이, 유혁이 두 손으로 라온이 입고 있던 티셔츠를 위로 벗겨냈다.

여름옷은 얇고 처리하기도 쉽다. 유혁은 오싹하여 움츠린 그녀의 두 팔을 벽에 고정했다. 뜨거운 시선이 라온을 훑었다. 가느다랗고 하얀 목선에서 시작해 가는 몸에 비해 풍만한 가슴골에 멎었다.

검고 탐스러운 머릿결, 가늘고 여린 선의 유난히 긴 목. 하얗고 작은 얼굴에는 선명한 이목구비가 다 들어 있다. 손질된 듯 선이 예쁜 눈썹, 둥글지만 날렵해 보이는 눈매, 오똑 솟은 콧마루, 붉고 도톰한 입술.

색기.

단 한마디로 설명되는 모든 것.

3년 전 그때의 채 익지 않은 과일이 아니다. 한창 농익어 달콤한 향을 풍겼다.

유혁은 훔치고 싶었다. 단숨에 삼키고 싶었다. 이 여자의 모든 것을.

미쳤군.

여자를 믿은 적이 있나. 소문으로만 듣던 약혼녀의 부정을 직접 보았을 때도 그럴 수 있다고 생각했다. 믿음이 없으니, 실망도 하지 않았다. 그런데 무언가 다르다. 다를 것이다. 이 여자는.

광란의 축제를 시작하기 전. 부자연스러운 것은 너무도 오랜만이라 그렇다. 유혁은 그렇게 여겼다.

충분히, 지독하게 뜨거운 밤이 될 거야. 불꽃이 다 꺼진 재 같은 눈빛은 필요 없어. 다시 격정적으로 타오르는 널 보길 바라. 아니, 볼 수 있겠지.

유혁이 라온의 목덜미에 얼굴을 묻었다. 하얗고 긴 곳에 무엇이 묻었나. 심장이 저릿할 만큼 달콤했다. 오래도록 갈구하던 것을 얻은 것처럼 조심스러웠다.

훅. 뜨거운 숨을 내쉰 그가 라온의 귓불부터 가벼운 키스를 시작했다. 말랑한 곳을 입술로 물고, 움찔거리는 목선을 따라 움푹 팬 쇄골까지 입 맞췄다. 그러다 입술로 브래지어 끈 하나를 내렸다.

"하."

들썩이는 그녀의 몸을 유혁은 온몸으로 눌렀다. 얼굴을 묻을수록 라온의 살에서는 달콤한 향이 더욱 진하게 풍겼다. 봉긋한 젖무덤에 입 맞추던 그가 볼록 솟은 정점을 감싼 브래지어 캡을 코끝으로 비비고 들어갔다. 라온의 바르작거림이 느껴져 더욱 제 몸을 그녀에게 밀착시켰다.

라온의 움직임이 좋다. 그녀가 의도치 않아도 자극당한 기분이었다.

유혁은 말랑한 젖가슴 위, 수줍게 드러난 연분홍 젖꼭지를 핥았다. 미치도록 달고 예뻐 보이는 그것을 쏙 빨아들였다.

"흐읏!"

라온은 민감했다. 이렇게 건드리는 것만으로도 몸서리칠 정도로. 유혁은 단단해진 유륜까지 혀로 길게 핥았다. 또다시, 그리고 또다시.

"하앗!"

이를 악물고 도리질 치는 그녀를 시선만 올려 보았다.

텅 비어 보이던 여자의 얼굴이 환희로 채워진다. 처음 보았던 그 날과 같은 환희와 생기는 아니지만, 이것마저도 사라질까 봐 유혁은 마음이 급해졌다.

"참지 마. 크게 소리 질러도 뭐라 할 사람 없어."

유혁의 말에도 라온은 이를 악문 채 참기만 했다. 유혁이 그녀의 손을 놓아주자, 한 손으로 입을 막기까지 했다.

"훗."

씁쓸히 웃던 유혁이 다른 쪽 브래지어 끈도 내렸다. 그쪽 또한 캡을 파고들어 젖꼭지를 희롱했다. 힘껏 빨고 혀끝으로 굴렸다. 라온의 파들거림이 강해졌다.

동시에 유혁의 두 손이 그녀가 입고 있던 얇은 면바지의 버클을 풀었다. 느슨해진 사이로 들어가 엉덩이를 천천히 쓰다듬었다. 볼륨감 있고, 보드라운 살결이 그의 손에 찰싹 붙었다. 온몸에 힘을 준 그녀가 그에게 쏙 안겼다. 흐읏, 하는 옅은 신음까지 그를 흥분시켰다. 유혁은 단숨에 그녀의 바지를 확 내렸다.

손바닥만 한 작은 팬티와 길게 쭉 뻗은 다리가 드러나자, 흥분을 걷잡을 수 없었다. 유혁의 손은 그녀의 엉덩이를 거쳐 허벅지로 내려왔다. 뜨거운 기운이 확 끼친 다리 사이 중심을 천천히 어루만졌다. 보드랍고 까슬한 곳을 파고들어 갈라진 틈 깊숙한 아래로 손가락을 넣었다. 길게 쓸었다. 당장에라도 비명을 터트릴 법도 한데 라온은 이를 악물고 떨 뿐이었다. 시선은 그를 외면한 채.

"벌써 젖었어. 상당히 민감해."

그의 말대로 라온은 달아올랐다. 그의 음란한 손길에 젖어들었다. 호흡 자체가 뜨거워 눈앞이 어지러웠다.

그 순간이다.

"으읏!"

라온의 입에서 억눌린 비명이 새어 나왔다. 어느새 무릎을 꿇어 몸을 굽힌 유혁이 그녀의 팬티 선 중앙에 입 맞췄다. 입술이 그대로 아래로 내려가 움찔거리는 중심에 멎었다. 잠시의 머뭇댐도 없이 뜨거운 그곳을 크게 물었다.

"유혁!"

라온이 비명처럼 그의 이름을 불렀다. 저도 모르게 허리를 뒤로 물리고는 잡을 곳이 없어 그의 머리를 붙들었다. 어느새 단단한 그의 혀가 갈라진 틈을 쓱쓱 핥을 때마다 라온은 눈앞이 아찔했다. 눈물이 날 것 같았다. 허벅지까지 후들거려 주저앉을 것 같았다.

"하악!"

그가 팬티까지 찢듯이 완전히 벗겨냈을 때, 라온은 한 손으로는 자신의 입을 막고, 다른 한 손으로는 그의 머리를 붙들었다. 학학, 짧은 숨이 연이어 터졌다.

　전희는 곧 끝났다. 검은 수풀에 쪽 입 맞춘 유혁이 이내 허리를 세웠다. 끝난 건가, 느낄 새도 없이 라온을 번쩍 안았다. 그대로 그는 안쪽 침실로 단숨에 걸어갔다.

　침대에 누워 있을 뿐이었다. 그것만으로도 라온은 유혁의 욕망을 걷잡을 수 없이 달궜다. 달빛처럼 푸르스름한 침구, 그 위에 누운 라온은 마치 여신과 같았다. 무용수의 조건에 들어맞을 만큼 하얗고 길쭉길쭉한 팔다리, 동그랗고 풍만한 젖가슴과 윤기가 흐르는 연분홍빛 젖꼭지까지. 그녀의 몸은 하얗게 빛이 나 신비하기까지 했다.

　젠장!

　이런 적은 단 한 번도 없다. 술을 마시지도 않았건만, 분위기만으로도 정신이 몽롱하다니. 걷잡을 수 없는 욕망에 유혁은 중심이 욱신거렸다. 이미 발기한 남성이 브리프 안에서 눌려 고통스러웠다.

　속으로 욕설을 넘긴 유혁이 급한 손길로 제 옷가지를 모두 벗어 던졌다. 넓은 어깨와 잘록한 허리, 운동으로 다져진 자잘한 근육이 탄탄하게 엮인 몸이 어두운 조명에 드러났다.

서두르고 싶지 않았다. 그러나 그의 몸은 본능적으로 반응해 침대로 성급히 올라갔다. 라온의 위로 제 몸을 겹쳤다.

"눈 떠."

유혁이 라온의 귓가에 속삭였다. 무례하지 않았으나, 목소리가 낮고 거칠게 갈라졌다. 뿌듯하게 손에 들어차는 젖가슴을 움켜쥐고 주물렀다. 유혁의 손바닥에 아찔한 감촉이 들러붙었다.

"흣!"

바르작거리고, 펄쩍 뛰어오른 허리를 유혁이 제 몸으로 눌렀다. 동시에 그녀의 목덜미를 입술로 빨았다. 하얀 설원에 쉽게 쉽게 붉은 꽃이 피어났다. 그의 입술이 지나는 곳마다 연한 피부엔 흔적이 남았다.

"잠시, 잠시만요."

어지러워 라온은 정신을 차릴 수 없었다. 뜨거운 숨을 뱉으며 저도 모르게 두 팔로 유혁의 목을 끌어안았다. 그에게 매달렸다. 그가 젖꼭지를 손끝으로 문지르고, 손톱 끝으로 긁을 때마다 온몸에 힘을 주고 파르르 떨었다.

그 순간이다. 유혁이 손끝으로 지분거리던 반대쪽 젖꼭지를 뾰족하게 한 혀끝으로 길게 핥았다.

"웃!"

분홍빛 젖꼭지의 색이 진해졌다. 단단해진 유륜까지 유혁은 강하게 핥았다. 혀로 젖꼭지를 감아 빨아올렸다. 입에 들어온 젖꼭지를 알사탕처럼 굴렸다.

"흐으……."

저릿한 쾌감이 온몸을 강타해 라온은 머릿속이 얼얼해졌다. 겨우 가느다랗게 신음을 흘릴 뿐인데, 그것이 더욱 유혁을 자극했다. 못 견디게 했다. 한 손을 뻗어 그녀의 다리 사이에 있는 비밀의 숲을 크게 덮었다. 손가락으로 천천히 문지르자, 날카로운 비명이 억눌리다 스며들었다.

"뜨거워, 여기."

윤활유 같은 액이 흠뻑 흘러 그의 손끝을 적셨다. 미끄러지듯 그의 손가락이 크게 원을 그렸다. 수풀을 가르고 갈라진 틈을 찾아내 손끝을 밀어 넣었다.

"하읏!"

라온은 신음이 저절로 터졌다. 이를 악물어도 어쩔 수 없었다. 그의 손가락이 깊은 곳으로 통하는 입구를 느릿하게 문질렀다. 할 수 있는 것은 없다. 라온은 허리를 튕기고, 온몸에 힘을 줘 유혁에게 매달릴 뿐이었다. 아랫배가 파들파들 떨렸다.

"흐읏! 유, 유혁……."

그의 한 손은 가슴을 주무르고 있고, 다른 한 손은 여성의 입구를 천천히 문지르고 있었다. 라온의 그곳이 움찔거리며 뜨겁게 젖어들었다.

"하, 하지……."

라온은 하지 말라는 말을 완전히 하지 못했다. 숨도 쉬지 못

할 흥분이 덮친 까닭이다. 그녀의 눈을 깊숙이 바라보던 유혁이 고개 숙여 입술을 막은 때문이기도 했다. 미처 삼키지 못해 흐르던 타액을 그가 빨아들였다. 그녀의 뜨거운 혀를 낱낱이 문지르고 더듬었다.

"하아…… 흐읏……."

검은 수풀 속 둔덕을 더듬던 유혁은 엄지손가락 끝에 액을 묻혔다. 이제는 흥분으로 뾰족이 드러난 클리토리스를 함께 문질렀다.

자극은 거대했다. 헉, 라온은 숨을 멈췄다. 아랫배와 허벅지가 파르르 경련했다. 입구를 자극하던 유혁의 손가락이 안으로 쑥 들어간 순간이다.

"악!"

라온의 두 눈에 힘이 들어갔다. 놀라 입술을 다물지 못했다. 숨이 멈출 만큼 아득해진 라온이 가까스로 숨을 몰아쉬었다.

"미치겠군."

유혁은 욕설을 내뱉고 싶었다. 그의 손가락 하나도 감당 못할 만큼 빠듯한 곳. 뜨겁고 좁았다. 그를 흡반처럼 빨아들여 욕망만을 거세게 키웠다. 그에게는 최고조의 쾌락을 선사할 것을 믿어 의심치 않는다.

"힘을 좀 빼. 움직여야 뭐라도 하지."

이대로라면 억지로 들어간다 해도 나오지 못할 것 같다. 그녀의 중심은 마치 입으로 빠는 것처럼 그를 빨아들인다.

순간, 유혁이 몸을 미끄러뜨려 아래로 내려갔다. 그의 입술과 혀가 하얀 설원 위에 팬 앙증맞은 웅덩이 같은 배꼽을 지나 검고 가지런한 음모 위를 천천히 핥았다.

"하아아아……."

가늘고 길게 이어지는 라온의 신음이 흡족했다. 틈을 헤집어 클리토리스를 찾아내어 혀끝으로 자극했다. 조심스레 빨아들이고, 혀끝으로 굴렸다.

"아앗!"

처음으로 라온의 신음이 비명처럼 울렸다.

"으음……."

온몸이 경직되어 파르르 떨던 그녀는 어느새 축 늘어졌다. 동시에 그녀의 다리 사이가 흠뻑 젖었다. 아랫배는 단단해지고 두 다리는 여전히 파들파들 경련했다.

절정에 오른 것이다. 여자의 절정을 바라보는 유혁 또한 그대로 가버릴 것 같았다. 팽팽하게 솟구친 페니스는 여전히 욱신거렸다. 한계에 다다라 그가 숨을 쉴 때마다 분신도 끄덕거렸다.

"벌써 가버리면, 곤란해."

유혁이 라온의 귓가에 속삭였다. 여전히 쾌감의 여운에서 벗어나지 못하는 여자의 어깨를 감싸 안고는 깊게 입 맞췄다.

유혁의 손가락은 여전히 그녀의 안에 있었다. 한번 이완됐는지라 조금 전보다는 수월하게 움직일 수 있었다.

"사람 미치게 한다, 너."

유혁은 조금씩 움직이더니, 어느새 과격해졌다.

"흐읏!"

그의 손가락이 그녀의 안을 휘젓고 나올 때마다 음란하게 질척거렸다. 라온은 또다시 경련했다. 그에게 매달렸다. 그녀의 눈가에 의도치 않은 이슬이 맺혔다.

"괜찮아. 응?"

유혁은 한쪽 팔로 라온의 어깨를 안아 제게 바짝 끌어안았다. 다른 팔로는 그녀의 다리를 들어 올리고 그녀와 제 중심을 최대한 가까이 맞췄다.

고개 숙인 유혁이 라온의 입술에 깊게 입 맞췄을 때다.

"으윽!"

라온은 온 힘으로 비명을 삼켰다. 크고 굵은 유혁의 페니스가 그녀의 중심을 꿰뚫었다. 단숨에 밀고 들어간 그것이 그녀의 중심에 박혔다. 가까스로 그의 어깨를 붙든 라온의 손끝이 그의 살갗을 파고들 것 같았다.

"흣!"

여자는 깊은 늪과 같았다. 그를 끝이 없는 블랙홀로 빨아들이는 듯했다. 하얀 얼굴이 더욱 하얗게, 파리하게 변한 것을 보며, 유혁은 미간을 찡그렸다. 가까스로 호흡을 조절했다.

"유라온."

유혁의 깊은 목소리가 어둡게 울렸다. 그가 제 가슴에 얼굴을 문은 라온을 떼어냈다. 한 손으로 가볍게 그녀의 턱을 잡아 시선을 고정했다.

눈물이 그렁그렁한 눈동자. 온몸에 힘을 준 채 여전히 파들 파들 떨고 있다. 그를 악문 곳은 마치 그의 페니스에 달라붙거나 못이 박힌 것 같았다. 쿵쿵대는 맥박까지 함께 느낄 수 있었다.

영혼까지 하나가 되면 이런 느낌일까.

젠장!

욕설이 튀어나올 것 같아 유혁은 으득 이를 물었다.

"똑바로 말해. 처음이야?"

라온은 대답하지 않았다. 자동으로 넘친 눈물이 뚝뚝 떨어져 그의 가슴에 닿았을 뿐이었다.

그것으로도 유혁은 대답을 얻었다.

"너!"

유혁의 목소리는 낮게 갈라졌다. 처음이다. 이렇게 화가 난 건 죽었다던 어머니가 살아 있다는 걸 알았던 그 날 이후 처음이다.

"이러고도 하룻밤이니, 대가니, 그런 말이 쉽게 나와?"

화를 내는 유혁을 향해 라온이 고개를 저었다. 파들파들 떠는 것만 빼면, 허스키하게 갈라지고 깊게 가라앉은 것만 빼면, 믿지 못할 만큼 차분한 목소리다.

"중요한 거 아니잖아요, 내가 처음인지 아닌지. 그게 그렇게 유혁 씨가 화낼 건 아니라고 봐요. 내가 서툴러서 화를 낸다면 몰라도."

유혁은 으득 이를 갈았다. 오만하게 턱을 쳐들고 매서운 눈빛으로 바라봤다.

"입 닥쳐. 죽여버리기 전에."

제 페니스를 여자의 안에 넣은 채 할 얘기는 아니었다. 아니, 이런 상황이 유혁은 우스웠다. 그 옛날 꼬맹이던 유라온한테 눈길이 가는 것부터 마음에 안 들더니.

"네 말이 맞아. 중요한 거 아니야."

그렇다고 여기서 멈출 것도 아니다. 멈출 수도 없었다. 본능적으로 그를 두려우리만치 빨아들이는 여자. 그가 버거워 학학대며 뱉은 숨을 내쉬는 모습조차 끔찍할 만큼 예뻐 보였다. 심장이 저릿해지고, 눈이 돌아갈 정도로 좋았다.

미쳤구나, 강유혁.

유혁의 손이 그들이 결합한 곳을 더듬었다. 애액으로 흠뻑 젖었음에도, 그녀는 그가 조금만 움직여도 움찔움찔 경련했다. 이가 으스러지는 것이 아닐까, 걱정될 만큼 이를 악물었다.

그러나 이대로 밤을 새울 수도 없는 일.

유혁은 상체를 우뚝 일으켰다. 라온의 다리를 들어 어깨에 걸쳤다. 최대한 천천히 빼냈다가 단번에 박아 넣었다.

"하흐읏!"

라온의 몸이 부서질 듯 흔들렸다. 그럴 때마다 유혁의 인내도 산산조각이 났다. 그의 눈앞에서 쾌락이 눈부시게 부서졌다.

"아홋……. 하흐으……, 읏!"

안의 것을 모두 끌고 나올 듯 뻑뻑하게 빠져나온다. 유혁은 힘껏 허리를 튕겼다. 그때마다 라온은 온몸이 부서지는 고통으로 몸부림쳤다. 그의 것이 쿵 하며 박히면, 그곳이 한없이 벌어져 쪼개지는 것 같았다.

"하!"

유혁이 짙은 한숨을 내뱉었다. 그들의 결합 윗부분을 더듬어 진주 같은 알갱이를 찾아냈다.

"훗!"

"윽!"

그와 그녀의 신음이 동시에 터졌다. 라온이 경련하며 제 안의 그를 꽉 조이자, 유혁은 사정 충동을 간신히 억눌렀다.

손끝으로 천천히 클리토리스를 돌리며 자극했다. 그의 것을 악문 곳이 진동하듯 떨리기 시작했다. 그의 손끝이 조절하는 것을 따라 이완과 수축을 반복했다. 유혁의 숨결도 가파르게 거칠어졌다.

"그, 그만……. 아파……."

"힘 빼. 지금도 아프기만 해?"

"아니, 아니……."

라온이 격렬하게 고개를 저었다. 온몸에 오싹오싹 전율이 일었다. 간질거리는 건가. 저를 휩쓰는 저릿한 쾌감에 미칠 것 같았다. 그만 하라고 그의 손을 잡았지만, 힘이 없었다.

"하아, 하아……."

헉헉대며 작은 오르가슴의 산을 넘던 라온이 숨을 멈췄다.

그 순간, 유혁은 맹렬한 질주를 시작했다. 굵은 것이 쿡 찔렀다가 질 벽을 쓸며 빠져나오고, 다시 허리를 튕겨 그녀의 안을 휘지었다. 라온이 느낄 수 있는 싶숙한 곳을 연거푸 공략하고 페니스 끝으로 마찰했다.

"아아아……!"

라온은 신음과 울음을 동시에 터트릴 것 같았다. 땀으로 범벅이 되어 매끄러운 유혁의 몸을 으스러질 만큼 껴안았다. 눈 앞이 어질어질했다.

끔찍한 쾌감이 거세고 높은 파도처럼 덮쳤다. 살과 살이 맞 부딪치는 질척한 소리가 침실에 가득 찼다.

"으윽!"

격렬한 질주의 끝. 순간, 유혁의 눈앞도 새하얗게 바래졌다. 온몸의 힘이 제 중심 한 점으로 몰려 빠져나갔다. 뜨거운 것이 여자의 깊숙한 곳에 가득 퍼졌다.

마지막 끝의 끝까지 모조리 빠져나간 공허함.

유혁이 부르르 떨었다. 격렬한 쾌감으로 유혁은 라온을 부둥켜안고 두 눈을 감았다.

세상을 모두 가진 듯한 격한 환희와 아득한 만족.

처음이었다. 이런 끔찍하고도 황홀한 경험.

라온을 안은 채 유혁은 침대로 엎어졌다. 어지럽고도 과격한 쾌감에 숨을 쉴 수가 없었다.

온몸에 나른함이 퍼졌다. 가끔 욱신거리는 느낌이 들지만, 견디지 못할 만큼은 아니었다.

깨끗하고 청량한 공기, 바스락거리는 푹신한 침구, 그리고 대낮처럼 밝게 밤을 비추는 달빛이 쏟아지는 창.

라온은 모든 것이 비현실적으로 느껴졌다. 당장 꿈에서 깨어 집으로 돌아가야 한다는 생각에 눈을 감을 수 없었다.

"며칠 전에 봤어."

라온의 등 뒤에서 낮은 목소리가 들렸다. 그녀를 뒤에서 안은 유혁의 목소리였다. 앞뒤 다 잘라먹은 말이었으나, 라온은 유혁이 무엇을 말하는지 단번에 알 수 있었다. 그녀가 집에서 나온 적은 그 날 한 번뿐이었으니까.

"가야금. 그때 나도 군 청사에 있었어."

대답 대신 라온은 희미하게 고개를 끄덕였다.

"잘하더군. 이 손끝에 박힌 못만큼 노력했을 테지."

유혁이 라온의 손가락 끝을 천천히 어루만졌다. 오래전부터 굳은살이 앉았던 그곳엔 감각이 잘 느껴지지 않았다. 그런데 이상하게도 유혁의 손길이 닿을 때마다 깊은 곳 어딘가가 욱신거렸다. 어쩌다 간질거렸다.

"대학은 어디로 진학했지?"

라온은 대답하지 않았다. 왜 그런 것을 묻느냐는 듯, 의아한 표정이 되었다.

"너 정말 기억 못 해? 그런가 보네."

"뭐가……."

라온은 이제 말을 이을 수 없었다. 질문한 유혁은 저 스스로 답을 추측하고는 그녀를 그냥 두지 않았다. 저를 안고 누운 그대로 목덜미부터 닿은 유혁의 입술이 뜨거웠다. 척추를 따라 내려온다. 그녀의 몸을 바짝 감싸 안아 앞으로 온 단단하고 굵은 팔은 라온의 힘으로는 조금도 움직일 수 없었다.

"하."

라온의 입술이 저절로 벌어졌다. 젖은 한숨이 새어 나왔다.

유혁의 커다란 손은 끊임없이 움직였다. 젖가슴을 움켜쥐고 주무르니, 도저히 느끼지 않을 수가 없었다. 본능은 무서웠다. 아랫배가 움찔거리고, 깊은 곳에서 와락 쏟아진 물기로 벌써 아래쪽이 미끈거렸다. 야릇함에 그녀의 숨결이 거칠어졌다.

"그만."

가까스로 라온이 그의 손을 잡았다. 그러나 손에도 힘이 하나 없어 그저 유혁의 손에 제 손을 포갰을 뿐이었다.

"너도 만져봐."

유혁이 손의 위치를 바꿨다. 라온의 손을 잡고 그녀의 젖가
슴에 올렸다. 천천히 움직였다. 단단해진 유두가 손바닥을 간
질였다. 그러더니 유혁은 조금 전 자신이 했던 것처럼 그녀의
손으로 그녀의 가슴을 주물거렸다. 강하게 쥐었다가 부드럽
게 풀었다. 제 손의 느낌이었지만, 야릇함은 배가 되었다.

"좋아?"

유혁이 민감해진 젖꼭지를 잡아당기고 자극해서 라온은 견
딜 수가 없었다. 귓속을 파고드는 음성도 끈적끈적하고 야릇
했다. 심장이 두근거릴 만큼 야하게 들려 저절로 몸이 비틀렸
다.

"읏!"

어느새 몸은 다시 달아올라 민감해졌다. 그의 손길이 스치
는 단 한 순간도 견딜 수 없다.

그때, 유혁의 강한 손가락이 그녀의 다리 사이로 파고들었
다. 홧홧한 열기로 가득한 곳을 손바닥으로 넓게 덮었다.

"으응."

라온의 손이 그의 팔뚝을 잡았다. 엉덩이골을 꾹꾹 누르는
단단한 것이 그의 페니스라는 것을 이제는 모른 척할 수 없었
다. 흠칫 몸을 떨었다.

유혁은 그녀의 몸을 꼭 안고 발갛게 달아오른 귓불을 물었

다. 뜨거운 숨결. 자근자근 깨물며, 동시에 귓속까지 천천히 핥았다. 이런 곳까지 자극받을 줄 라온은 미처 예상치 못했다.

"하아, 간지러워."

"간지러운 것과는 달라."

그의 말대로다. 간지러운 것으로 다리 사이의 깊은 곳이 뜨거워지거나 축축하게 젖지 않는다. 유혁의 손이 허벅지 사이로 들어왔을 때, 라온은 오싹해 몸을 떨었다. 천천히 부드럽게 허벅지 안쪽 여린 실을 쓰다듬던 유혁이 길라진 틈까지 밀려 들어왔다. 부드러운 마찰. 감각적인 손길에 라온이 신음을 토해냈다.

"아파. 거기……."

옅은 한숨에 작은 목소리가 섞였다. 투정 같은 것은 부려본 적이 없는 것처럼 그저 감정 없는 시크한 어조였다.

그것이 유혁은 마음에 들지 않았다. 사정한다 해도 그만둘 그는 아니었지만.

유혁이 몸을 홱 돌려 라온의 몸을 타고 올랐다. 두 팔로 매트리스를 짚어 또다시 우물처럼 라온을 가뒀다.

깊숙이 시선이 맞닿았다. 검고 깊은 눈동자가 미동도 없이 서로를 향했다. 무엇도 걸치지 않은 맨몸으로 맞닿아 있는데, 자연스럽다. 그것이 라온은 이상했다.

순간, 유혁의 한쪽 입꼬리가 씨익 말려 올라갔다.

"왜 아픈지 알려줘?"

역시. 아무리 봐도 마음에 들지 않는다. 꺼진 재처럼 가라앉은 라온의 눈동자가. 제 품에 안겨서 쾌락의 신음을 흘릴 때는 활활 타는 불과 같았건만.

"한 번만 해서 그래."

라온이 미간을 찡그린 것과 동시였다. 유혁은 그녀가 덮고 있던 얇은 시트 자락을 확 걷었다. 매끄러워 보이는 하얀 나신이 온전히 드러났다. 그가 대차게 물고 빨아 붉은 꽃잎이 수놓인 설원.

유혁은 바르작거리는 라온의 두 팔을 잡아 고정했다. 바짝 붙은 그녀의 다리 사이를 무릎으로 파고들었다.

그것만으로도 라온의 숨결이 거칠어졌다. 알아버렸다. 그가 하는 행동의 의미를.

동그란 가슴이 빠르게 오르내렸다. 반면 납작한 아랫배는 더욱 납작해졌다. 고개 숙인 유혁이 콧등과 입술로 단단히 솟은 분홍빛 유두를 장난감처럼 갖고 놀았다.

"흐으……."

자연스럽게 풀린 손으로 라온은 유혁의 머리칼을 붙들었다. 거친 신음이 터질 것 같아 입술을 물고, 저도 모르게 손바닥으로 입을 막았다. 흘끔 보던 유혁이 입술을 아래로 미끄러뜨렸다. 라온의 몸이 경련하듯 뒤틀렸다.

"여기."

유혁의 입술은 어느새 라온의 배꼽 아래까지 내려갔다. 혀를 내밀어 아이스크림이라도 핥듯 그녀의 검은 숲 주위를 할짝할짝 핥았다.

"유, 유혁 씨! 하지⋯⋯."

"내가 말 안 했지? 내가 청개구리 띠야. 하지 말라면 꼭 해야 하는 줄 알아. 그러니 알아서 얘기해."

씩 웃던 유혁이 얼굴 전체를 그녀의 검은빛 중심에 묻었다. 크게 물었다가 놓으며 세로의 틈을 따라 혀로 길게 핥았다. 라온의 하체가 부들부들 떨렸다.

"여기가 부었어."

유혁이 그녀의 가는 다리를 접어 세웠다. 양팔로 하나씩 잡고 라온의 다리를 벌린 그가 지그시 그녀의 중심을 바라보았다.

속살도 선명한 분홍빛으로 예뻤다. 누구의 시선도 닿지 않던 곳. 유혁은 자신도 알지 못하던 소유와 정복욕으로 심장이 뻐근해졌다.

"달래줄게."

유혁이 그녀의 허벅지에 천천히 입 맞추기 시작했다. 설원처럼 하얀 곳을 혀끝으로 핥았다. 달아서 멈출 수가 없었다. 가운데 중심으로 갈수록 라온의 떨림이 심해졌다.

"거긴 그만⋯⋯, 해요."

훅. 뜨거운 숨결이 애액이 흐르는 곳에 느껴졌다. 역시 강렬한 쾌감. 저도 모르게 라온이 움찔 움츠러들었다.

"반응하잖아. 움직이는데?"

재미있다는 듯 유혁이 쿡 웃었다. 웃고 있는 것까지 적나라하게 느껴져 라온은 부끄러웠다. 얼굴이 화끈거렸다.

"여긴 어때?"

이내 그가 그녀의 깊은 곳이 시작되는 입구를 혀끝으로 핥자, 헉 소리와 함께 라온의 허리가 들렸다. 아랫배가 거침없이 떨렸다. 라온은 되는 대로 움켜쥐고, 격렬히 고개를 저었다.

"하아, 하아."

어디까지 밀어붙이려 하나. 이 남자는 자비를 모른다. 그가 바라보는 것만으로도 이렇게 뜨거워질 줄 상상도 못 했다. 감당할 수 있는 한계를 이미 넘어섰건만, 그래도 몰아치고 있다. 오싹한 전율이 휘몰아쳐 라온은 온몸이 불타는 듯했다.

"흐……, 유혁……."

라온은 시트를 쥐어뜯었다. 이 밤, 이미 몇 번을 경험했던 격렬한 오르가슴의 문턱에서 할딱거렸다. 발버둥 치고 싶었지만, 그녀의 허벅지를 두 팔로 감싸 붙든 유혁은 꼼짝도 하지 않았다. 그의 혀가 쾌락만을 위해 존재하는 작은 돌기를 쳐올리고, 그때마다 그녀는 흐느꼈다. 입에 물고 빨 때는 머릿속으로 강렬한 전기가 관통했다. 감당할 수 없어 라온은 목 놓아울고 싶었다.

"하아아아……!"

그녀의 나직한 비명에 맞춰, 뜨거운 것이 다리 사이로 뚝뚝 흘렸다. 푸드득 몸이 떨렸다. 숨이 턱턱 막혔다.

그러나 유혁에게는 아직 멀었다. 그는 오늘 이 여자를 순순히 놓아줄 생각이 없었다.

유혁의 입술이 양쪽 꽃잎을 조금 더 밀어 열었다. 번갈아 혀끝으로 핥아 주다 파들거리는 클리토리스를 혀끝으로 굴렸다.

"흐읏!"

잔뜩 흐른 애액을 손끝에 묻혀 앞뒤로 문지르고, 여성의 안으로 매끄럽게 집어넣었다. 그녀의 아랫배가 욱신 조여들더니 그의 손가락이 미친 듯이 빨려 들어갔다.

유혁이 윽, 하는 신음과 함께 미간을 찡그렸다. 뜨거운 부드러움에 그 또한 당장 사정할 것 같았다.

"힘주지 마."

유혁이 으르렁댔다. 그러면서도 싫지 않았다.

"미치겠군. 이 대단한 걸 나만 안단 말이지."

유혁은 혼잣말처럼 중얼거렸다. 강렬한 소유욕이 몰아쳤다. 물론 앞으로도 다른 놈에게 보여줄 생각은 없다. 그럴 일은 영원히 없을 것이다.

유혁의 손가락이 천천히 진퇴를 시작했다. 손가락이 구부러져 라온이 미친 듯이 느끼던 한 점을 찾았다. 도톰한 그곳을 연달아 자극하니, 라온이 경련했다. 그의 손도 그녀가 흘린 물기로 흥건해졌다.

"하아, 하…….."

순간, 그의 몸을 붙들고 힘을 주던 라온이 축 처졌다. 또다시 절정을 맛본 것이다. 그녀는 제대로 숨도 쉬지 못했다.

"유라온."

유혁이 그녀의 위로 올라갔다. 제 페니스를 그녀의 중심에 맞춰 끝으로 그녀의 입구를 천천히 비볐다. 미끄러운 마찰음. 온몸이 뜨거워졌다. 유혁은 옅은 신음과 함께 힘겹게 눈을 뜬 라온의 입술에 깊게 키스했다. 혀를 빨고, 그녀의 입안 모든 곳을 애무했다.

"네 여기."

유혁이 속삭였다. 그의 손끝이 그들이 결합할 위쪽을 천천히 쓰다듬었다. 매력적인 입술이 비틀렸다.

"할 때마다 내게 맞춰지게 돼 있어. 어때? 멋지지 않아?"

무엇이 멋지다는 걸까.

라온이 묻기 전, 유혁이 단 한 번에 그녀를 꿰뚫고 들어왔다. 이미 한 번의 경험을 하고도 버겁다. 한없이 벌어지는 느낌에 라온의 두 눈이 커졌다. 파르르 떨며 그의 어깨를 겨우 붙들었다.

젖은 살이 질퍽하게 마찰했다. 그 소리가 적막을 갈랐다. 전신을 오싹하게 하는 전율이 엄습했다.

거친 숨을 내쉰 라온이 손끝을 세웠다. 조금 전 절정을 경험한 그녀의 몸이 또다시 한계로 치달았다. 유혁이 허리를 강하게 튕길 때마다 그녀의 몸은 부서질 듯 흔들렸다. 숨도 못 쉬는 한계. 그녀의 안에서 자잘한 진동이 끊임없이 일어나 유혁을 자극했다.

"으윽!"

억누르던 모든 것들이 일시에 터졌다. 뜨거운 것이 가득 여자의 안으로 퍼져가는 쾌감이 유혁의 전신을 울렸다. 파들거리는 여자의 다리를 더욱 벌려 유혁은 마지막의 마지막까지제 정기를 쥐어짰다. 기어이 그녀를 품에 안고 그 또한 매트리스 위로 무너지듯 쓰러졌다.

가물거리는 시야. 잠이 들 것 같은 그 순간, 유혁이 라온의 귓가에 속삭였다.

"유라온…… 너 내 거야. 오래전부터 그러고 싶었어. 내가 찍었잖아. 너, 내 곁에 있어."

까무룩 기절하듯 잠이 든 라온은 듣지 못했다.

달빛이 흐른다. 불을 켜지 않아도, 객실이 환했다. 샤워를마치고 나온 유혁이 침대로 다가갔다.

라온은 잠에 빠져 있었다. 시트를 꽉 움켜쥔 채.

달빛에 드러난 하얀 몸, 그리고 검푸르게 윤기 나는 긴 머리카락. 유혁은 본능적으로 발기한 제 페니스를 흘끔 보고는 픽 웃었다.

이럴 줄 알고 샤워하고 나온 건데. 여전하다.

진정해.

머리 말리던 수건을 테이블 위에 던져둔 그가 침대로 올라
갔다. 모로 몸을 말고 자는 라온의 옆으로 들어가 그녀의 몸을
바짝 끌어안았다. 서늘함을 느꼈는지 움찔하던 라온이 이내
고른 숨을 내쉬었다.

제 가슴 안에 쏙 들어온 몸이 유혁은 만족스러웠다. 다리를
엇갈려 얽고, 가는 팔을 쓸어내려 손을 잡았다. 라온이 조금이
라도 편하게 자도록 자리를 잡아줬다.

「장례식장에서 한 번쯤 다시 볼 줄 알았는데.」

라온의 기억이 맞았다. 장례식장에 다시 찾아오지 않은 그.
그녀는 그를 보지 못했지만, 그는 라온을 그곳에서 보았다. 발
인 전날 밤에.

그즈음의 조부는 상태가 더욱 위독하셨다. 그로 인해 유혁
은 회사를 비울 수 없었고, 처리해야 할 일이 많았다. 더불어
아직은 무엇도 정리되지 않았다. 그가 할 수 있는 것은 한밤에
와서 지켜보다 돌아가는 것뿐.

빈소는 조용했다. 조문객이 거의 없던 곳이지만, 발인 전날
은 유독 쓸쓸했다. 문 앞에 서 있던 유혁은 기어이 신을 벗고

빈소 안으로 들어섰다. 벽에 기댄 그대로 옆으로 쓰러진 라온 앞에 무릎을 접어 앉았다. 그녀는 잠이 들었다.

너 잠은 제대로 자는 거야? 먹긴 먹고 있어?

유혁이 본 라온은 그저 앉아 있는 모습이었다. 눈물을 흘리지는 않았지만, 그렇다고 표정이 있지도 않았다. 당장에라도 풀썩 바스러질 것처럼 그저 빈소 앞에 앉아 있을 뿐. 기어이 체력이 견디지 못했을 것이다.

유혁의 손이 라온의 이마 위로 드리워졌다. 잠시 주저하다가 이내 손끝이 땀이 슬쩍 배어난 그녀의 이마를 훔치고, 고통스레 찡그린 눈가에 멎었다. 문득 감은 눈에서 밀려 나와 콧등을 넘어 뚝 떨어진 눈물. 유혁은 심장이 덜컥거렸다.

너 정말.

당장 일으켜 세워 으스러지게 안아주고 싶었다. 차갑고 파리한 입술에 제 온기를 전하고, 제 혀끝으로 눈물을 닦아내고 싶었다.

그러나 유혁은 손끝으로 슬며시 눈가를 쓸었을 뿐이었다.

"유라온……. 혼자 울지 마."

그때 문득 라온의 입술이 달싹거렸다. 눈을 뜨지 않았으니, 유혁은 그녀가 꿈을 꾸는 것이라 여겼다.

"……응."

그녀의 미약한 신음이 제 말에 대한 대답 같아서 유혁은 심장이 턱 막혔다. 안절부절못하던 그의 손이 기어이 라온의 어깨에 닿았다.

　희미하게 떨리는 그녀의 어깨를 조심스럽게 토닥거렸다. 연이어 떨어지는 눈물방울을 천천히 닦아냈다.

동. 섹스만 해요

출장 갔던 태헌이 귀국하여 집에 도착한 것은 밤이 깊어서였다.

공식적으로는 TH 엔터테인먼트의 프로듀서이자 대표이사지만, 서른두 살의 그를 설명하는 말은 다양했다. 손대는 아이돌 그룹마다 신화를 쓰는 미다스의 손, 한류 열풍을 이끄는 제작자.

그 중, 태헌이 유독 거부하는 설명이 한 가지 있었다. 한국을 대표하는 가야금 명인 백서희의 유일한 혈육.

우스운 것은 백서희는 평생 미혼이었다. 그런 그녀가 미혼모로 키워온 자식이 그였단 말이다. 어머니와 성이 다른 만큼, 그에게도 생부는 존재했다. 존재만 할 뿐, 그가 인정은 하지 않지만.

태헌의 중국 출장은 2박 3일 일정이었고, 밥 먹을 틈도 없이 미팅의 연속이었다. 한국에 도착한 그는 심한 피로감에 머리가 지끈거렸다.

　자신의 아파트 주차장에 차를 세우고, 엘리베이터를 타면서
도 태헌은 줄곧 휴대전화를 놓지 않았다. 차에서 내리면서부
터 계속 누군가에게 전화를 걸었다.

　전화는 현관문을 열고 집안으로 들어와 불을 켜고도 한참을
계속했다. 기어이 5통의 전화가 부재중으로 넘어갈 때까지 상
대가 전화를 받지 않자, 그는 문자를 남기는 것으로 오늘의 전
화를 포기했다.

　- 유라온. 전화해라. 태헌. -

　휴대전화 액정을 끄며 태헌은 깊이 한숨을 내쉬었다.

　진서혜, 유라온.

　어머니가 딸처럼 아끼던 아이들. 그리고 긴 시간 어머니를
망설이게 한 예인들.

　아들인 그는 어머니의 열정과 재능을 물려받지 않았다. 그
쪽으로는 능력도 흥미도 없었으니까. 그대신 어머니에게 제
가 소외되었다고 투정도 하지 않았다. 자신은 이해할 수 없는
그들만의 세계가 있을 것이고, 그 안으로 들어가지 않은 것은
자신이었다.

　어머니의 병을 안 것은 4년 전. 본인이 오래 버티지 못할 것
을 예감하셨다. 서혜는 방황하고, 후계자는 정할 수 없고. 그

즈음 만난 라온에게 어머니가 어떤 열정을 쏟았는지, 태헌은 알고 있었다.

주치의의 의견도 4년이면 오래 견디신 거라고 했다.

어찌 되었든 어머니는 후계자를 정하셔야 했고, 그가 보기에도 어머니는 끝까지 마음을 정하지 못하셨다. 그래도 자신은 은연중 어머니는 마지막까지 자신의 곁을 지킨 라온을 택할 거라 여겼는지 모른다. 정 많고 마음 약하던 어머니셨으니까.

그런 분이 정을 버리고 유파를 보존하겠다는 대의명분을 따르셨으니, 태헌으로서도 충격일 수밖에 없었다.

어머니가 데려오셨던 아이, 유라온.

서혜에 대한 상심이 크셨는지, 어머니는 어지간한 곳에 마음을 열지 않았다. 그런데도 라온을 데려올 수밖에 없던 것은 그녀의 재능을 포기할 수 없으셔서 일 것이다.

외적으로 화려해 보이는 진서혜에 비한다면, 재능 하나만 빛나던 아이, 유라온. 흔한 배경도, 끌어주는 이도 없이 독하게 일어나신 어머니 본인과 닮아 더 예뻐하셨을 터였다.

라온과 연락이 되지 않은지 한 달이 다 되어갔다. 처음에는 마음 정리가 필요할 거라 여기며 그냥 놔뒀는데, 어머니 사십구재가 멀지 않은 지금도 연락이 되질 않는다. 계속 두고 볼 수가 없었다.

지금껏 어머니와 아들은 서로가 하는 일에 대해 간섭을 하지도, 상대의 이름을 등에 업지도 않았다. 그렇지만 이번만큼은 태헌은 자신이 끼어들어야 한다고 여겼다. 라온의 지난 시간을 무위로 돌릴 수는 없지 않나.

돌아서 자신의 방으로 가려던 태헌이 우뚝 멈췄다. 아무런 장식이 없는 그의 집 거실 벽 한쪽에 세워두었던 긴 물건에 시선이 멎었다. 어머니의 연구실에서 가져온 그분의 가야금이 자신을 봐달라는 듯 서 있다.

그쪽으로 다가선 태헌이 가죽 커버의 지퍼를 살짝 열었다. 어둠 속에 묻혔던 가야금이 빛 속으로 드러났다.

「혼을 담았지. 장인의 혼도 담기고, 내 혼도 담기고. 서서히 말라죽은 오동나무의 혼도 담기고.」

「말라죽은 오동나무는 한이 서렸을 것 같아요.」

「살아천년, 죽어천년이라는 얘기 알지?」

「주목나무요?」

「그래. 그 주목 못지않은 한이지. 주인 된 이가 이해하고 달래줘야 할.」

어느 날 어머니와 라온이 나누던 대화가 떠올랐다. 혼? 한? 철저한 사업가 마인드의 그는 이해하기 어려운 말이긴 했어도, 어머니도 라온도 진지해 혼자 웃었던 기억이었다.

태헌은 손끝으로 가야금의 좌단[2]과 현침[3]을 천천히 쓰다듬었다. 어머니가 어쩌면 자식인 자신보다 애정을 쏟던 물건. 그래서일까. 냉정히 말하면 나무통일 뿐인 그곳에서 온기가 느껴지는 것 같다. 살아 숨 쉬는 것까지는 모르겠지만.

"네가 살아 있다면, 얼른 주인을 찾아가야겠네."

한숨처럼 중얼거린 태헌이 커버의 지퍼를 닫고, 침실 쪽으로 움직이려 할 때였다.

요란하게 울리는 현관 벨 소리에 그의 시선이 휙 돌아갔다. 도어폰 화면에 방문자의 모습이 보였다.

확인한 태헌은 저도 모르게 제자리에 우뚝 굳었다. 심장이 덜컥 내려앉은 것이다.

그런데 상대가 순식간에 화면에서 사라졌다. 놀란 태헌이 성큼성큼 걸어가 자신이 방금 열고 들어왔던 현관문을 확 열었다.

"서혜야!"

급하게 문을 연 태헌이 무색하게, 진서혜는 그의 눈앞에 있었다. 정확하게는 시선 아래. 벽에 기댄 채 그대로 바닥에 주저앉은 것이다. 제 이름이 불려 힐끔 고개를 든 서혜가 피식 웃었다.

"너, 여기서 뭐 해?"

2　가야금 연주 시 오른손이 놓이는 머리 부분.

3　담괘의 다른 이름. 거문고, 가야금 따위의 현악기에서 줄을 괴는 받침.

"그러게요. 나, 여기서 뭐 하죠?"

서혜의 음성은 물기에 젖었다. 바라보던 태헌의 눈매가 가늘어졌다.

"술 마셨니?"

"네. 마셨어요. 미성년자도 아니고. 내가 마시지 못할 이유 없잖아요."

서혜는 반항을 하고자 작정하고 온 듯했다. 평소 술 한 잔도 제대로 감당하지 못하는 것을 아는데. 이렇게 흐트러진 모습도 진서혜를 알게 된 후 처음이었다. 얼마나 마셨을지 가늠이 되지 않았다.

"여기까진 어떻게 올라왔어?"

"내가 바보예요? 아래서 누가 들어오기에 따라 왔죠."

태헌이 깊은 한숨을 짧게 내쉬었다.

"내가 없을 수도 있잖아."

"출장 가셨다면서요. 맨날 가는 출장. 돌아올 때까지 기다리면 되죠. 그게 뭐가 어려워서."

마치 자신의 집에라도 들어온 것처럼 서혜는 편하게 늘어졌다. 제 무릎을 두 팔로 끌어안고는 두 무릎 사이에 턱을 올렸다. 자존심 강하고, 늘 꼿꼿한 진서혜답지 않다.

"한 가지만 물어보고 갈게요."

서혜를 내려다보던 태헌이 어쩔 수 없다는 듯 팔짱을 풀었다. 가는 서혜의 팔을 잡아 일으키려 했다.

"들어가서 얘기하자."

"나만 빼고 모두가 알고 있었대요."

시선이 마주쳤다. 태헌은 멈칫한 채, 움직이지 못했다.

"모든 게 정말 다 정해졌던 거예요? 선생님은 제가 아니라, 제 능력이 아니라, 제 배경이 필요하셨던 거예요?"

그 순간 복도의 센서등이 꺼졌다. 태헌도, 서혜도 움직이지 않으니 주변은 진득한 어둠이 덮쳤다. 그런데도 눈빛은 알아볼 수 있었다.

슬프게 일그러졌는데, 누구의 것인지는 의미 없었다.

"내가 뺏은 거죠, 그 아이 꺼? 지긋지긋한 내 배경으로…… 누른 거죠?"

태헌은 겨우 껄끄러운 목소리를 밀어냈다.

"그래서? 그랬다면 넌 그 타이틀 돌려줄 거야?"

서혜가 그러지 않을 거라는 것을, 아니 그러지 못할 거라는 것을 태헌은 알고 있다.

텃세를 이기고 다시 가야금으로 돌아올 것을 결심했을 때, 서혜는 예전의 그녀가 아니었다. 자신만의 힘으로 설 수 있을 거라는 확신이 서서 돌아왔을 테니까.

그런데 기어이 서혜의 음성이 흔들렸다. 어둠 속이지만, 태헌은 그녀의 눈물을 느낄 수 있었다.

"내가…… 한 사람의 인생을 망쳤대요. 못 쓰게 만들었대요. 나, 나는 당연히 해야 하는 줄 알고 경합에 나섰는데……."

물기 젖은 목소리가 어둠 속으로 스몄다. 그녀 또한 사라질 것 같아 태헌은 더는 견딜 수 없었다.

잡고 있던 팔 그대로 서혜의 몸을 끌어당겼다. 깊이 안고 떨리는 등을 쓸어내렸다.

라온이 두 눈을 반짝 떴다. 얼마나 잔 거지. 머릿속이 멍하여 한참을 그대로 있어야 했다.

불면증이었다. 잠을 제대로 잔 것이 언제였는지 라온은 기억나지 않았다.

정말 잠들었네. 신기하다.

라온은 또록또록 눈알만 굴렸다. 며칠 만에 제대로 잔 건지 모르겠다. 눈가의 뻑뻑함이 많이 사라졌다.

아무리 그래도 지금은 집에 가야 한다. 라온은 옆 테이블 위에 놓인 자명종을 흘끔 보았다. 아직 자정은 되지 않았다.

라온은 제 앞에 빗장처럼 채워진 남자의 팔을 가까스로 걷어냈다.

문득 그 손에 시선이 멎었다.

힘줄이 불거진 굵고 강인한 팔. 피아니스트처럼 길고 섬세한 손가락은 손끝에 못이 박인 자신의 손가락보다 예뻐 보였다. 평생 궂은일은 단 한 번도 안 해본 듯했다.

제 몸 위에서 실크처럼 매끄럽고 가볍게 움직이던 손이다.
이 손이 자신의 몸을 어떻게 만졌는지, 언뜻 생각하는 것만으
로도 라온은 심장이 화끈 달아올랐다. 뜨거운 한숨이 저절로
새어 나왔다.

내가 겁을 상실하긴 했구나.

라온은 자조적으로 피식 쓴웃음을 흘렸다.

침대에서 내려서기 위해 살짝 움직였는데도 허벅지 안쪽 중
심이 뻐근했다. 걸을 수 있을까. 의문에 답이라도 하듯 발 하
나를 내리니 날카로운 통증이 깊숙한 곳을 찔렀다. 라온의 하
얀 미간에 선이 그려졌다.

첫 경험이란 것이 모두 이럴까.

「정말 좋았어. 사랑도 더 깊어진 것 같고.」
「사랑을 확인하기 위해 섹스를 하는 건 아니잖아.」
「사랑 없이 어떻게 그걸 해? 그건 동물들의 교미야. 종족 번식
을 위해 하는 짓.」

어느 친구가 그렇게 말했던 것 같은데.

「라온이 너는 남자 모르지?」
「남자? 누구?」
「풋. 누구냔다.」

「남자 경험 말이야. 잔 적 있냐고. 없지?」

대학 동기들과의 저녁 자리에서 나온 얘기였다. 무슨 얘기의 끝이었는지 기억은 나지 않는다.

「물어볼 애한테 물어봐. 경험 있게 생겼나.」
「뭐라니. 연주는 교태 넘친다고 칭찬이 자자한데. 꽃이 있는데, 나비가 안 날아와?」
「그거랑 어떻게 같니. 본인이 관심 없으면 상관없지.」
「아무리 그래도. 지난번 어떤 남자가 공연 보고 반했다면서 따라다녔잖아. 돈 많은 집 자식이라며.」
「그럼 잤을 수도 있네.」
「돈 많으면, 꼭 자야 해? 너는 몸부터 대줘?」

라온은 순수한 궁금증으로 물었다. 그 질문을 했던 친구는 찔끔했었나 보다. 화를 냈다.

「넌 무슨 말을 그렇게 해? 나도 쉬운 여자 아니야.」
「화내지 말고. 그냥 궁금해서 물었어.」
「우리도 궁금하긴 하다. 라온이 너, 순결주의자야?」
「뭘 물어. 연애도 한 번 못 해 본 애한테.」
「어머. 너 지난번에 좋아하는 사람 있다고 하지 않았어?」

「혼자 짝사랑이지? 선생님이 24시간 감시하잖니. 방학 때도 애만 데리고 다니시고. 어떻게 연애를 해.」

라온이 어떤 대답도 하지 않은 사이, 친구들의 대화는 자연스럽게 명인 백서희에게 단독으로 사사하는 제자, 유라온에게 초점이 맞춰졌다.

그 친구들의 부러움 섞인 시선이 어느 순간 묘한 질투와 질시로 변할 것을 안다. 가진 것 하나 없는 자신이 도대체 어떤 연줄이 있어서 그런 대접을 받나. 그래서 라온은 더욱 자신의 얘기를 하지 못했다.

그때의 대화가 왜 지금 떠오를까. 보란 듯이 첫 경험을 해치워서?

라온은 피식 웃었다. 사랑 없는 사이에도 관계는 가능하다. 그것도 기절할 만큼의 쾌락까지 동반할 수 있다. 그 친구의 말처럼 동물의 교미인지까지는 모르겠지만, 이제는 그녀도 대답할 수 있을 것 같다.

사랑 없이도 가능하네.

종족 번식을 위해 한 것이 아니니 교미는 아닐 것 같다며 라온은 설핏 웃었다.

남자를 안다는 것은 생각만큼 끔찍한 것도, 호기심만큼 신기한 것도 아니었다. 다만 아팠다. 온몸이 격통에 시달렸다. 지독한 근육통에 발이 바닥에 닿을 때마다 라온은 비명이 터질 것 같았다. 저도 모르게 미간이 일그러졌다.

화려한 후유증을 동반하고.

쓸쓸하게 웃던 라온이 바닥에 떨어져 있던 자신의 옷을 하나둘 꿰입을 때였다.

"이제 도망갈 타이밍이야?"

갑작스러운 굵은 목소리에 라온이 시선을 들었다. 어느새 눈을 뜬 유혁이 한 손으로 머리를 괴 상체를 들고는 라온을 바라보고 있었다.

라온은 그의 시선을 알고 있으면서도 천천히, 그리고 정확하게 옷을 꿰입었다. 팬티를 입었던 몸에 브래지어를 채우고, 바지를 입었다. 얇은 티셔츠를 훌렁 뒤집어 입었다.

머리부터 발끝까지. 그의 시선은 거꾸로 옷을 벗기는 것처럼 집요하고 적나라했다. 라온의 볼을 붉게 했다.

"내가 무얼 잘못했는데, 도망가요?"

속마음을 내색지 않은 라온이 차분한 시선으로 유혁을 바라봤다. 번뜩이는 눈빛은 욕망의 증거. 감당하기 버거워 라온은 그를 못 본척했다.

"지금은 더 못 해요."

깊게 가라앉은 눈빛이 유혁의 심장을 콱 틀어쥐었다. 온몸을 저릿하게 했다. 새삼스럽게도.

"뭘?"

작고 하얀 얼굴이 발갛게 달아올랐다. 당장에라도 잡아먹고 싶을 만큼 유혁에게는 예쁘게 보였다. 엷은 한숨을 동반하여 딴청을 피우는 것마저도 심장을 간질거리게 했다.

"넘겨짚지 마."

"잘못 이해한 거라면, 미안해요."

"그럴 것까지야."

유혁의 한쪽 입꼬리가 말려 올라갔다. 유약하지 않은 유라 온의 목소리. 마음에 든다. 눈빛도 제대로 돌아온다면 금상첨 화.

"유라온."

유혁이 시트를 걷고 침대에서 내려왔다. 아무것도 입지 않 은 그가 라온의 앞에 우뚝 섰다.

남자의 벗은 몸을 머리부터 발끝까지 똑바로 본 것은 처음 이었다. 곧게 뻗은 어깨와 근육이 단단해 보이는 넓은 가슴, 그리고 서서히 좁아지는 허리, 탄탄한 허벅지와 긴 다리.

유혁의 몸은 따로 공들여 만든 것처럼 완벽했다. 근육이 발 달했지만, 과하지 않았다. 균형이 잘 잡혀 오히려 날렵하고 샤 프한 느낌이다.

그러면서도 표정은 언제나 오만하리만치 당당하여, 가만히 있어도 위압감을 느끼게 한다. 심지어 그는 다리 사이의 검은 숲 사이에서 우뚝 솟은 남성까지 당당했다.

"노출증 아니면, 옷을 좀 입죠?"

라온은 얼굴이 달아올라 고개를 돌렸다. 아직은 익숙지 않앉다. 바라보던 유혁이 피식 웃고는 라온의 앞으로 바짝 다가 섰다.

"네가 익숙해지는 것이 더 빠를 거야."

유혁의 손이 라온의 턱을 가볍게 감쌌다. 힘을 줘 시선을 제 게로 돌려놨다. 고개 숙여 그녀와 시선을 맞췄다.

가라앉은 눈동자. 마음에 들지 않는다. 붙들어 뒤흔들고 싶 을 만큼 심장을 콱 막히게 했다.

돌아와. 내가 알던 유라온으로.

"서울엔 언제 가?"

라온은 대답하지 않았다. 그저 유혁을 바라볼 뿐이었다.

"학교 다니는 것 아니야? 방학인가?"

"이제 갈 일 없어요."

라온이 유혁의 손을 밀어냈다. 고개 돌려 그의 시선을 피했 다.

"가볼게요."

움직이려는 라온을 유혁이 두 손으로 잡았다. 어두운 눈빛 으로 내려다보았다.

"데려다줄게."

유혁은 라온의 대답은 듣지 않았다. 저 먼저 드레스 룸 쪽으 로 몸을 돌렸다.

늦은 시간이었다. 리조트의 지하 주차장은 밤늦게 도착한 이들의 웅성거림만 들릴 뿐 조용했다.

"여기서 기다려. 차 갖고 올게."

주차장 입구에서 유혁이 자신의 차로 가려 할 때였다.

"어머. 이 리조트는 사장이 이 시간까지 일을 하나 봐."

날카롭고 높은 여자 목소리가 울렸다. 듣는 순간 유혁의 미간이 일그러졌다. 본능적으로 리온을 잡아끌어 제 뒤로 보냈다. 눈매가 가늘어져 바로 앞까지 걸어온 세린을 내려다봤다. 친구로 보이는 여자 둘이 그녀의 뒤에 서 있었다.

세린이 유혁의 뒤쪽으로 시선을 던졌다가 피식 웃었다.

"이럴 때 쓰는 속담이 있었지? 뭐 묻은 게 뭐 묻은 거 욕한다고. 강유혁도 만만치 않네, 근무지까지 여자 데리고 온 거 보면?"

"네가 상관할 바 아니지. 우린 이제 그런 거 챙길 사이 아닌데?"

유혁의 어조는 능글능글 여유가 넘쳤다. 세린의 입가에 비웃음이 떠오르자, 그는 세린에게 바짝 다가섰다. 고개 숙여 그녀의 귓가에 속삭이듯 말했다.

"이제 남자들은 질렸냐? 아니면 원래 취향이 여자였어?"

세린의 표정이 미묘하게 변했다. 날카로운 눈매로 유혁을 노려봤다.

"강유혁 씨. 나 적으로 돌려서 좋을 거 없잖아? 제대로 돌려놓으시지?"

"적으로 돌린 적 없어. 그냥 깨끗하게 끝맺음하자는 뜻 못 알아들어? 여기까지 온 걸 보니, 우리 영감이 아직 연락 안 했나, 아니면 그쪽 보스가 수용 못 했어?"

유혁이 싱긋 웃었다. 굳은 세린의 표정과는 완벽히 대비됐다.

"어느 쪽이라도 상관은 없어. 나는 이미 끝냈으니까."

유혁이 허리를 펴고는 돌아서 라온의 손을 잡았다. 지금까지와 달리 어조가 정중해졌다.

"잘 쉬다 가시죠. 야외 수영장 및 음식도 해외 특급리조트 못지않게 완벽할 겁니다. 지루하면 이 위쪽으로 전나무 숲길도 걸어보고, 바다도 갔다 오길 추천합니다."

유혁이 또다시 정중히 허리를 굽혔다. 세린을 포함한 세 여자를 향한 것이어서 세린 뒤에서 어정쩡하게 서 있던 여자 둘 또한 저도 모르게 유혁의 인사를 받았다. 그만큼 유혁의 태도는 정중했다. 그러나 눈빛은 찬바람이 일 정도로 냉랭했다.

그때, 요란한 소리를 내며 주차장 밖으로 나가려는 차가 빠르게 그들을 스쳐 갔다. 뒤로 빠져 있던 라온의 몸이 가까스로 차를 피할 정도였다. 그런데 순간적으로 유혁이 라온을 제 품으로 끌어당겨 감쌌다.

그 모습을 보고 있던 여자들의 표정이 미묘하게 변했다.

"세린아, 강유혁 여자 있었어?"

"그러게. 가벼운 사이는 아닌 거 같다, 얘."

멀어지는 유혁과 라온의 등에 여자들의 의심스러운 눈총이 꽂혔다.

"웬일이래. 유럽에서도 여자 하나 없이 버티더니. 그거 잘못 알아본 거 아니야?"

"이상해. 그럴 일 없을 텐데."

"그럼 그렇지. 강유혁이라고 별수 있나. 자기도 여자 있으면서. 그런 것도 모르고, 너희 아버지는 너만 잡으셨니?"

"세린아, 너 정말 쟤랑 다시 잘해보려고 여기 온 거야?"

세린은 친구들의 말을 듣고 있지 않았다. 유독 마지막 말이 귀에 들어와 성질이 불끈 치밀었다.

잘해봐? 내가 왜? 날 개무시한 저딴 놈이랑!

"역시, 꿍꿍이가 있었어. 해외로 뜨자는 걸 싫다 하고, 굳이 여기로 온 게……."

"시끄러워!"

세린이 소리를 버럭 질렀다. 움찔한 친구들은 황당하다는 표정을 지었다. 모른 척하며 세린은 엘리베이터를 향해 걸었다.

기분이 묘했다. 여자를 보던 강유혁의 눈빛. 단 한 번도 제가 볼 수 없던 것들.

좋아한 적 없잖아. 잘하고 말 것도 없이 깔끔해졌어. 원래 약혼 같은 거 깨려 한 것도 나였어. 여자라도 있길 원했잖아.

그런데 머릿속 생각과 달리 마음이 이상했다. 제 것을 저도 모르게 강탈당한 것 같다.

왜 이래? 나 조세린이야!

세린은 도도하게 고개를 쳐들었다. 엘리베이터 버튼을 누르는 손끝이 신경질적이다. 자연스럽게 이름 모르는 여자가 마음에 걸려 그녀는 입술만 짓깨물었다.

유혁은 아파트 입구에 차를 세웠다. 그대로 내리려 하는 라온의 어깨를 잡았다.

"내일 저녁 7시. 여기서 기다려."

대답 없이 내리려던 라온이 포기한 듯 몸을 돌렸다. 그녀의 가뭇한 눈빛이 유혁을 향했다.

"왜요?"

"몰라?"

유혁의 눈빛이 뜨거웠다. 라온은 어둠 속에서도 느낄 수 있었다.

"관심이야. 내 곁에 있어."

"나는 강유혁 씨 관심 없어요."

라온의 어조는 미련 없다는 듯 여운 한 점 남지 않았다.

"화 난 거야?"

"왜요? 화내야 할 일 있어요?"

되물으니 유혁은 할 말이 없었다. 여기까지 오는 내내 마음에 걸렸던 세린의 얘기를 꺼냈다.

"아까 그 여자는⋯⋯!"

유혁이 말을 끊었다. 자신이 왜 이런 변명을 하려 하는지 스스로 이해할 수 없었다. 들을 준비가 하나도 안 된 여자한테!

젠장!

화가 치민 그가 한 손으로 얼굴을 쓸어내렸다. 아무런 감정도 없다는 듯 표정 변화 하나 없는 라온이 그를 당황하게 했다.

"조심해서 가세요."

인사를 한 라온이 몸을 돌려 차 문을 열려고 했을 때였다.

유혁이 빠르고 강한 힘으로 라온의 뒤통수를 끌어당겼다. 거칠게 부딪친 입술이 그녀의 입술을 단숨에 삼켰다. 달콤한 과즙과 같은 타액을 마시고, 말랑한 혀를 감아 격렬하게 빨았다. 숨도 못 쉴 만큼 밀어붙인 유혁이 그녀의 한쪽 가슴을 움켜쥐었다. 놀라 움찔한 라온을 유혁은 더욱 꽉 붙들었다.

고무풍선처럼 말랑말랑하고 탄력 있는 것이 그의 큰 손에 빠듯하게 찼다. 유혁은 손끝으로 볼록 솟은 유두를 문질렀다. 억센 힘과 달리 그의 손끝은 치밀할 정도로 느릿하고 감각적으로 움직였다.

라온의 숨결이 거칠어졌다. 부지불식간 팔을 들어 유혁의 머리를 감쌌다. 저릿하고 욱신거리는 기운은 뜨거운 욕망으로 변했다. 다리 가운데 중심이 젖어드는 것을 라온 자신도 느낄 수 있었다. 상상할 수 없던 일이다.

"이봐. 관심 같은 것, 별로 중요하지 않잖아. 몸이 느끼거든."

입술이 떨어진 후, 색색 숨을 내쉰 라온이 유혁을 빤히 바라봤다. 정확히는 차갑고 냉정한 그의 입술을.

나쁘지 않았다. 심장이 여전히 뛰고 있다는 것을 알게 되었으니.

"좋아요. 섹스만 해요. 그건 관심 있으니까. 강유혁 씨한테도 나쁘지 않은 제안이죠?"

유혁이 라온을 바라봤다. 깊은 눈빛에 여러 가지 감정이 스쳤다. 이내 그는 피식 웃었다.

"의외야. 그걸 좋아하는군. 뭐든 좋아. 내일 저녁 7시. 여기서 기다려."

빠르게 말을 마친 유혁이 다시 한 번 라온의 뒷머리를 끌어당겼다. 깊게 입술을 맞추고는 아쉬운 듯 그녀를 놓아줬다.

"그 시간까지 안 될 수도 있어요."

"왜?"

"일 시작했어요."

유혁의 미간이 일그러졌다.

"일? 돈이 필요한 거면, 내가 줄 수도 있어."

"왜요?"

라온이 유혁을 빤히 바라봤다. 유혁이 쉽게 답하지 못하자, 그녀가 뒷말을 이었다.

"한순간에 기분 더럽게 하지 마요. 서로 원한 거지, 내가 강유혁 씨한테 몸을 판 게 아니잖아요."

라온이 눈 똑바로 뜨고 이런 얘길 할 때면, 유혁은 시간의 흐름을 느끼게 된다. 제 무릎을 발로 찼던 열아홉 살의 패기는 지금도 여전하다.

네게 뽀뽀했던 것도 잊었지?

유혁은 라온을 향해 몸을 완전히 돌렸다. 입술 끝에 희미한 웃음이 서렸다.

"그래. 필요 없다는 뜻 알아들었고. 그 말 취소하겠음."

유혁이 순순히 인정했다. 대신 다시 물었다.

"어디서 일해?"

가르쳐줘도 되나. 아주 잠깐 망설인 라온이 입을 열었다.

"리조트."

유혁의 눈에 '리조트?' 하는 의문이 떠다니는 듯했다. 라온이 덧붙였다.

"아까 거기. 객실부에서 일해요."

"그랬군."

라온은 유혁의 입매에 스민 웃음의 의미를 알지 못했다. 그

녀가 밖으로 나가려 하기 전, 유혁이 재킷 안주머니에서 휴대
전화를 꺼냈다.

"전화번호."

"없어요."

유혁의 미간에 금이 갔다. 왜 거짓말을 하느냐는 눈빛이다.

"연락 오는 거 귀찮아서 배터리 빼뒀어요. 해지하러 갈 거예
요."

그리고 라온은 이 정도면 해명이 됐냐는 듯 말을 툭 뱉었다.

"일도 다닌다면서 연락은 어떻게 받아?"

"연락할 일 안 만들면 돼요."

라온의 어조는 시크하고 무심했다. 미련 없이 조수석 문을
열고 나갔다.

하!

유혁이 머리를 거칠게 머리받이에 기댔다. 자신이 저 작은
여자한테 휘둘리고 있는 것 같아 짜증이 일었다. 표정을 감출
수가 없었다.

훗! 섹스만 해요? 몸을 판 게 아니잖아요?

원하는 대로 된 거다. 저 여자를 지독하게 욕망했으니까. 간
간이 원했던 그 순간을 현실로 이루었으니까.

"꼬맹이. 많이 컸다."

그렇게 인정하면서도 유혁은 왜 화가 나는지 모르겠다.

그때, 들고 있던 유혁의 휴대전화가 울렸다. 어지간하면 받

지 않을 그였건만, 액정에 뜬 이름은 환이었다.

"나야."

— 잤냐?

유혁은 피식 웃었다.

"잘 수나 있었으면 좋겠다."

— 그렇게 일이 많아? 쯧쯧. 강유혁 일 복 터졌네.

환의 오해가 기분 좋은 건지, 나쁜 건지 유혁은 알 수 없었다. 지금 그의 머릿속을 가득 채운 것은 유라온 하나였으니까.

"환아. 미안한데, 내가 지금 기분이 안 좋아. 엄한 너한테 성질 낼 수도 있으니까, 할 얘기 있으면 짧게 끝내자."

— 짜식. 그런 얘기까지 하는 걸 보니, 진짜 기분 안 좋나 보네. 혹시 조세린 거기 뛰어갔냐?

"너 알고 있었어?"

— 알긴. 빤한 거지. 제 아버지한테 들들 볶인 모양이던데.

"네가 알 정도면, 온 동네 소문 다 났구만."

유혁이 쯧쯧 혀를 찼다.

— 이 바닥 좁잖아. 왜 그리들 남의 사생활에 관심이 많아 입방아를 찧는지. 암튼. 너, 내가 기분 좋아질 얘기, 하나 해줄까?

"뭐?"

— 고희찬!

순간, 유혁이 두 눈을 번쩍 떴다. 상체까지 바로 세우고는 다급히 물었다.

"잡았어?"

– 그럼! 돈 쓴 보람이 있다. 그 사람들이 이쪽으로 실력이
좋다니까.

연이어 쿡쿡대는 환의 웃음이 들렸다. 유혁 또한 조금 전 상
황과는 다르게 웃고 싶었다. 비웃음이라 다르지만.

– 새끼. 음주운전으로 면허 취소된 게 엊그제구만. 네 말대
로 그새 또 끌고 나갔어.

"개 버릇 남 못 준다. 진리야."

– 그러게 말이다. 정황상 며칠 전 약도 한 모양이야.

"모발검사까지 의뢰해서 바로 엮어버려."

– 전적이 화려해서 이번엔 진정한 깜빵 예약이다. 야, 근데
너 말야. 이거 개인적 원한 엮인 거냐?

"응."

유혁은 시원스레 대답했다. 환에게 숨길 이유는 없었다.

"더불어 사회 정의를 위해서기도 해. 그 새끼 질 나쁘다고
고해바친 건 김환이다."

– 신기하긴 하다. 솔까, 너도 세상 돌아가는 건 그다지 관심
없었잖아.

"걔한테는 그 관심, 가져보려고. 선도하려면, 친구가 이 정
도는 해줘야. "

유혁의 말은 비꼼의 기색이 역력했다. 그러면서도 환에게

161

고마웠다. 이 정도면 라온에 관해 물어볼 만도 한데, 환은 선을 넘지 않았다.

"그리고 고맙다."

– 새삼스럽게 왜 그래?

환은 뜨악하다는 표정일 터였다. 곁에 없어도 유혁은 모두 상상이 됐다.

– 근데 뭐가 고마워?

"너 궁금한 거 꾹꾹 참고 있잖아. 조만간 다 얘기해줄게."

– 알았으니, 일이나 열심히 해.

환의 전화는 바로 끊겼다. 유혁은 라온이 들어간 아파트 현관 입구를 흘끔 본 후, 차에 시동을 걸었다. 이내 그의 차는 그곳을 떠났다.

전망이 좋은 객실이다. 창이 널찍하고 밖으로는 시야가 확 트였다.

햇살이 환한 날은 눈부시게 밝은 실내였지만, 오늘은 여름비가 내려 대낮임에도 어두컴컴했다. 커튼도 걷히지 않아 더욱 은밀함이 짙다.

그 객실의 중앙 벽에 맞닿아 성인 남자 서넛은 거뜬히 누울 만큼 큰 사주식 침대가 놓였다.

침대는 고풍스러운 원목에 매트리스가 높았고, 폭신폭신하게 맨몸을 감싸는 침구는 푸르스름하리만치 깨끗한 흰빛이었다. 침구만큼 흰빛의 하늘하늘 얇은 천의 캐노피가 휘장처럼 내려와 침대 위의 적나라한 모습을 한 꺼풀 가리고 있다.

열기 서린 여름. 밖은 한창 습기 어린 열이 가득했지만, 실내는 서늘했다.

습습하게 울리는 빗소리조차 완벽하게 차단되어 에어컨 팬 돌아가는 소리만이 흐릿하게 들려오던 공간.

"흐웃……, 아앙……."

침대가 들썩거렸다. 완전 나체인 남자와 여자. 욕망 가득한 남녀의 끈적끈적한 신음은 간헐적으로 이어지다, 어느 순간 과할 만큼 노골적이 되었다.

가느다란 팔다리, 하얀 몸을 가진 여자의 몸을 남자의 건장한 몸이 깔아뭉개듯 덮었다. 그는 여자의 두 다리를 두 팔로 벌리고는 그녀의 중심에 얼굴을 파묻었다. 그가 혀끝으로 여자의 다리 사이를 할짝할짝 핥을 때마다 여자의 비명은 점점 더 높아졌다. 노골적으로 더욱더 음란하게.

"하악하악, 그, 그만……. 빨리 넣어……. 죽을 것 같아."

여자가 거의 울 것 같은 목소리로 애원했다. 제 중심에 얼굴을 묻은 남자의 머리카락을 움켜쥐었을 때다.

"헉!"

급한 숨소리가 들렸다. 누군가 남자의 머리채를 뒤에서 잡아챘기 때문이다.

"그만 좀 빨지?"

남자의 목소리는 덤덤했지만, 끝내 이죽거림을 담기 시작했다.

"이 여자 여길 좋아한 놈들이 너무 많아서 말이야. 다 닳지 않았냐?"

"강유혁!"

조금 전까지 쾌감과 희열에 떨던 여자다. 그녀는 어느새 시트로 몸을 감싸고는 창백한 얼굴로 비명을 질렀다.

"이게 무슨 짓이야!"

"넌 입 닥쳐, 조세린."

유혁은 잡고 있던 남자의 머리채를 잡아 던졌다. 흘끔 여자를 바라본 눈빛이 경멸로 가득했다.

"이 새끼 당장 멱따지 않은 것만으로도 고맙게 여기지? 내가 그래도 명색이 약혼자인데. 현장 잡았잖아?"

유혁은 툭툭 털고 일어서는 남자를 무심한 눈빛으로 바라봤다.

"꺼져."

"아, 오늘 재수 드럽게 없네. 안 그래도 피할 거야. 개죽음당하면 안 되지. 난 장수가 꿈이라. 복상사도 아닌 멱을 따여? 말이 돼?"

바닥에 구른 남자 또한 만만치 않았다. 너는 안 무섭지만,

164

시끄러워 피해준다는 식으로 이죽거렸다. 그리고 침대 아래 바닥에 어지럽게 널린 자신의 옷을 주섬주섬 입었다.

"전화해."

세린을 쏘아보듯 힐끔 본 남자가 객실을 나갔다. 문이 탁 닫힌 순간, 객실에는 빗소리만 들렸다.

"강유혁, 진짜 매너 없네."

한순간 당황했던 세린이 냉정함을 되찾았다. 그녀는 팔을 뻗어 바닥에 떨어진 가운을 집어 들었다. 침대에서 내려서는 머뭇거림도 없이 돌아서 가운을 걸쳐 입었다.

그녀의 늘씬하고 굴곡진 뒷모습이 아찔하게 드러났다. 순간이었지만.

세린은 유혁의 시선을 알았으면서도 자연스럽게 사이드테이블 위에 놓였던 담배와 라이터를 손에 들었다.

"내가 그쪽 그 짓 할 때 현장 덮치면 좋아?"

세린의 물음에 유혁이 어깨를 으쓱했다.

"좋지는 않겠지. 하지만 걱정할 필요 있나? 그럴 일 없을 텐데."

"두고 보면 알겠지."

"두고 볼 필요도 없어. 적어도 나는 정략이든 뭐든 한번 정하면, 상대에게 예의는 지키거든."

말도 안 된다는 듯 쏘아보는 세린을 향해 유혁이 피식 웃었다.

"이래 봬도 난 순결한 몸이야."

세린이 코웃음 쳤다.

"강유혁이? 지금 그걸 말이라 하니? 너처럼 여자 많던 남자가 어디 있다고. 지나가는 똥개가 웃어."

순간, 세린이 정색했다. 날카로운 눈빛으로 유혁을 노려봤다.

"웃기네, 조세린. 너 3년 동안 내 뒤 파서 건진 것 없잖아?"

세린의 얼굴에 당혹감이 스쳤다. 이내 눈빛이 파르르 빛났다.

"너, 다 알고 있었어? 내가 안심할 때를 기다렸어? 강유혁, 파혼하려고 기회 보고 있었니?"

"빙고! 조세린, 머리 좋네? 어쨌든 고맙군. 이런 기회를 다 주고."

유혁이 빙긋 웃었다. 그러나 서늘하고 긴 눈매엔 웃음기 한 점 남지 않았다.

"그럼 이제 우리는 기다릴까? 우리 영감이 얼마 만에 파혼 통지 하나 시간이나 재자고."

"글쎄. 나는 파혼할 생각은 딱히 없는데?"

"나 아니면 개 같은 놈 만날까 봐? 내가 밖에 내보이기는 스펙이 꽤 괜찮지?"

유혁이 또 싱긋 웃었다.

"너 좀 갑갑하겠다. 내 약점 잡으려고 사람 붙였는데, 걸리는 것 하나 없고. 내가 유럽에서는 수도승 생활을 꽤 했어. 경건하게."

유혁이 여유롭게 느물거릴수록 세린의 얼굴에서는 핏기가 가셨다. 그러나 그녀는 태연함을 가장했다.

"생각보다 똑똑하네, 강유혁."

"용의주도한 거지. 우리 영감 밑에서 교육받으면 다 이렇게 돼."

세린이 어깨를 으쓱했다. 지난 것은 어쩔 수 없다는 뜻이다.

"네 말, 다 맞는 건 아니야. 난 이렇게 사는 거 갑갑하지 않거든. 그러지 말고. 합의해. 지금 이렇게 각자 노는 거로 만족하면 어때?"

"합의? 이혼 법정이야? 합의하게."

유혁이 코웃음 쳤다.

"난 별로 만족이 안 돼서 말이지. 결혼이라도 하면, 모양 빠지잖아. 결혼까지 했는데, 각자 따로 놀아? 내가 총 맞았냐? 그쪽은 그게 말이 된다고 생각해?"

"다 알고 받아들인 거 아나?"

세린의 눈빛이 독해졌다. 유혁은 무시하고 이죽거렸다.

"내가 없는 과거야 물론 상관없지."

유혁의 입꼬리가 비릿하게 말렸다. 어느새 그의 눈빛은 차갑게 번뜩였다.

"문제는 현재, 그리고 미래. 나를 물로 봤다는 소리니까."

유혁이 돌아서다 말고 한마디 덧붙였다.

"파혼에 대한 네 의견 따위 필요 없어. 비즈니스 룰을 범한 건 너야."

유혁은 판결을 내리는 판사처럼 단정 지었다.

"기어이 그러시겠다?"

말끝을 끌던 세린이 담배에 불을 붙였다. 깊게 한 모금 빤 그녀가 유혁을 향해 연기를 내뿜었다.

순간, 독한 담배 연기가 밀려들어 유혁이 미간을 꿈틀거렸다.

"이 미친……!"

번쩍 눈을 뜬 유혁은 한동안 움직이지 못했다. 천장에 어른거리는 그림자를 멍하니 바라보았다.

꿈? 별 개 같은…….

유혁이 이불 속 깊이 들어 있던 팔을 들었다. 이마에 올려두고는 가볍게 한숨을 내쉬었다. 흘끔 시계를 확인하니 채 아침 6시가 되지 않았다.

썩 좋은 기분이 아니었다. 미치지 않고서야 그런 꿈을 다시 꿀 수가 없다. 반추하는 것조차 불쾌한 그 일이 떠오르다니. 어젯밤 조세린을 맞닥뜨린 여파인 듯싶다.

조세린과 그 여자의 남자. 그날의 일을 꿈으로 다시 보면서 몽정이라도 했다면 기분은 더욱 더러웠을 것이고, 그는 저 자신을 비웃을 것이다. 지금 이 모습도 결코 유쾌한 것은 아니지만.

일어날 생각도 잊은 채 유혁의 시선은 천장 한 곳에 한동안 머물렀다.

징. 그 남자

차륵. 카드키를 대니 가벼운 버저 음이 울렸다. 프레지덴셜 룸의 문이 열리자, 라온은 큰 숨을 들이켰다. 그리고 청소 카트는 복도에 둔 채 이내 객실로 들어섰다.

통근버스를 타고 리조트로 출근한 지 며칠이 지났다.

이제는 제가 해야 할 일의 매뉴얼도 어지간히 몸에 익었다. 그녀는 바로 거실의 창으로 다가가 커튼을 걷고 블라인드를 올리고, 환기를 위해 문을 열었다.

한여름 뙤약볕이 시작되기 전, 서늘한 산중의 공기가 비스듬히 열린 창을 타고 실내로 들어왔다.

리조트에서 일을 시작한 것은 일손이 모자란다는 현주 엄마의 부탁도 있었지만, 그녀 스스로가 못 견뎌서이기도 했다.

몸을 움직이면 시간을 느낄 수 없다. 아무 생각 없이 몸을 움직이는 것이 좋았다. 물건들이 제자리를 찾아 정리되고, 눈처럼 하얗게 세탁한 시트를 갈아 끼워 말끔해진 것을 보게 되었을 때, 나름 희열도 느꼈다.

어려운 일은 아직 없었다. 객실이 완전히 비고 나서야 투입이 됐으니, 손님과 마주칠 일도 없었다.

오늘 아침 VIP룸으로 이뤄진 별채로 담당 구역이 갑작스럽게 바뀐 것 외에는.

리조트에는 한동안 여름휴가 손님이 몰렸다. 야심 차게 내놓은 여름 패키지가 주효했다고 한다. 그런데 오늘은 투숙객이 한꺼번에 빠져나간 느낌. 월요일이라 더욱 그런 듯했다.

"라온아, 어제 청소해놔서 다시 둘러만 봐도 될 거다. 확인만 하고 저쪽으로 와."

"네!"

밖에서 함께 일하는 신 여사의 목소리가 들렸다. 어릴 때부터 봐온 아줌마지만, 직장인 이상 그녀의 선배였다.

신 여사는 별채의 또 다른 스위트룸으로 청소 카트를 끌고 갔다. 그곳은 어제까지 손님이 묵었다.

라온은 거실을 꼼꼼히 점검하고는 복층 구조의 계단을 올라갔다. 두꺼운 강화유리로 만들어진 계단은 한쪽 벽을 따라 이어졌다. 그렇게 그녀가 2층 침실 쪽으로 들어섰을 때였다.

라온의 고개가 갸웃 기울어졌다. 침대 위를 바라본 눈매가 잔뜩 일그러졌다.

분명 어제 모든 청소와 정리가 끝난 곳이라 했는데.

이 VIP실은 특별한 손님 외에는 받지 않는다고 했다. 아무리 객실이 부족해도 여간해서는 개방하지 않는다는 뜻이다.
그런데 침실의 침구는 누군가 자다 나간 것처럼 잔뜩 구겨졌
다. 푸르스름하리만치 정결한 시트가 엉망으로 뭉쳐 있다. 라
온의 하얀 이마가 일그러졌다.

　손님이 있었나?

　그런 얘기는 듣지 못했다. 라온이 확인을 하기 위해 위층의
욕실 앞으로 다가섰다. 아무 소리도 들리지 않았다. 다시 확인
하기 위해 라온이 몸을 돌려 계단을 내려갔을 때였다.

　"헉!"

　라온은 저도 모르게 급한 숨을 들이켰다. 눈앞에 나타난 사
람 때문에 놀라 주춤거렸다.

　"뭐 해? 안 내려오고."

　낮고 선명한 중저음의 목소리는 유혁의 것이다. 그가 계단
아래쪽에 서 있었다. 재미있다는 듯 올려다보는 눈매에 설핏
웃음이 스쳤다.

　"청소하러 온 건가?"

　당황한 라온은 뭐라 대답할 말을 찾지 못했다.

　유혁은 1층 욕실에서 나온 듯했다. 압도당할 만큼 큰 키와
건장한 체격. 방금 샤워를 마친 짧은 머리칼은 물에 젖어 있
다. 잔 근육이 체계적으로 들어찬 몸은 여지없이 단단하고 날
렵해 보였다. 겨우 수건 한 장 두른 아래, 허벅지는 신전의 기
둥처럼 우람했다.

"내려와서 얘기할래? 아니면."

유혁이 라온의 대답을 듣지도 않고 말을 끊었다. 큰 보폭으로 성큼성큼 계단을 올랐다. 라온이 움직일 여유를 주지 않았다.

어느새 유혁은 라온의 눈앞까지 올라왔고, 그녀는 그 힘에 압도당해 뒤로 주춤거렸다. 뒤로 넘어지려는 그녀를 유혁은 낚아채 벽으로 밀었다.

"공교롭네? 일터에서 만나다니."

라온의 귓속에 낮고 선명한 중저음이 쿡 박혔다. 속삭이듯, 심장을 저미는 듯.

번쩍 고개를 든 라온은 그와 시선이 마주쳤다. 유혁은 나른한 눈빛으로 그녀를 내려다보고 있었다. 긴장한 라온이 제 치맛자락을 꾹 쥐었다.

"여기 묵는 줄은 몰랐어요."

꿀꺽. 부자연스럽게 마른침이 넘어갔다. 유혁의 강인한 목덜미를 지나 탄탄한 가슴으로 물방울이 또르르 굴러떨어졌다. 라온은 시선으로 그를 따라가다 고개를 돌렸다. 정수리에 그의 시선이 느껴졌다.

"한참 됐어. 하지만 방은 어제 바꿔서 모르는 게 당연할 거야."

"왜 계속 여기 있어요?"

"그러게 왜 계속 여기 있을까? 휴가라면 무척이나 길지?"

유혁은 빙글거렸다. 주춤거리는 라온의 눈빛이 재미있다는 듯이.

"꽤나 서운한데? 본인이 일하는 곳 사장도 몰라보다니 말이야. 임시직 채용은 담당자 권한이니, 어쩔 수 없나?"

라온의 두 눈이 더할 나위 없이 커졌다.

"강유혁 씨가 여기 사장이라고요?"

"아! 일부러 숨긴 건 아니야. 아직 정식 취임 전이라 얘기하지 않은 거지."

그래서 어제 순순히 물러났구나.

순간 라온은 깨달았다. 그가 위험하다는 사실 또한.

라온이 엉덩이를 뒤로 빼 물러서려 했다. 그러면 그럴수록 유혁은 바짝 더 다가들었다. 그녀를 숨도 쉴 수 없을 만큼 벽으로 몰았다. 어느새 그와 닿은 옷이 축축하게 젖어갔다.

"비켜줘요."

유혁이 싫다는 뜻으로 비죽 웃었다.

"안 그래도 저녁까지 어떻게 기다리나 했는데."

"전 강유혁 씨와 이런 말장난 할 시간 없어요. 투숙객이 계시니 다음에 오겠습니다."

라온이 가볍게 고개를 숙이고 몸을 돌려 아래층으로 내려오려 할 때다. 유혁이 한쪽 팔로 벽을 짚어 길을 막았다. 움찔한 라온을 향해 입꼬리를 올려 싱긋 웃었다.

"그러니 빨리 끝내는 게 좋아."

라온은 당황해서 얼굴이 달아올랐다. 유혁의 저의가 무엇인지 파악하려 했다.

"우린 섹스만 하는 사이잖아. 이렇게 얼굴 봤으니, 그거라도 해야지. 안 그래?"

유혁이 동시에 허리에 감고 있던 수건을 풀었다. 무성한 검은 수풀 속에서 그의 남성이 튕기듯 솟았다. 놀란 라온의 표정이 우뚝 굳었다.

"시작해."

어쩔 수 없는 기대. 유혁의 음성이 거칠게 갈라졌다. 그러나 라온은 입술만 깨물 뿐 움직이지 않았다. 그 모습이 유혁의 욕망을 더욱 부채질했다.

처음 봤을 때보다 전체적으로 말랐다. 그러나 라온의 가슴은 여전히 풍만했다. 얼마나 탄력 있는지, 다시 느끼고 싶어 유혁은 손끝으로 라온의 가슴 끝을 천천히 덧그렸다. 그것만으로도 라온은 바짝 긴장했다.

갸름하고 하얀 얼굴, 그린 것처럼 오목조목 예쁜 얼굴이다. 메이드 유니폼을 입고 있으니, 더욱 금욕적이고 정숙하게 보인다. 제가 성의 도련님이 된 것처럼 당장에라도 범하고 싶을 만큼.

생각만으로도 페니스가 요동을 쳤다.

"무얼 시작해요?"

무표정하게 굳은 라온의 모습을 유혁은 즐기듯 바라봤다.

"몰라? 가르쳐줘야 해?"

유혁의 눈빛이 반짝였다. 접착제라도 붙은 듯 벽에 착 붙은 라온의 손을 끌어다 제 남성 위에 놓았다. 라온의 눈빛이 미세하게 움찔거린 찰나, 흥분한 그의 것이 크게 끄덕거렸다.

"천천히 만져줘."

옅은 신음을 넘긴 채, 유혁이 라온의 귓가에 속삭였다. 환한 대낮이란 것도 잊을 만큼 놀란 라온은 눈을 휘둥그레 떴다.

은밀하고 뜨거웠다. 굵고 큰 것이 그녀의 손이 멈칫기릴수록 더욱 크기를 키웠다. 라온의 작은 손안에 넘쳐날 것 같다. 유혁은 그녀와 겹친 손을 천천히 아래위로 움직이기 시작했다. 점차 차오르는 신음을 겨우 삼켰다.

"혀로 핥아봐. 거기 끝."

유혁의 더해진 요구는 라온을 당황케 했다. 힘이 들어가 커진 눈으로 그를 올려다봤다. 못하겠느냐는 무언의 물음. 라온은 시선을 내렸다. 제가 쥐고 있는 그의 물건을 내려다보다가 바닥에 무릎을 꿇었다.

계단의 높이차로 인해, 그의 페니스는 그녀의 눈앞에 우뚝 솟았다. 똑바로 본 적도 없던 그것 위로 라온이 고개를 숙였다.

뜨겁고 부드러운 살덩이, 그리고 방금 샤워를 마친 몸에서 느껴지는 정결함.

라온은 혀를 내밀어 가만히 끝을 핥았다.

"읏!"

기어이 유혁이 신음을 토해냈다. 그가 말하지도 않았는데, 끝부분을 핥던 라온이 기둥을 입 안 깊숙이 머금자, 유혁은 심장이 멈추는 줄 알았다. 그곳에서 뜨거움이 시작돼 온몸이 활활 불에 타는 듯했다.

이런 것까지 바란 것은 아니었다. 그러면서도 라온이 조금 더 깊숙이 빨아들여 제게 더한 쾌감을 주기를 바란다. 새벽녘 풀지 못한 욕망의 잔재가 사라지길.

미쳤다, 강유혁.

유혁의 손이 제 페니스 아래위로 움직이는 라온의 머리를 붙들었다. 조금 더 깊숙이 눌렀다. 바닥을 딛고 선 유혁의 허벅지가 부르르 떨렸다. 신음이 터질 것 같았다.

그의 것이 라온의 목젖에 닿아 켁, 기침이 나올 즈음에야 유혁은 손을 놓았다. 대신 라온의 턱을 붙들어 고개를 들어 올리고는 거칠게 입술을 맞췄다. 타액으로 엉망이 됐지만, 개의치 않았다. 이 순간 유혁에게는 라온이 지나칠 만큼 도발적이고 선정적으로 보였으니까.

초대받지 못한 유혁의 혀가 라온의 것을 억세게 얽었다. 세차게 빨아들이고, 입안 전체를 휘저었다. 입천장과 고른 치아를 훑고 핥았다.

"으읏……."

예상치 못한 전율로 라온이 파들파들 떨었다. 강하게 밀려

든 유혁의 남성적 체취가 그녀를 숨 못 쉬게 했다. 그리고 어느새 고개를 숙였던 유혁 또한 계단에 무릎을 꿇었다.

"하아……."

잠시 입술이 떨어진 사이, 라온이 거칠게 숨을 내쉬었다. 그래도 산소가 부족했다. 유혁은 그녀를 숨도 못 쉴 만큼 끌어안았다. 황소처럼 돌진하는 그에게 떠밀려 라온은 계단에 거의 누울 듯 쓰러졌다.

"흐응……."

악문 잇새로 신음이 새어나갔다. 그녀의 가슴을 움켜쥔 유혁이 옷 위로도 표시가 나는 젖꼭지를 손톱 끝으로 긁고 문질렀다. 동그란 유륜을 따라 그렸다. 살점 끝이 단번에 예민해졌다.

라온은 터질 것 같은 신음을 간신히 삼켰다.

그 순간이었다. 유혁이 라온의 스커트를 홀렁 걷어 올렸다. 엉덩이로 손을 넣어서 손바닥만 한 팬티와 속바지를 찢듯이 벗겼다. 그녀의 하체가 순식간에 드러났고, 서늘한 공기가 닿아 한없이 떨렸다.

"유혁……."

라온의 말문이 막혔다. 깜짝 놀라 유혁의 이름이 제대로 나오지도 못했다. 그녀의 한쪽 허벅지를 들어 활짝 벌린 그가 그대로 고개를 숙였기 때문이다.

"하웃!"

검은 수풀 사이, 갈라진 곳에 그의 뜨끈한 숨결이 느껴졌다. 전신을 휩쓴 쾌감. 라온은 숨이 멈춤을 느꼈다. 눈앞이 아득해졌다. 계단에서 보이던 바깥 산야의 풍경이 안갯속처럼 흐릿해졌다.

"하, 하지……."

라온은 한 손으로 급하게 입을 막고, 또 한 손으로는 가까스로 유혁의 머리를 잡았다. 심장이 터질 것 같았다. 간질간질. 누군가 그곳을 비벼줬으면, 간절히 바랐다.

"정말 하지 말까?"

그곳에서 유혁의 웅웅거리는 말소리가 들렸다. 쿡, 웃음과 함께 뜨끈한 숨결이 느껴졌다.

"입으로만 하는 말은 안 들어."

라온은 허리를 펄쩍 뛰며 경련하듯 몸을 떨었다.

"정말……, 아침이잖아……요."

라온의 고개가 뒤로 젖혀졌다. 문득 시선이 멎은 곳에 자신의 모습이 비쳤다.

유리로 만든 계단 난간에 비친 남과 여. 지독히도 퇴폐적이다. 여자의 스커트는 허리 위로 말리고, 활짝 벌린 여자의 다리 사이를 파고든 남자의 검은 머리.

라온의 아랫배와 허벅지에 힘이 들어가 부들부들 떨렸다.

"훗!"

곧바로 라온은 두 눈을 꾹 감고 숨을 멈췄다. 유혁이 혀끝으로 갈라진 틈을 핥기 시작해서였다. 쪽, 소리가 외설적으로 들렸다.

"하아아……."

라온은 길게 신음할 수밖에 없었다. 유혁이 기어이 비부를 입에 가득 넣고 힘껏 빨았다. 혀끝으로 단단하게 솟구친 클리토리스를 희롱했다. 사탕처럼 굴리며 자극했다. 뜨끈하게 흐른 애액과 그의 타액이 섞여 비부를 적시고, 아래쪽으로 흘렀다.

"흐응…… 흐……."

유혁은 홀린 듯 라온의 중심에 매달렸다. 그녀의 체향이 그의 욕망을 더욱 부채질했다. 짙어진 그의 애무는 거침이 없었다.

유혁은 키스와 동시에 손끝으로 그녀의 동굴 입구를 천천히 문질렀다. 움찔거리며 무언가 원하는 곳에서는 끊임없이 윤활유가 흘렀다. 그는 손끝에 액을 묻혀 회음부와 그 뒤까지 발랐다. 클리토리스에 자극을 가하던 그의 혀가 조금씩 아래로 내려와 그녀의 동굴 안쪽까지 쑥 침범했다.

"아훗!"

라온의 엉덩이가 번쩍 들렸다. 눈앞에서 섬광이 터지는 듯했다. 더는 못 견딘 그녀가 유혁의 머리를 두 손으로 감싸 안았다.

"그만……."

절정으로 치닫는 라온의 몸이 전율하기 시작했다. 그를 으스러지게 껴안은 채 그녀는 숨 막히는 절정을 넘었다.

유혁이 남은 여운으로 파들파들 떨던 라온의 몸과 한 다리를 감싸 안았다.

"으흣!"

유혁은 단숨에 자신의 페니스를 그녀의 질에 박아 넣었다. 흠뻑 젖은 곳이 그를 차지게 빨아들였지만, 움직이기는 여전히 여의치 않았다. 빠듯하게 그를 받아들인 곳이 바로 그를 밀어내려 했다. 빼내려 하면 반대로 그를 끌어들였다. 아득한 쾌감으로 유혁은 이를 악물었다. 힘을 준 관자놀이에 핏줄이 불거졌다.

"하악…… 아파…… "

참을 수 없는 것은 라온 또한 마찬가지.

그녀는 유혁의 몸을 구원 줄이라도 되는 양, 꼭 끌어안았다. 그가 미칠 것 같이 밀어붙일 때마다, 하나로 이어진 몸이 리듬을 타고 움직였다. 그녀가 흐느껴도 유혁은 라온이 죽을 것 같은 쾌감을 느끼는 곳을 연달아 자극했다.

"하앗, 하응…… "

라온은 미칠 것 같았다. 그가 제 안으로 짓쳐들어왔다 나갈 때마다, 그의 손이 자신의 가슴을, 엉덩이를 주무를 때마다 그녀는 버거운 쾌락에 몸을 떨었다.

뚝뚝 떨어지는 땀이 눈물처럼 느껴졌다. 허공에 떠 있는 다리가 자신의 것 같지 않았다.

남은 감각은 오직 한 가지, 쾌감.

뜨거워. 강유혁…… 당신은 왜 날 뜨겁게 만들지? 난 이제 아무것도 필요 없는데. 지금 나는 당신 때문에 미칠 것 같아.

넓은 객실 안을 떠도는 것은 남녀의 거친 숨소리, 찰박거리며 속살이 마찰하는 소리, 그리고 절박한 신음.

유혁의 말이 맞았다. 원래 하나였던 것이 아닐까 싶을 만큼, 라온은 제 안이 유혁에게 맞춰진다고 여겼다. 제 안을 거침없이 헤집는 그의 것을 나가지 못하도록 꼭 붙들고 싶었다. 이 열락을 지속할 수 있다면, 무엇이라도 할 수 있을 것 같아 라온은 두려워졌다.

계속해.

다시, 또다시!

"하악!"

기어이 라온은 비명을 질렀다. 둘만이 알 수 있는 절정의 순간, 그녀의 눈앞이 하얗게 아득해졌다.

눈을 뜬 라온은 자신도 모르게 벌떡 상체를 일으켰다. 침대 위다. 자신의 몸을 살펴보고, 옷이 제대로 입혀졌음을 확인했다.

"체력이 상당히 약해졌어. 원래 약한 거야?"

문득 들린 목소리에 시선을 돌렸다. 침대 바로 앞에 의자를 끌어와 앉은 유혁과 시선이 마주쳤다.

유혁은 티셔츠와 반바지의 편안한 캐주얼 차림이다. 리조트에 휴가 온 사람처럼 보였다. 그는 지금 허벅지 위에 팔꿈치를 대고 깍지 낀 손등에 허리를 굽혀 턱을 괴고 있었다. 마치 라온을 관찰이라도 하는 듯했다.

"가볼게요."

유혁의 시선이 부담스러웠다. 몸을 돌려 침대를 내려서려던 라온이 멈칫했다.

"안 가도 돼."

"네?"

무슨 소리냐는 뜻으로 라온이 시선을 마주쳤다.

"전화했어. 조퇴한다고."

라온의 안색이 서늘해졌다. 피가 식는 기분이었다.

"누구한테요?"

"그쪽 상사. 내 방에서 쓰러졌다 했지."

라온이 뭐라 말을 꺼내기 전, 유혁이 일어섰다. 앞으로 바짝 다가서 큰 손으로 그녀의 머리를 쓱쓱 쓰다듬었다. 허리 굽힌 유혁의 얼굴이 라온의 앞으로 쑥 다가왔다. 그 눈동자에 비친 자신의 모습까지 보일 만큼 가까운 거리였다. 시선이 마주치자 유혁이 씩 웃었다.

라온은 기분이 묘해졌다. 예상치 못한 따뜻한 웃음에 심장이 움찔했다.

"걱정하지 마. 내가 병신도 아니고. 이상하게 여길 만큼 허술하게 둘러대진 않았으니까."

"그래도 이렇게 본인 멋대로 하지 마요."

"그럼 체력을 키워. 섹스만 하자면서. 날 받아들일 정도는 돼야 하잖아. 밥도 많이 먹어. 예전보다 너무 말랐어."

말을 끝내고도 유혁은 얼굴을 치우지 않았다. 어색한 라온이 고개를 돌리려 하자, 그가 손을 들어 그녀의 턱을 잡았다.

"유라온. 넌 안 궁금해? 내가 말한 예전이 언제인지?"

"처음 봤을 때겠죠."

"비 오던 날?"

무언으로 라온은 대답했다. 유혁이 피식 웃었다.

"그때도 강렬하긴 했지. 빗물 위로 노란 카펫을 만들어버리고."

"미안하다는 말 한 번이면 됐던 거예요. 그게 그렇게 힘든 건 아니잖아요."

유혁의 눈빛이 굳었다. 생각하는 입매가 굳게 다물렸다. 바라보던 라온의 미간이 집중하느라 가운데로 모였다.

"마음이 없는 사과보다는 금전적 보상이 낫지 않아?"

"설마, 그런 말이 힘들어요?"

"익숙지는 않아. 쓸 일을 만들지 않았을 뿐이야."

"아닌데……."

라온이 천천히 고개 저었다.

"분명 유혁 씨도 잘못한 걸 알았으니까, 돈을 내밀었잖아
요. 그런 상황에서는 사과부터 하는 거라고. 이런 건 초등학
교, 아니 유치원부터 배울 걸요? 배운 기억 안 나요?"

"나는 그런 식으로 배우지 않았어."

"아하, 오만한 사장님. 돈 있는 사람 다니는 학교에선 안 가
르치나? 그럼 지금 배워요. 사과부터 하는 거라고."

라온의 눈빛이 고집스러웠다.

「여자 강유혁이 또 하나 있었네.」

환의 말이 떠올라 유혁은 저도 모르게 피식 웃었다.

"그게 힘든 사람도 있어."

"힘들다는 선입견이에요. 그럼 천천히 배워 봐요. 미안해,
사과하는 거."

유혁은 별말 없이 라온을 뚫어지게 바라봤다. 마음에 들지
않는 것은 여전했다. 저보다 한창 어린 여자에게 끌려간다는
느낌이. 그러나 불쾌하지도 않으니 그 또한 신기한 일이다.

"알았어. 지금은 여기까지. 천천히 하라면서. 됐지?"

유혁이 손으로 라온의 머리를 또다시 쓱쓱 흐트러뜨렸다.
그러다 문득 정색하여 물었다.

"그 비 오던 날보다 훨씬 오래전이야. 너 정말 나 기억 못
해?"

라온의 눈빛이 흐릿해졌다. 지난번부터 이 남자는 묻고 있
다. 왜 자신을 기억 못 하느냐고.

"원래 사람 얼굴 기억, 잘 못 해요. 오래전이라면 더욱. 미안
해요."

"미안하다는 얘기가 쉽게도 나오네."

"맞아요. 이렇게 하는 거예요. 내가 기억 못 하는 건 미안한
일이니까."

"미안할 것까지야. 이젠 서운하지도 않아."

"갑자기 기억날 수도 있겠죠."

그렇게 말하지만, 라온에게는 지나가는 말이라는 것을 유혁
은 알고 있다. 호기심이 사라진 빛바랜 반짝임. 어머니 죽음에
대한 상처가 아물기 시작하면, 그 또한 되돌아올 것이다. 자신
만 성급하지 않으면 된다. 유혁은 그렇게 여겼다.

"가봐야겠어요."

라온이 일어나자 유혁 또한 몸을 일으켰다.

"데려다줄게."

"혼자 갈 수 있어요. 사장님이라면서요. 출근은 안 해요?"

말은 했지만, 라온은 부질없는 질문이라 여겼다. 사장이면
자기 마음대로 해도 될 것 같았다.

"내겐 월요일이 휴일이야. 어차피 점심도 먹어야 해. 나와."

유혁은 먼저 차키를 찾아들었다. 시간이 빠르게 흘러 있었
다.

체념한 라온은 그의 뒤를 따라나섰다.

땅. 아우라지[4]

정선 읍내는 오일장이 열려 흥청거렸다. 물건을 파는 이들과 관광객이 어우러져 시장 입구는 장사진을 이뤘다. 그러니 시장 주변을 크게 몇 바퀴 돌아도 차를 주차할 공간은 없었다. 움직일 틈도 없어 보였다.

"그냥 가요. 저길 꼭 들어가야 할 이유는 없잖아요."

라온이 유혁을 돌아보며 물었다.

"아니. 꼭 들어가야겠어."

유혁의 투지는 대단했다. 집착으로 보일 정도였다.

"배 안 고파요?"

라온이 시계를 슬쩍 보며 물었다. 리조트에서도 정선은 꼬불거리는 길을 지나 산을 하나 넘어야 하는 곳이었다. 그러니 이미 정오가 넘은 시각이었다. 이상하긴 했다. 평소에는 허기

---

4 두 갈래 이상의 물이 한데 모이는 물목.

같은 것도 제대로 느끼지 않는데. 꼬르륵 소리가 연이어 들릴 만큼 라온은 배가 고팠다. 다시 한 번 들린 꼬르륵 소리에 유혁이 그녀를 돌아보며 웃었다.

"그런 격렬한 운동을 했는데. 안 고픈 게 이상하지."

유혁이 손끝으로 라온의 볼을 툭 건드렸다. 진한 자극을 위한 터치도 아니다. 그저 친밀한 손장난. 그런데 라온은 온몸이 오싹해졌다. 그의 손이 하던 다른 일들이 저도 모르게 떠올랐다. 당황해 얼굴이 벌게졌다.

"당연한 거니까, 얼굴 빨개질 필요 없어."

달리 해석한 유혁이 희미하게 웃었다. 그 또한 자신이 웃음이 많아졌다며 신기해했다.

"내려."

기어이 유혁이 차를 도로 중간에 세우자, 라온은 옅은 한숨을 내쉬었다.

"차를 여기 세우면 어떡해요?"

이면도로라고는 하지만, 차들이 왕래하는 길이다. 그런데도 유혁은 느긋했다.

"벌금 왕창 때리거나, 불편하면 바로 견인하겠지."

라온의 미간이 굳었다. 유혁을 말릴 수 없다는 것쯤은 이제 그녀도 알고 있다.

정선으로 유혁과 함께 넘어온 것도 그런 이유였다. 집에 있어도 딱히 할 일이 없기도 했지만, 함께 안 가면 집 앞에서 종일이라도 기다릴 거라는 그의 말이 허튼소리로 들리지 않아서 였다.

"그래도 이건 아닌데요."

라온의 말이 끝나기도 전이었다. 휴대전화를 꺼낸 유혁이 검색 몇 번을 하더니 전화를 걸었다.

"경찰서 교통과죠? 여기 시장 근처입니다. 어떤 몰지각한 놈이 차를 도로 중간에 세웠습니다. 이거 단속 안 합니까? 차 들이 움직일 수가 없잖습니까?"

라온은 어이가 없어졌다. 들어보니 본인 차 얘기다. 교통위 반을 했다고, 자신이 직접 경찰서에 전화하는 패기라니.

"당장 끌어가세요."

유혁은 명쾌히 결론을 내며 전화를 끊었다. '됐지?' 하는 눈 빛에 라온은 어떤 말도 할 수가 없었다.

"바로 견인차 출동한대."

그러니 이제는 좀 봐주라는 눈빛.

"정말 말릴 수가 없네."

라온은 혼잣말을 하며 옅은 한숨을 내쉬었다. 그러고는 차 문을 열고 나가는 그를 따라 밖으로 나올 수밖에 없었다.

한여름의 뙤약볕이 쏟아지는 한낮. 사방을 둘러봐도 산으로 둘러싸인 곳. 이곳은 험한 산을 굽이굽이 넘어야 나타나는 분 지에 생긴 작은 도시다.

고지대라 서늘하긴 해도 여름은 여름이었다. 강한 햇살에

눈살을 찌푸리는데, 그녀의 머리에 무언가가 슬쩍 얹혔다. 챙넓은 밀짚모자가 그늘을 만들었다. 어디서 났나 궁금했는데, 저 앞에 모자를 파는 사람이 웃고 있다. 같은 모자를 유혁도 쓰고 있었다.

"안 가?"

유혁이 손을 내밀었다. 라온의 표정이 저도 모르게 굳었다. 성격 급한 유혁이 그 손을 낚아채지 않았다면, 언제까지고 그 자리에 서 있었을지도 모른다.

왜 내게…….

라온은 유혁을 따라 걸으면서도 이해할 수 없었다. 표현 못한 심장이 미친 듯이 뛰었다.

"조심해. 이리 와."

사람들이 많아지니, 유혁은 제 팔 안으로 라온을 끌어당겼다. 조금이라도 떨어지는 것을 허락지 않는다는 듯. 맞닿은 손과 그가 둘러 감싼 어깨와 팔이 화끈거렸다. 그와 정말로 무슨 관계라도 된 듯해서 기분이 묘해졌다.

"유라온."

유혁이 고개 숙여 그녀의 귓가에 작게 속삭였다. 짜릿하고 은밀한 기운에 라온이 목을 움츠렸다.

"나 눈 돌아가는 것 보기 싫으면 알아서 나한테 붙어. 너한테 다른 사람 살 닿는 것 끔찍하게 싫으니까."

라온이 미간을 굳혔다. 기가 막혀 대꾸할 말도 찾지 못했다.

일부러라도 유혁의 팔에서 벗어나고 싶지만, 마음대로 하지 못했다. 말끝에 유혁이 그녀의 귓불에 뽀뽀하고 이로 살짝 물었다 놓았다. 그것 자체로 라온은 경악했다.

"사람 많아요. 이런 건 제발."

"왜? 발로 정강이라도 차고 싶어?"

라온이 눈을 흘겼다. 유들유들한 유혁이 얄미웠다.

"정강이 차고 싶을 만큼은 아닌데, 알고 그러니까 얄밉기는 해요."

"유라온이 이해해. 나한테는 색마와 한량의 피가 흘러서 말이야."

유혁은 의미를 담아 하는 말들이었지만, 라온은 눈치채지 못했다. 그저 사람이 많다는 것이 그에게 진정 아무런 제약이 되지 않는다는 것만 깨달았을 뿐이었다.

"빨리 가자. 배고프다며."

유혁이 정중하게 그녀를 안내했다. 그때, 문득 멈칫한 라온의 눈빛이 생각을 담았다.

정강이. 한량. 색마.

가물거리는 기억 속, 한 남자가 떠올랐다. 봄밤, 봄눈처럼 날리던 꽃잎. 유난히 창백하던 얼굴빛의 남자, 그래도 꽤 즐겁게 나누던 얘기들.

아주 돈이 많은 회장님 손자라 했다. 자신을 백수라 하며 제가 뜯던 가야금 소리를 칭찬해줬다. 마지막에 제게 뽀뽀만 안

했어도, 그 집을 나설 때까지 다시 눈도 못 마주칠 만큼 부끄러워할 일은 없었을 텐데.

왜 그 남자가 떠올랐는지, 라온은 모를 일이었다. 설레고 행복하던 그 밤을 떠올리면, 문득 기억나던 그 남자.

자신 있었다. 세상 모두가 나를, 유라온을 인정할 거라며. 그러나 그 날의 기억조차 패배자에게는 잔인한 사치. 자신 있게 내밀 수 있던 그것은 자신의 전부였는데, 이제 그 자신감조차 박살이 났다.

"왜? 어디 안 좋아?"

유혁이 또다시 묻는다. 제 행동 하나하나에 의미를 둔 듯 그는 세심하다. 분명 처음과 달리.

이러는 거, 나 좋아해서 그래요? 아무것도 없는 날……, 아무것도 아닌 날 왜…….

유혁 또한 그녀를 내려다봤다. 이상하다는 눈빛으로 묻는다. 그새 웃는 것도 잊었는지, 웃으려 하는 라온의 입술이 실룩거렸다.

[얼른 와요! 여가 장터래요!]

정선장터를 알리는 간판이 먼저 보였다. 입구는 들어서기도

어려울 만큼 인파로 가득했다. 오늘이 오일장이라 상인과 손
님, 관광객까지 꽉꽉 들어찼다.

　흥정하는 소리, 호객하는 소리, 무언지 알 수 없는 웅성거
림.

　장터는 그 나름의 흥겨움이 있었다.

　"이 집이 제일 맛있어요."

　시장 한쪽의 전집이었다. 길죽하고 커다란 프라이팬 위에는
가종 전이 지글지글 익어갔다. 한쪽에 마련된 간이의자에 라
온은 유혁과 나란히 앉았다.

　"흐미. 진짜 잘생긴 총각이네. 우리 동네 출신 영화배우랑
　닮았지 않나. 총각도 연예인이나?"

　앉자마자 주문을 받으러 온 아주머니가 유혁을 두고 찬사를
내뱉었다. 어디서나 튀는 유혁의 외모 때문이다.

　"맞아요, 연예인. 이모, 사인해드릴까?"

　"에이, 아닌가 봐. 누가 연예인이 대놓고 나 연예인이다, 하
나? 모자부터 눌러 쓰고 아니라고 하재."

　"뭘 숨길 거라고 아니라고 해요? 저 유명하니까, 이모가 알
아봤지."

　"잘생겨서 본 거재. 그럼 어디 나왔나?"

　"아니라는데, 뭘 말해줘요? 그러지 말고 우리 모듬전이랑
국수 둘에 식혜 주세요. 우리 아가씨, 배고파서 나 뜯어먹는
대."

"알았어, 알았어."

확실히 유혁은 넉살이 좋았다. 이런 곳과는 어울리지 않을 것 같은 외모건만, 넙죽넙죽 대답도 잘했다. 정색하고 바라보면 오금이 저릴 만큼 위압감을 풍기는데, 이럴 때 보면 또 쉬워 보인다.

"막걸리도 한 병 줘요!"

돌아가는 아주머니를 향해 유혁이 추가 주문했다. 라온이 난처한 표정을 지었다.

"운전해야 집에 가요."

"자고 가."

유혁의 말은 자연스러웠다. 가뜩이나 그의 외모가 튀니까, 옆에 앉은 여자들의 흘끔거리는 시선이 따가웠는데, 아주 쐐기를 박았다.

"왜? 오늘 자빠뜨리나?"

모듬전 접시를 그들 앞에 놓은 아주머니가 큰 소리로 말하자, 주변 사람들이 와 하고 웃음을 터트렸다.

"그래 보려고요. 이 아가씨 깐깐해서 안 넘어오네?"

"요즘 말로 철벽녀네. 막걸리 한 잔 먹고 얘기해봐. 술술 넘어와. 처녀는 단번에 넘어가지 말고, 조금씩 맛부터 본나. 간 본다고 하재? 단번에 주면, 그거 뭐드나. 매력 없다."

나이 지긋한 아주머니의 걸걸한 말은 외설스럽게 들릴 수도 있었다. 그러나 시골 장터에서 웃자고 한 얘기를 일일이 따질 수는 없는 일이다.

"조금씩 맛보래. 감질나게."

유혁이 작은 플라스틱 사발에 막걸리를 따라 라온에게 내밀었다. 제 것도 채우고는 사발을 들었다. 건배라도 하자는 뜻 같아 라온 역시 사발을 들어 부딪쳤다. 곱게 눈을 흘기며 핏 웃었다.

"정말 못 말려."

투덜거리면서도 라온은 제 잔을 단숨에 들이켰다. 탄산향 가득한 막걸리가 목구멍을 알싸하게 넘어갔다. 달달하고 시원했다.

"천천히 마셔. 아직 대낮이야."

유혁이 한 잔을 더 따랐다. 그러면서도 걱정스러운 한 마디를 잊지 않았다.

"술 취해 행패 부릴까 봐요?"

"빈속이잖아. 나는 개나 떡은 버려. 안 데리고 다녀."

라온이 풋, 웃음을 터뜨렸다. 입에 조금 머금었던 막걸리가 유혁의 얼굴로 튀었다. 라온이 놀라 눈앞의 티슈를 뽑아 그의 얼굴을 닦아냈다.

"미안해요. 갑자기 어떤 장면이 떠올라서."

"시원하고 좋아. 그런데 뭐가 떠올라?"

"옛날 광고. 떡은 사람이 될 수 없지만, 사람은 떡이 될 수 있다고 했나? 그런 거요. 어릴 때 봤는데, 아직도 기억나요.

어떻게 사람이 떡이 되지? 심각하게 고민했어요."

또 그 장면이 떠오르는지 라온의 입술이 실룩거렸다. 빤히
바라보던 유혁 또한 한쪽 입술을 올려 웃었다.

"너, 알아? 처음으로 제대로 웃었어."

"네?"

라온이 놀라 반문했지만, 유혁은 다시 설명할 만큼 친절하
지 않았다. 아주머니가 국수를 내왔기도 했다.

"웃으니까 똑같이 반짝인다."

유혁의 중얼거림이 언뜻 들렸다. 제대로 듣지 못한 라온이
반문했다.

"뭐가 반짝이고 똑같아요? 어디 뭐 묻었어요?"

유혁이 슬그머니 웃었다. 나무젓가락으로 국수를 크게 한
젓가락 떴다. 자연스럽게 화제를 돌렸다.

"국수 이름 재밌네. 콧등치기? 이름이 왜 이래? 소매치기랑
관계있나?"

"소매치기는 몰라도, 국수 먹을 때, 면발이 콧등을 친대요.
이쪽은 주로 메밀로 면을 만들어요. 메밀은 아무래도 거칠고
억세니까, 먹을 때 요렇게."

설명하던 라온이 국수 한 가닥을 호로록 들이켰다. 말처럼
콧등은 치지 않는다. 대신 국물 몇 방울이 튀었다.

"꼭 해보는 사람이 있지. 바보 같아."

바라보던 유혁이 씩 웃었다. 티슈를 뽑아 라온의 얼굴로 튄

국물을 닦아줬다. 여전히 그들을 흘끔대는 여자들의 시선이 의식되어 라온은 움찔 어깨를 움츠렸다. 유혁은 아무렇지도 않아 하건만.

"얼른 먹어."

화장하지 않아도 뽀얀 얼굴, 계속 손에서 떼고 싶지 않은 보드라운 살결.

유혁에게 라온은 한없이 예뻐 보인다. 안을 때는 그저 오래 진부터 그리웠고, 제게 딱 맞는 여자라는 생각뿐인데, 이럴 때 보면 걷잡을 수 없이 유혁은 심장이 설렜다. 안쓰럽고, 저릿하고. 여러 감정이 복잡하게 그 안에서 얽혔다.

"안 먹어요?"

한창 열심히 국수를 먹던 라온이 막걸리잔을 들고 내려놓은 유혁의 것과 부딪쳤다. 저 혼자 잔을 홀짝였다.

"술꾼이었네?"

"얼른 먹고 여기 비워줘야 할 것 같아서요."

볼이 터지게 먹는 모습도 유혁에게는 예쁘기만 하다. 문득 깨달은 유혁이 어이없어 혼자 웃었다.

어떤 소리에 라온이 눈을 떴다. 막 바로 그녀가 본 것은 아우라지 강을 새빨갛게 물들인 노을이었다. 그녀의 첫 감상은

'예쁘다.'였다.

라온은 유혁의 차 뒷좌석에 앉아 있었다. 물론 유혁도 함께였고, 그는 그녀를 제 품 안에 안고 있었다. 멍한 머릿속이 조금씩 깨어나고, 여기까지 오기 전 상황이 문득 떠올랐다.

장터를 떠난 것은 적당히 술기운이 오른 뒤였다.

"괜찮아?"

"좋은데요?"

사람들에 치여 라온이 비틀거리자, 유혁이 그녀의 두 팔을 꽉 잡았다. 그의 몸도, 딛고 있는 땅도 흔들렸지만, 라온은 말하지 않았다. 그저 술 한 잔에 기분이 좋았다. 가라앉은 흥이 솟구치려 했다.

"노래하고 춤이라도 출 수 있을 것 같아요."

"노래, 춤 안 돼. 취했어."

히죽 웃는 라온을 향해 유혁이 엄중하게 경고했다.

"취하진 않았어요. 내가 떡 된 것처럼 보여요? 그럼 버리고 가요?"

"떡이 아니라 개가 돼도 넌 데리고 가. 다른 놈들이 널 보는 게 싫을 뿐이야."

으르렁대는 유혁이 귀여워 보였다. 이것도 술의 힘이겠지. 생각한 라온이 히죽 웃었다.

"귀엽다, 유혁 씨. 내가 잡아먹고 싶어."

"하아. 너 진짜 안 되겠다. 한 병 더 마시는 거 못 말린 내가 병신이지."

유혁이 한탄했다. 라온의 손목을 꼭 잡은 채, 그는 걸음을 빨리했다. 사람이 조금만이라도 덜 북적댔다면, 라온을 당장 어깨에 들춰 메고 뛰었으리라.

그렇게 처음 차를 불법주차한 곳으로 왔다. 다행스럽게도 차는 주정차위반 딱지만 커다랗게 붙인 채, 처음 세운 그 자리에 있었다. 빠르게 라온을 조수석에 밀어 태운 유혁이 운전석에 올랐다.

"운전하면 안 되는데."

"내 술까지 유라온이 다 마셨거든?"

운전을 염두에 둔 유혁은 술잔에 입술만 댔을 뿐이었다. 그래도 걱정하는 라온을 향해 유혁은 코웃음 쳤다.

"그래요? 그럼 운전할 수 있겠구나. 잘 됐다. 이대로 집에 가긴 싫어요."

"나도 싫어."

취한 채로 들여보내기는 싫었다. 그렇다고 엉뚱한 도로에 무작정 서 있을 수는 없었다. 유혁은 당장 자동차 시동을 걸었고, 강이 보이는 곳으로 차를 몰았다. 사람들이 거의 눈에 띄지 않는 곳까지 거슬러 올라왔다. 유유히 흐르는 강물을 잘 볼 수 있는 한적한 강변에 차를 세웠다.

"아우라지네."

"강 이름? 동강이 아니고?"

"흐르다 보면 어느새 이름이 동강이 돼요."

라온이 차 문을 열고나갔다. 강렬한 여름 오후의 햇살이 아직 기세가 남았지만, 서쪽으로 기울어 못 견딜 만큼은 아니었다. 강바람이 서늘히 불기도 하고, 산그늘이 지기도 했다.

맞은편 강변은 산의 가파른 절벽과 맞닿았다. 반면 이쪽은 비교적 넓은 자갈밭이다. 그 강변에 라온이 털썩 주저앉았다. 유혁 또한 라온의 곁에 와 나란히 앉아 강물을 바라봤다.

"노래는 여기서 불러. 단, 춤까지 출 거면, 난 가고."

"춤도 봐주지. 색마와 한량의 피가 흐른다며. 이해 못 하나?"

유혁의 표정이 단호해 라온은 쿡쿡대며 웃었다.

"지금은 일반인 모드야. 나까지 취해버리면 떡은 누가 챙겨?"

"계속 그 얘기 하면 화내요. 나 안 취했다니까."

"알았어. 노래나 불러봐. 뭐 할 거야?"

강물을 바라보던 라온이 엷은 한숨을 내쉬었다. 살짝 들떠 있던 눈동자가 일시에 가라앉는다. 그 표정이 유혁의 심장을 저릿하게 눌렀다.

"요즘 노래는 잘 몰라요. 난 어릴 때도 할머니, 할아버지 좋아하는 노래만 한 것 같아."

"그게 문제가 돼?"

가라앉은 라온의 음성과 달리 유혁은 평이했다. 시선이 마주친 라온의 머리를 쓱쓱 쓰다듬었다.

"요즘 노래 필요해? 본인이 취향 아니니 안 들은 거 아닌가? 취향이면, 시간 날 때 들어. 귀 뚫렸는데, 못 들을 건 뭐야."

유혁의 눈을 바라보던 라온이 피식 웃었다. 그의 생각이 마음에 든다.

"맞아요. 나는 나니까. 뭘 또 새삼 남의 눈치를 봐. 정선아리랑 알아요?"

"대충. 들어야 봤지."

풍류를 즐기는 조부 덕분이다. 어릴 때부터 들어본 것으로 치면, 그 또한 만만치 않았다.

"아리랑 중에 제일 구슬프잖아."

"여기 강원도 땅이 좀 그렇죠. 척박하고, 풍족한 게 하나도 없는 땅이잖아요. 아리랑은 이 아우라지 강에서 뗏목 젓던 뱃사공들이 제일 많이 불렀어요. 그게 목숨 내놓고 하던 일이라서 맺힌 게 많죠."

말끝에 라온이 정선아리랑을 흥얼거렸다.

아리랑 아리랑 아라리요. 아리랑 고개 고개로 나를 넘겨주오.

기분에 따라 분위기가 달라지는 아리랑. 라온이 흥얼거리는 아리랑은 구슬프게도, 흥겹게도 들렸다.

아우라지 뱃사공아 배 좀 건네주게
싸리골 올동백이 다 떨어진다
떨어진 동백은 낙엽에나 쌓이지
사시상철 임 그리워 나는 못 살겠네

유라온이 하니까 다른 거다. 생전 가야 귀에 들어오지 않던
가사도 신경 쓰여 유혁은 미간을 굳혔다.

"처녀, 총각 헤어진 내용이야?"

"비가 와서 뗏목 못 뜨는 날 얘기죠. 그래도 잘 아네요?"

"그 정도야, 뭐."

유혁이 별것 아니라는 듯 피식거리고, 어깨를 으쓱했다. 라
온은 여전히 소리 내어 쿡쿡 웃었다. 한 번 마음이 풀어지니,
이제는 자연스러웠다.

"배부르고, 시원하니까…… 졸리다."

라온의 무거운 머리가 자연스럽게 유혁의 어깨 쪽으로 쓰러
졌다.

"기대. 힘주지 말고."

유혁은 망설이는 그녀의 머리를 끌어당겨 제 어깨에 기대게
했다.

한가로운 강변의 오후. 강바람이 산들산들 불고, 그늘이 짙
어졌다.

거기까지가 라온이 기억하는 순간이었다.

눈을 감았다가 떴다고 여겼는데, 한잠 푹 자고 일어났나 보다. 다른 어떤 곳보다 편하게 느껴지는 그의 품 안. 깨어 움찔거리니 제 머리를 쓰다듬고 있던 유혁의 눈빛과 마주쳤다.

다정한 손길. 무심한 듯 보이던 모든 것들이 실은 아니었나. 때때로 유혁의 감정이 진하게 밀려든다. 허전하고 면역력 제로의 심장이 감당할 수 없을 만큼. 멍한 눈빛 안으로 그는 계속하여 들어오려고 했다.

"엄마 밴인 전날, 꿈을 꿨어요. 말이 좀 안 되긴 하지만."

망설이던 라온이 기어이 진실을 토해냈다.

"유혁 씨가 와서 내 머리를 이렇게 쓰다듬어줬어요. 이런 게 고팠나. 눈물이 막 나오더라. 눈은 뻑뻑한데, 울 수가 없었거든요. 꿈속이지만 고마웠어요."

유혁은 말이 없었다. 뚫어질 듯 그녀의 눈을 바라봤다. 차갑고 매섭던 눈빛에 타오르는 불꽃. 라온의 심장이 저 먼저 울리는 속도가 빨라졌다.

이 눈빛, 제게만 보이는 거면 좋겠다. 저만 아는 것이면 좋겠다. 오만하고 차가운 이 남자가 보이는 것들이 그녀에게만은 뜨거운 불꽃과 같다.

라온의 열망을 아는지, 모르는지 유혁이 물었다.

"그 꿈속에서 내가 울지 말라고 하지 않았어?"

"했던 것 같아요."

"넌 '응.'이라고 대답했고."

문득 라온의 눈빛이 굳었다. 생각지 못했던 문제의 답을 반짝 힌트 얻어 푼 것 같았다. 심장이 떨렸다. 아직도 알코올 기운이 남은 건가.

"혹시…… 진짜 왔었어요?"

라온은 유혁의 대답을 말이 아닌 행동으로 들었다. 그녀를 뚫어지게 바라보던 그가 한 손으로 라온의 턱을 감쌌다. 더는 참고 있을 수 없다는 듯 거칠게 달려들어 허기지게 탐했다. 붉은 입술을 가르고, 고른 치아 사이로 제 혀를 밀어 넣었다.

밥 먹고 칫솔질도 못 했는데. 미처 라온이 걱정할 사이도 없이 그들의 타액은 섞였고, 숨결은 뜨거워졌다. 유혁은 라온의 혀를 감아 강하게 빨아당겼다.

"읏!"

벅차고 격한 숨결이 자연스레 얽혔다. 겨우 숨을 쉴 틈이 생겼을 때, 라온이 물었다.

"왜…… 왜 말하지 않았어요?"

바보처럼 그것도 모르고. 라온은 자책했고, 유혁은 그런 그녀의 입술을 다시 한 번 강하게 물었다 놓았다.

"중요한 거 아니니까."

유혁의 한쪽 입술이 비틀리며 말려 올라갔다.

"지금 중요한 건 이거야."

유혁이 라온의 손을 잡아 제 다리 사이 중심에 가져다 댔다.

그곳이 뜨끈했다. 바지 안에 두둑이 뭉쳐 있던 것이 삽시간에 살아났다. 움찔. 라온이 손을 빼려 했지만, 유혁은 허락지 않았다.

"지금······ 하려고요?"

라온의 두 눈이 힘껏 커졌다. 아무리 차 안이라 해도, 사방 뚫린 곳이다. 해가 지긴 했지만, 여름 저녁은 여전히 환했다.

"지금껏 참았거든. 널 두고 내가 자위 따윌 해야 해?"

이미 유혁에게 참으라는 것은 무의미해 보였다. 실제로도 그는 참을 수 없었다.

"그래도 밖이 환해요."

"이렇게 바르작거리면 나, 더 미친다. 차가 심하게 흔들리면, 저 위 도로에서도 다 보일 테고."

이미 유혁은 라온을 품에서 내려놨다. 좌석에 뉘어놓고 고개 숙여 그녀의 귓가에 속삭였다. 그는 눈빛도, 몸도 한껏 달아올랐다. 라온의 귓불을 자근자근 물며 그녀의 바지를 쑥 벗겼다. 순식간에 허전해진 아래쪽. 라온은 몸을 비틀었다. 견딜 수 없어 저도 모르게 몸을 위로 밀었다.

"도망갈 곳 없어."

유혁의 목소리는 낮았다. 즐거운 기대가 묻어났다.

"도망가는 게 아니라 이런 데서는······."

"피할 수 없지. 즐겨."

썬팅이 짙어 밖에서 보일 리는 없었다. 차가 흔들려 의심한다 해도, 달리던 차가 다시 돌아올 것도 아니고.

의심하던지.

비죽 웃은 유혁이 손끝으로 라온의 다리 사이를 확인했다. 채 젖지 않았다. 그는 흥분할 대로 흥분했지만, 이대로면 라온은 무리다.

망설임도 없이 유혁은 그녀의 다리를 붙들어 양옆으로 벌렸다. 라온이 비명을 지를 틈을 주지 않고, 곧바로 그녀의 다리 사이에 얼굴을 묻었다. 보드라운 체모를 후 날리고, 말캉하고 열기로 가득한 혀끝이 갈라진 틈을 길게 핥았다. 연달아 빨아들이자, 라온은 흡, 하며 온몸을 경직시켰다.

"유혁……."

라온이 그의 이름을 부르다 말았다. 그가 핥고, 빨 때마다 그녀는 쾌감으로 눈앞이 어지러웠다. 움찔거리며 빠르게 젖어든 몸이 이제는 녹진하게 녹아날 것 같았다. 꼿꼿이 세운 그의 혀가 깊은 구멍 주변을 둥글게 핥자, 라온은 비명을 지르며 허리를 들었다.

"흐읏!"

라온은 유혁의 머리카락 속으로 깊게 손을 넣었다. 힘껏 그의 머리를 붙들어 지탱해도 나락으로 떨어질 것 같았다. 심장이 귓가에서 울리나.

모르겠어. 뜨거워.

핥짝핥짝 물기 서린 소리, 쿵쿵거리는 소리가 커졌다. 이미 시트까지 물기로 젖었다. 그의 타액과 흠뻑 흐른 애액, 더불어 그와 그녀의 열기 때문에 배어난 땀, 모든 것이 섞였다.

"아아!"

순간, 그녀의 내부에서 작은 폭발이 일어나고, 라온은 아득한 쾌감에 몸을 떨었다. 허벅지가 부들부들 떨렸다. 아랫배가 움찔거리며 수축하는 그녀를 느꼈는지, 유혁은 그제야 고개를 들었다. 제 바지를 내려 페니스를 꺼내고는 그녀의 두 다리를 접어 제 어깨에 걸쳤다. 미끌미끌한 곳에 닿은 것만으로도 유혁은 눈앞이 아찔해졌다.

"하아, 하아…… 얼른…….."

지금은 오히려 라온이 못 참았다. 술을 마신 후부터 유라온은 그가 알던 그녀로 되돌아가는 듯했다. 제 감정에 솔직하던 여자. 유혁의 입가에 희미한 웃음이 서렸다.

"얼른? 뭘?"

유혁이 허리를 빙글 돌렸다. 그의 페니스 끝이 그녀의 중심을 스치듯 비볐다. 자신 또한 급하면서 안 그런 척 여유를 부렸다. 꽉 감은 라온의 눈매가 파들파들 떨렸다.

"숨도 못 쉴 것 같아요. 어떻게 좀 해 봐요."

"애원해 봐. 제발 해 달라고."

라온이 입술을 짓깨물며 쾌감을 버텼다. 입구에서 버티고 있는 그가 지독하게 얄미웠다.

"안 해? 그냥 갈까?"

"아니! 해줘요. 제발."

라온의 중심이 움찔거리자, 유혁이 쿡 웃었다. 이쪽으로는 유라온이라도 고분고분하다.

"일어나. 뒤돌아 엎드려 봐."

유혁이 라온의 몸을 안아 일으켰다. 불만의 신음이 흐르는 것을 애써 눈감았다. 그가 하라는 대로 주춤주춤 조심스럽게 움직이는 라온이 그에게는 또 다른 자극과 즐거움이다.

"여기."

유혁이 뒤에서 라온을 덮치듯 껴안으며 손끝으로 엉덩이골을 슥 어루만졌다. 다른 쪽 손으로는 늘어진 티셔츠 속으로 들어가 브래지어를 밀고 말캉한 가슴을 움켜쥐었다. 귓가에 뜨거운 숨을 훅 내뱉었다.

"여기도. 다 내 거야. 남김없이. 모조리. 알지?"

미칠 것 같은 소유욕이 유혁의 전신을 훑었다. 라온 또한 온몸을 짜릿한 환희로 떨었고, 쾌감에 젖어 한껏 고개를 쳐들었다.

"대답해!"

"응, 으응!"

제대로 대답하는지 의식하지도 못한 채, 라온은 고개를 끄덕였다.

"으웃!"

그 순간, 단단한 것이 그녀의 중심을 꿰뚫었다. 내벽을 쓸고

들어가는 강력한 쾌감에 라온을 소리 질렀다. 거의 울음처럼 흐느꼈다. 유혁이 뒤로 몸을 물렸다가 다시 찌를 때마다 라온의 허리는 둥글게 휘어졌다. 연약한 신음이 연이어 터졌다.

"좋아?"

거세게 허리를 쳐올리며 유혁이 물었다. 몸짓으로 라온은 대답했다고 여겼지만, 그는 성에 안 찼나 보다. 연이어 격렬하게 허리를 쳐올리며, 유혁은 그녀의 얼굴을 잡아 돌렸다. 흐릿한 라온의 눈빛을 마주하고, 그녀의 입술을 게걸스레 탐했다. 입술을 핥고 깨물며 물었다.

"말로 해 봐. 응? 유라온. 좋아?"

"응…… 으응, 좋아."

쾌감에 취했다. 유혁이 밀고 온 열락 안에서 라온은 온몸을 떨었다. 뜨거운 화염은 눈까지 멀게 한 듯 눈앞은 아득해지고, 한순간 앞이 보이지 않았다.

라온은 이를 악물고, 그의 팔을 잡아 버티며, 한없이 밀려오는 유혁을 견뎌냈다.

"내가? 많이 좋아?"

"응응. 흐으…… 읏!"

살과 살이 마찰하는 적나라한 소리가 천둥처럼 들렸다. 넓은 좌석이라 자부하는 유혁의 차조차 지금은 좁게 느껴졌다. 날카로운 라온의 교성이 밀폐된 공간 안에 연하게 흩어졌다.

무엇이 좋은지 구분하지 않아도 지금은 상관없다. 조만간 제 말대로 될 테니까.

유혁은 가차 없이 허리를 놀렸다. 빙글빙글 돌리며 쾌감의 방향을 바꿨다.

"윽!"

유혁조차 기어이 짧은 신음을 라온의 등에 토해냈다. 뜨거운 것이 한꺼번에 그녀의 안으로 퍼졌다. 헉헉 거친 숨을 내쉬는 라온은 앞 좌석 등받이를 잡아 겨우 몸을 지탱했다.

어느새 어둑해진 강. 가장 가까이에서 숨 쉬는 이의 숨결만 느껴졌다. 세상에 단둘만 남은 것 같고, 이 시간이 영원히 끝나지 않을 것 같았다.

라온은 땀을 훔쳐주고, 제 손을 맞잡는 남자를 느끼며 희미하게 웃었다.

둘만 있어도 괜찮을 것 같았다.

지. 더 깊이, 깊이

강렬한 여름 햇볕이 무작스럽게 쏟아지는 오전이다.

VIP 전용 수영장은 파란 물빛이 잘 조성된 정원수와 어울려 이국적인 풍경을 자아내는 곳이다. 리조트 내에는 수영장이 여러 개 있는데, 여름휴가의 절정을 맞은 때라 사람들로 넘쳐 났다.

그러나 이곳의 사정은 달랐다.

수영장은 한적하고 평화로웠다. 햇빛을 반기는 이들 몇이 나와 선탠을 즐기고 있었다.

"세린아, 너 언제까지 여기 있을 거야?"

옆자리 친구가 칵테일 잔을 들고 들이켜며 물었다. 세린은 그 친구를 날카롭게 노려보았다.

"며칠 그까짓 섹스 못 했다고 죽니? 이제 일주일 조금 넘었어. 참아."

세린의 어조가 앙칼졌다. 졸지에 매일 그것만 생각하는 여자로 낙인찍힌 여자가 볼멘소리했다.

"내가 그것 때문에 그러니? 하는 일도 없이 여기서 죽치고 뭐야?"

"그건 나도 그래. 돈 떨어지니 카지노 가기도 그렇다, 얘. 구경만 하니까 재미가 없어."

다른 여자가 맞장구쳤다. 처음 말을 꺼냈던 여자가 뒷말을 이었다.

"있으려면, 너흰 있어. 나는 갈 거야. 재미도 없는 곳에서 뭐 하는 짓이람."

"야! 너 그렇게 가면 어떡해? 세린아, 나 쟤한테 좀 가볼게."

팽 토라진 여자가 제 비치타월을 들고 일어서자, 옆에 있던 친구까지 따라나섰다. 길게 이어진 발코니를 통해 제 객실로 돌아가는 친구들의 모습을 세린은 비웃음을 머금은 채 바라보았다.

어차피 둘 다 핑계인 것을 알고 있었다. 좀이 쑤셔서 어떻게든 빠져나가려는 모습들이 세린의 눈에 안 보일 리 없었다.

"서울로 가서 불러내면 못 이긴 척 기어 나올 것들이. 며칠 못했다고 징징대는 꼴이라니."

세린이 훗, 코웃음 쳤다.

그러나 그녀도 딱히 기분이 좋은 것은 아니다. 아버지의 성화에 쫓아오긴 했어도 그녀라고 뾰족한 수가 별달리 있는 것은 아니니까. 같이 온 이들의 불만도 이해는 간다. 강유혁이 있는 곳에서까지 그럴 수 없어 남자 물색을 하지 않았을 뿐이었다.

그때, 옆에 놔두었던 휴대전화가 울렸다. 들어 확인한 세린의 이마가 확 구겨졌다. 받기 싫은 상대, 하지만 받지 않으면 후폭풍이 두려워지는 상대, 아버지이다.

"네."

– 뭐하는 거야? 왜 아직도 소식이 없어?

"좀 기다려 보세요. 만나기라도 해야 무슨 얘기라도 하죠."

– 이년이! 지 에미 닮아서 꼬박꼬박 말대답하긴. 너, 그거 해결하기 전에는 집에 못 들어올 줄 알아! 돈줄도 다 끊어버릴 테니, 알아서 해!

입에 담지 못할 욕을 하며 아버지의 전화가 끊겼다. 밖에서는 지역구 잘 챙기며 호인에 서민을 위하는 척하는 정치인. 하지만 그 스트레스를 풀어내느라 가족에게는 정말 못 되고 더러운 남자. 그런 사람이 아버지다.

세린은 잘 손질된 손톱을 초조하게 물어뜯었다. 수영장 너머로 조금 더 높은 곳에 연달아 이어져 지어진 별채의 한 동을 노려보았다. 그녀가 아는 한 그중 한 곳이 강유혁이 쓰고 있는 곳이었다.

유혁을 만나야 무슨 얘기라도 할 텐데. 찾을 때마다 그는 바빴다. 출장을 가거나, 업무 중이거나, 혹은 숙소에 틀어박히든지. 도무지 마주칠 틈이 없었다.

강유혁, 강유혁!

세린은 이곳에 오기 전 완벽하게 네일케어 받았던 손톱을 습관적으로 물어뜯었다.

그때 문득 세린의 눈동자가 우뚝 굳었다. 무의식적으로 옆에 놓아둔 망원경을 찾았다. 대상을 찾고 초점이 맞춰질수록 커다래진 세린의 눈에 분노가 화륵 일었다. 망원경을 움켜쥔 손끝이 부들부들 떨었다.

별채는 한 동 한 동의 사생활 보호가 확실했다. 밖에서 어지간해서는 그 안쪽의 일까지 알아내기란 불가능하다.

그러나 세린은 확신할 수 있었다. 지금 유혁이 묵고 있는 복층 객실의 테라스에서 검게 움직이는 것이 여자의 머리라는 것을. 건물의 각도 상 머리끝만 조금씩 보이다가 사라질 뿐이었지만, 분명 유혁의 것이 아닌 여자의 머리였다.

무얼 하는 것인지까지도 세린은 어렵지 않게 추측할 수 있었다. 저쪽 별채에는 동마다 프라이빗 풀이 설치되어 있었다. 저긴 2층 테라스에 설치된 프라이빗 풀이다. 그곳에서 여자의 머리가 리드미컬하게 흔들린다는 것은······.

세린의 머릿속에서 누군가가 말해준 것들이 어지럽게 울렸다.

「이름은 유라온, 스물두 살입니다.」
「뭐 하는 여자야?」

「대학에서 가야금을 전공한답니다. 방학이라 여기 리조트에서 아르바이트 중이라는 군요. 고향이 요 아래 동네입니다.」

「그래? 훗. 근데 그새 강유혁이 꾀어서 그 짓이야?」

이상하다 생각했다. 강유혁이 감싸는 여자가 있다니. 그 남자가 여자에 워낙 관심이 없고 뒤를 캐도 아무것도 없으니 그쪽으로는 간과한 것도 사실이었다.

강유혁, 개자식! 지도 그래놓고, 니한데만 뒤집어 씌워?

세린은 들고 있던 망원경을 으스러뜨릴 듯 움켜쥐었다.

이대로 파혼을 당하는 것도 억울하다. 욕은 자신만 먹고 있잖나. 쌍방합의하에 없던 일로 한다면 모르겠어도. 펄펄 뛰는 아버지는 이대로 돌아가면, 자신보다 엄마를 들들 볶아댈 터였다. 이년 저년 쌍욕을 하며, 폭력을 행사할 것이다.

아, 짜증 나. 강유혁, 병신. 그냥 살면 저나 나나 세상 편한데. 여자 있다고 내가 뭐랄 것도 아니고.

하지만 지난 시간. 세린은 강유혁이 적어도 자신과 같은 과가 아님은 확인했다. 제 부모까지 내친 조부의 재산이나 받아 적당히 살려는 그저 그런 남자라고 여겼는데.

정말 괜찮은 남자라면 아깝긴 하다. 저런 어린애한테 던져주기는. 지금 이 수영장 안의 모든 남자를 다 합쳐도 강유혁 하나만도 못할 텐데.

몰라. 머리 아파. 될 대로 되라 해. 내가 언제 그런 것까지 신경 쓰고 살았다고.

세린은 요즘처럼 생각이 많아 본 적이 없었다. 머릿속에 딱
따구리 몇 마리가 들어앉아 사방을 쪼는 것 같았다.

"조세린이네?"

지나가던 한 남자가 아는 척을 했다. 키는 훌쩍 컸지만, 얼
굴은 그저 그런 인상. 누구지? 세린의 미간이 희미하게 일그
러졌다.

"여기서 만나네? 혼자 왔어?"

남자는 비어 있는 옆 선베드에 앉았다. 느끼한 눈빛으로 그
녀의 몸매를 훑는 것을 보니, 궁극의 목적은 따로 있어 보인
다.

"일행 있어. 일 봐."

세린은 더는 선베드에 누워 있을 수 없었다. 제 짐을 챙겨
자리에서 일어섰다. 그녀가 걸음을 옮길 때마다 비키니 차림
의 그녀에게 남자들의 시선이 따라붙었다.

세린의 추측은 정확하게 맞았다. 그 시각 라온은 유혁의 객
실에 있었다. 정확히 말한다면, 불려온 거다. 객실 청소 상태
가 안 좋다며, 유혁이 담당 직원을 콕 찍어 부른 터였다.

"어디가 잘못되었는지 말씀하시면, 다시 하겠습니다."

2층 테라스에는 프라이빗 풀이 설치되었다. 별채 한 동이 객실 하나였으니, 프라이빗 풀이라 해도 수영이 가능할 만큼 옆으로 길고 큰 규모다. 전망은 탁 트였고, 난간은 유리로 만들어 산과 바다가 그대로 보였다. 하늘과 닿아 있는 것처럼 느껴지기도 하는 곳이다.

유혁은 풀 안에 몸을 담근 채였다. 수영장 벽에 기댔고, 두 팔은 수영장 주변을 마무리한 대리석 위에 올려두었다. 옆에는 파라솔 달린 선베드가 놓였다. 테이블 위에는 그가 마시던 와인병이 얼음 바스켓에 담겼다. 한참 전부터 마시고 있었으니, 이미 반쯤 비었다. 선베드 위에는 그가 오늘 읽던 책이 그대로 엎어져 있었다.

유혁의 머리는 젖어 있었고, 물 밖으로 드러난 어깨에도 물방울이 뚝뚝 흘러내렸다. 조금 전까지 수영장을 왕복한 결과였다.

제가 원하던 라온이 왔음에도 유혁은 흘끔 보았을 뿐 움직이지 않았다. 표정 없는 얼굴은 환한 햇빛 아래에서도 냉기가 뚝뚝 흘렀다.

"잘못됐다고 한 적은 없어. 담당자를 불렀지."

라온이 입술을 깨물었다. 본인이 콕 찍어 담당자로 자신을 지정해 뒀으면서.

"팀장님이 청소 잘못됐다고 부르신 줄 먼저 짐작하셨나 봐요. 시키실 일 없으시면……."

"유라온."

유혁이 시선만 들어 라온을 올려다봤다.

"고개 좀 내려. 누군가 올려다보는 것, 별로 좋아하지 않아."

라온은 그동안 알게 된 유혁다운 생각이라 여겼다. 절대 누군가 올려다보는 것이 어울리지 않는 남자, 강유혁.

옅은 한숨을 내쉰 라온이 무릎을 꿇어 몸을 낮췄다. 그가 제게 하는 것을 고려한다면, 이 정도는 할 수 있다고 여겼다.

그런데 그 순간, 라온의 몸이 휘청했다. 풍덩 소리와 함께 풀 안으로 끌려들어 간 것이다. 대신 메이드복을 입은 그대로 온통 물을 뒤집어썼다. 그녀의 치맛자락은 위로 밀려 올라가 물 위로 둥둥 떴다.

"사장님! 유혁 씨!"

당황한 라온이 그의 이름을 불렀다. 유혁이 그녀를 수영장 벽으로 밀어두었다. 두 손으로 그녀의 어깨를 꾹 눌러 움직이지 못하게 했다. 서늘하던 눈빛이 이글거렸다. 뜨거운 욕망과 재밌다는 빛이 묘하게 어울렸다. 성큼 다가서서는 라온의 귓가에 뜨거운 숨결을 훅 뿌렸다. 그녀의 허리를 한쪽 팔로 휘감고, 움찔한 라온의 귓불을 가볍게 물었다.

"오늘 함께 오프로 뺐잖아. 이건 뭐야?"

유혁의 손이 라온의 메이드복 뒤로 갔다. 자연스럽게 지퍼를 지익 내렸다. 하얗게 드러난 그녀의 목덜미에 얼굴을 묻었다. 혀끝으로 하얀 목선을 핥았다. 물에 닿아 금방 차가워진 살결이 나른한 심장을 깨웠다. 유혁의 손끝까지 짜릿해졌다.

"연락드렸잖아요. 출근했다고."

"연락? 문자 한 통?"

고개 든 유혁이 코웃음 쳤다. 그러면서도 라온의 옷을 벗기는 것은 멈추지 않았다. 점점 더 라온의 하얀 살이 공기 중으로 드러났다.

주말에 일하더라도 월요일에 함께 쉴 수 있도록 일정을 다 조정해 두었다. 그런데 아침부터 날아온 문자에 유혁은 성질이 솟구쳤다.

– 사정이 생겨 출근합니다. –

유라온이 보낸 문자는 딱 그 한 줄이었다. 오후까지 기다리고 있었는데, 라온은 흔한 전화 한 통 하지 않았다. 열이 확 올라 그가 전화하니, 휴대전화는 여전히 방치 상태였다. 문자를 보내기 위해 잠깐 배터리를 꼈던 것인지.

"왜 네 맘대로 바꿔?"

유혁은 으르렁거리며 먹이를 노리는 맹수 같았다. 수면 위로 드러날락 말락 한 젖가슴을 가볍게 움켜쥐었다.

"가봐야…… 해요."

다가올 쾌감을 예감한 라온의 몸이 파들파들 떨렸다. 거부

220

의 몸짓은 미약하기만 했다.

"아직 근무 시간⋯⋯."

"교대하려면 한 시간 남았지."

유혁이 입술을 비틀었다. 저 때문에 라온이 곤란한 일을 당하는 건 사절이다. 그러니 이 시간까지 그도 참은 게 아닌가.

"여기 일 해결하면 그 시간이네. 바로 퇴근해. 그런데 비번은 왜 바꿨어?"

유혁의 어조는 사뭇 누그러졌다. 얼굴이 빨개져 당황하는 라온의 표정만 봐도, 기분이 즐거워지고 있다.

말끝에 유혁이 라온의 양쪽 젖꼭지를 손끝으로 잡아 부드럽게 비틀었다. 찌릿한 자극에 라온은 숨을 들이켰다.

"조장님 아프셔서요. 일손 달리는 거 사장님이 더 잘⋯⋯ 읏!"

라온의 몸이 튀어 오를 듯 휘었다. 순식간에 그녀의 허리를 미끄러지듯 타고 물속으로 들어간 유혁의 손이 그녀의 옷가지를 단숨에 확 내렸다. 원피스와 속옷 등 불필요한 것들을 벗기고 건져 수영장 밖으로 던졌다. 단숨에 그녀는 알몸이 되었다.

"맞아. 아니까, 지금껏 기다렸지. 그런데 전화는? 객실부에는 전화도 없나?"

가까이 다가온 유혁의 숨결이 라온의 입술을 간질였다. 동시에 물속으로 들어간 손끝이 물살을 따라 나풀거리는 체모를 헤쳤다. 다리 사이 중심을 문지르니 단단하게 흥분한 클리토리스가 그의 손끝에서 뭉개졌다.

"학, 하아……."

"내가 기다릴 거란 생각 안 해?"

"바빴어요…… 으응…… 사장님은 나 말고도 할 일이 많잖
아요."

라온이 거친 숨결 사이사이로 말을 쏟아냈다. 그 모습이 마
음에 안 든다는 뜻으로 유혁의 손끝은 더욱 날카로워졌다. 그
녀의 여성을 파고든 손끝이 리드미컬하게 내벽을 쓸며 진퇴를
거듭했다. 그녀의 호흡을 따라 움직이다가 안쪽 깊은 곳에 닿
아 집요하게 문질렀다.

"하으읏!"

견디지 못한 라온이 유혁의 어깨를 움켜쥐었다. 안간힘을
써 크게 넘어오려던 신음을 삼켰다. 숨까지 참느라 그녀의 가
슴이 터질 듯 부풀었다.

"왜 소리는 참아?"

"옆 동에 들리잖아요."

라온의 목소리는 기어들어갔다. 겨우겨우 속삭이니, 유혁
은 속으로 가볍게 웃었다.

별채는 각 동의 완벽한 프라이버시를 유지할 수 있도록 설
계된 곳이다. 보안과 방음이 완벽했다. 테라스 쪽까지 방음을
신경 써 소리는 들리지 않는다는 것을 라온은 모른다.

그러나 유혁은 지금만큼은 자신이 나서서 해명해주고 싶지

않았다. 저를 오후까지 목 빼고 기다리게 한 벌이다.

"아. 잊었어. 나도 가끔 옆 동 소리 듣곤 해. 한밤중 욕실에서 듣는 신음이 죽이지. 소리만 들리면 더 야한 거 알아? 여기 방음공사를 다시 해야 할 것 같아."

유혁은 천연덕스러웠다. 더불어 라온의 얼굴이 더욱 빨갛게 달아올랐다. 신음을 참느라 숨도 간헐적으로 몰아쉬고 있다. 그런 것들이 유혁에게는 심장이 터질 만큼 예뻐 보였다.

"그만…… 해요."

유혁은 라온이 손을 들어 입을 막으려는 것을 제 손으로 제지했다.

"여긴 내가."

유혁이 씩 웃으며 그녀의 입술을 물었다. 깊게 그녀의 타액을 빨고, 보드라운 입안으로 파고들었다. 말캉한 혀를 세게 빨았다. 동시에 그녀의 손목을 잡고 몸을 밀어붙였다.

"윽!"

이내 그녀의 중심에 그의 하체가 완벽히 맞닿았다. 굵고 단단한 페니스가 라온의 중심에 닿아 비벼졌다. 유혁은 처음부터 아무것도 입지 않은 채였다. 뒤늦게 깨달은 라온의 두 눈에 힘이 들어가 커졌다.

"물속에서 해볼래?"

라온의 눈빛에 두려움이 서렸다. 아니라며 빠르게 고개를 저었다. 의미심장하게 웃던 유혁이 그녀의 허리를 번쩍 들어 수영장 가에 앉혔다. 그리고 본인도 몸을 솟구쳐 물속에서 나왔다. 밝은 햇살 아래 유혁의 나신이 다비드상처럼 우뚝 섰다. 섬세하게 짜인 근육을 따라 물방울이 후드득 떨어졌다.

선베드 위에 두었던 대형타월을 집어 든 유혁이 라온의 젖은 몸을 둘렀다. 그대로 번쩍 안은 채 베드 위에 앉았다.

"기다리다가 진이 다 빠졌어. 위로 올라와."

제 허벅지 위에 라온을 앉힌 채, 유혁은 선베드에 등을 기댔다. 비스듬히 누운 그의 눈빛이 기대감으로 반짝였다.

"여기서요?"

라온이 미간을 찡그렸다. 서로의 적나라한 곳까지 볼 수 있는 환한 대낮. 그리고 방음이 되지 않는다는 곳. 그녀의 표정은 울 듯이 일그러졌다.

"왜?"

"누가 보면요? 밖에서 보여요."

라온의 시선이 테라스 난간을 흘끔 바라봤다. 바다를 향한 곳이다. 하늘에서 내려다보지 않는 한 구조상 이 테라스를 볼 수 있는 이는 없다. 유혁이 쿡 웃었다.

"소린 몰라도 보진 못해. 아. 저 위에서 패러글라이딩하는 사람들은 보려나?"

그래도 개의치 않는다며 유혁은 가볍게 말했다. 테이블 위에 두었던 오일병을 들어 손에 따랐다.

"수건 벌려."

라온은 유혁이 둘러준 수건을 그대로 온몸에 감고 있었다.

"다 풀어버릴까? 아님, 자세 바꿀까? 바깥쪽으로 볼래?"

여전히 부끄러워하는 라온이 싫기는커녕, 심장이 간질거리게 예쁘다. 그런데도 유혁은 으름장을 놨다. 수줍어하는 그 모습이 더 보고 싶어서.

라온이 두 손으로 꼭 붙들고 있던 수건 귀퉁이를 주춤주춤 풀자 그녀의 하얗고 가느다란 몸이 환한 햇빛 아래 드러났다. 흰 살결 위에 체모가 도드라진다. 보는 것만으로도 유혁의 욕망을 부풀게 했다.

동그랗고 탱탱한 가슴을 중심으로 유혁이 오일을 바르기 시작했다. 그의 손끝이 부드럽게 애무했다.

"으음."

"또 다른 느낌이지? 좋아?"

"응응. 좋아요."

"나보다 더?"

"아니…… 으응."

라온의 얼굴이 쾌감으로 울 것처럼 일그러졌다. 환희와 닿은 그것. 허탈과 공허가 아닌 뜨거움이 일렁이는 이 순간이 유혁은 만족스럽다.

"정확히 말해. 내 것이 좋은 거야, 내 손이 좋은 거야."

젖가슴을 중심으로 둥글게 원을 그리며 매만지다가 유혁은 기어이 고개를 숙였다. 제 혀끝으로 젖꼭지를 핥았다. 깊게 빨

앉다. 그의 손은 천천히 라온의 몸을 애무하며 내려와 다리 사이를 어루만졌다. 깊은 곳이 흠뻑 젖어 액이 흘렀다. 애무는 충분하다.

"앉아. 천천히."

유혁이 라온의 허리를 들어 올렸다. 제 것 위로 맞춰서 천천히 앉혔다. 그의 것이 그녀의 안으로 사라질수록 유혁의 표정도 사정없이 흔들렸다. 그 또한 고개를 젖히며 신음했다.

"하. 너, 진짜 사람 미치게 해."

"으윽!"

뜨겁게 젖은 곳이 그의 것이 밀고 들어가자마자 사정없이 조였다. 그의 것이 꿈틀거릴 때마다 그녀의 안이 한없이 조여지는 기분. 틈 하나 없이 맞물린 느낌.

"아파요. 너무 깊어."

라온이 한 손으로 유혁의 어깨를 짚었다. 무너질 것처럼 떨었다. 아랫배부터 조여 그를 신음하게 했다.

"완벽하게 맞춰졌어. 대단하잖아."

유혁이 라온의 입술에 쪽 입을 맞췄다. 이런 사소한 행동이 깊은 키스보다 라온의 심장을 뒤흔들었다. 그녀는 멍한 눈빛으로 유혁을 바라봤다.

"왜?"

"아니요. 이제 어떻게……."

"천천히 움직여."

"아, 아파요."

"쉿! 네가 아프면, 나도 아파."

유혁이 라온의 엉덩이를 쓰다듬었다. 아랫배를 어루만지다가 그대로 결합한 위쪽, 검은 수풀 사이를 더듬었다. 오일이 남아 미끄러운 손가락이 쾌락의 정점을 빠르게 문질렀다. 그녀의 안이 격렬하게 수축했다.

"으읏!"

라온의 신음이 터졌다. 저도 모르게 크게 소리치고는 화들짝 놀라 입을 막았다. 그 바람에 잡고 있던 수건이 바닥으로 미끄러져 내려갔다.

빨갛게 달아오른 얼굴과 어찌할 줄 모르는 눈빛.

참을 수 없을 만큼 예쁘다. 하루하루 더 깊이 라온이 유혁의 심장에 담겼다.

너, 이렇게 여자가 돼서 내게 왔어.

그녀의 두 손을 잡아 내린 유혁이 싱긋 웃었다. 라온의 입술을 천천히 머금었다.

"안 들려. 안심해."

"네?"

라온의 두 눈이 휘둥그레 커졌다.

"방음 완벽해."

유혁이 그녀의 허리를 받쳐줬다.

"거짓말했어요?"

"아니."

유혁이 시치미뗐다. 미심쩍어하는 라온의 입술에 다시 쪽 뽀뽀했다.

"여름 시즌 전에 재공사한 걸 잊었어."

그러고는 재빨리 화제를 바꿨다. 라온이 뭐라고 할 시간을 주지 않았다.

"다시 뺐다가 넣어 봐."

유혁이 라온의 엉덩이를 단단히 붙들었다. 제힘으로 들어 올렸다가 천천히 내려놨다.

"하웃! 어떻게……."

서툴게 따라오던 그녀의 움직임이 쾌감에 젖어갔다. 환희에 젖어 고개를 뒤로 젖혔다.

주변은 사라지고, 세상은 오로지 자신과 그녀를 채운 이 남자뿐. 모든 것을 잊게 하는 이런 감각이 존재하다니. 그 모든 것은 강유혁 이 남자가 가르쳐준 것이다. 저의 가장 깊은 곳까지 들어와 뒤흔드는 이 남자.

라온은 눈을 감았다. 허리를 움직이고, 돌리는 모든 것이 본능적으로 이어졌다. 미칠 것 같고, 눈물이 나도록 황홀한 감각.

그가 제게 어떤 의미인지. 이 은밀하고, 야한 쾌락이 어떤 결과로 이어질지. 라온은 알 수 없었다.

"아악!"

마지막의 마지막. 깊은 곳으로 뜨거운 것이 퍼졌다. 절정의 여진으로 라온의 내부가 격렬하게 떨었다. 유혁의 가슴에 안긴 라온이 바튼 숨을 내쉬었다. 귓가에 들리는 그의 거친 숨결까지도 이제는 자연스럽다. 서로의 몸에서 배어 나온 땀을 핥아도 아무렇지 않았다.

"유라온."

"음……?"

라온이 힘겹게 눈을 뜨며 대답했을 때였다.

"누가 보고 있는데? 저 위에서. 패러글라이딩 타고 손 흔든다."

유혁이 시선으로 허공을 가리켰다. 그의 페니스는 여전히 라온의 안에 머물렀다. 그러나 조금 전까지만 해도 펄쩍 뛰던 라온은 피식 웃었을 뿐이다. 지금은 손가락 하나 까딱할 힘조차 없었다.

　세린이 그 여자, 라온을 만난 것은 자신의 객실에서 문밖으로 나섰을 때였다. 함께 온 친구들은 이미 리조트를 떠났고, 아버지의 닦달은 이어졌다. 너무도 지겨운 나머지 모든 것이 귀찮아져 세린은 차라리 외국으로 도망갈까, 고려하던 중이었다.

　객실 한 곳의 문을 닫고 나온 여자는 그 여자다. 강유혁의 여자.

　이름이 유라온?

　새삼 강유혁의 취향이 어땠는지 확인했다. 희고 조그만 얼굴, 툭 치면 쓰러질 것같이 여린 허리.

　흥! 별것도 아닌 게. 내 자존심을 뭉개게 해?

　순간 세린의 눈빛이 뾰족해졌다. 지나가려는 라온을 불렀다.

　"이봐. 이쪽 담당이지?"

"네? 이 구역 담당은 제가 아니라……."

"객실 상태가 형편없어. 안 그래도 매니저 부르려 했어."

"죄송합니다. 청소 다시 하겠습니다."

라온이 깍듯이 고개를 숙였다. 제 담당은 아니더라도 일단은 상대의 기분을 살폈다.

"됐어. 피곤해."

객실 문에 비스듬히 몸을 기댄 세린이 이죽거렸다. 무표정한 라온이 마음에 안 든다는 듯.

"너, 나 알지? 나 여기 왔을 때, 강유혁이랑 만났잖아. 너 그날 걔랑 같이 있었니?"

만났다기보다는 지나다 마주친 것이었다. 그런데 유혁의 이름이 나오자, 라온이 시선을 들었다. 순간적으로 당황의 빛이 스치고, 얼굴이 벌게진 것을 세린은 놓치지 않았다.

나쁜 년. 강유혁은 아직 내 거야!

깔끔하게 파혼 통보까지 받았건만, 세린은 아직 현실을 인정하지 못했다.

그녀의 눈이 가늘어졌다.

너만 좀 없어져 주면 모든 것이 원래대로 돌아갈 텐데 말이지.

세린의 의심이 독하게 번뜩였다. 의식지 못한 라온은 어느새 당황을 감췄다.

"강유혁이 열심히 빨아줬니? 거기 키스마크 났어."

세린의 시선이 가슴골에 멎었다. 아니라는 것을 알지만, 라온은 당황했다. 간신히 표정을 유지했다.

"무례한 말씀은 못 들은 것으로 하겠습니다. 다른 일 없으시면 가보겠습니다."

세린은 꾸벅, 묵례하고 스쳐 지나려는 라온의 앞을 막았다.

엇쭈? 강하네?

세린의 표정이 묘하게 일그러졌다.

"필요한 것 있으세요?"

"샤워가운 좀 가져다줘. 내가 낯을 좀 가리니까, 다른 사람 말고 그쪽이 해."

세린이 카드키로 방금 문을 열고 나왔던 객실의 문을 열었다. 그러고는 키는 라온의 카트에 던지듯 놓았다.

"벨 누르지 말고 열고 들어와. 카트 여기 두고 얼른 갖고 와라."

그러고 세린은 객실로 쑥 들어갔다. 남은 라온이 옅은 한숨을 내쉬었다.

객실 담당인 자신이 할 일이 맞긴 했다. 그런데도 투숙객으로부터 이런 대접을 받으면, 기분이 묘해진다.

다시 볼 사람 아니야. 상관없어.

카트를 복도에 둔 채, 라온은 본관 지하에 있는 세탁실까지 빠르게 뛰어갔다 왔다. 냉방이 되는 복도였건만, 라온의 이마에는 땀이 송송 솟았다.

유혁의 말대로 체력이 형편없어졌다. 근래 급격히 떨어졌다. 더운 날씨 때문이기도 했지만, 주요 원인은 유혁이었다. 그는 장소를 가리지 않았다. 섹스뿐인 사이. 그런 관계를 설정한 것이 잘못이라는 생각이 들 정도였다.

조금 전에도 그가 묵는 객실에 무심코 들어갔다가 당황했다. 서울에 일이 있어 간다고 들었건만, 아직 객실에 남아 있을 줄은 예상치 못했다.

망설임 없이 라온은 벨을 눌렀다. 안에서 인기척은 들리지 않았다. 세린이 주었던 카드키를 들고 몇 초쯤 망설이다가 객실 문을 열었다. 너른 객실 너머 익숙한 바깥 풍경이 환하게 펼쳐졌다.

객실은 프레지덴셜룸보다 크기는 작았다. 그렇지만 매우, 그리고 충분히 호화로웠다.

라온은 물소리와 노랫소리가 들리는 욕실 앞까지 걸어갔다. 새로 들고 온 샤워가운을 맞은편 드레스 룸 쪽에 놓고 나가려는데 물소리가 딱 그쳤다.

"갖고 왔으면 이리 줘."

욕실의 두꺼운 문이 빠끔히 열렸다. 세린의 얼굴과 손이 보일락 말락 나타났다.

"다 벗어서 그래. 이리 넣어줘."

세린의 말대로 라온이 잘 접힌 샤워가운을 욕실 문 안으로 밀어 넣었을 때였다. 나무문이 열리는가 싶더니 그대로 확 닫혔다.

퍽! 둔탁한 소리가 울렸다.

"악!"

연이어 짧고 날카로운 외마디 비명이 낮게 흘렀다. 라온의 머릿속과 눈앞에 번개 같은 것이 번쩍했다.

"이런. 미안해서 어쩌지? 조심 좀 하지. 이건 네 탓이다?"

여자의 말이 귓가를 윙윙 울렸다. 무어라 말하는 건지, 라온은 알 수 없었다.

객실 밖으로 나가는 라온의 뒷모습을 보면서도 유혁은 진한 욕망을 느껴야 했다.

요즘의 그는 확실히 발정 난 짐승이다. 묘하게도 라온만 곁에 있으면, 미칠 것 같았다. 종일이라도 살을 맞댄 채 함께이고 싶었다. 지난 3년, 간간이 라온이 떠올랐던 것은 순수한 감정이었는데.

현실이 되니 욕정만 남은 건가? 꼬맹이. 네가 내게 잘 맞아서 그래.

"미친."

드레스 룸에 걸어두었던 옷을 찾아 입던 유혁이 피식 웃었다. 일해야 한다며 나가는 라온을 붙들고 싶던 마음이야 굴뚝 같지만, 오늘은 그럴 여유가 없었다.

아침 일찍 숙소로 찾아온 김 비서는 얼마 전 그가 시킨 일의 결과부터 이야기했다.

「말씀하신 대로 유재호 씨의 카지노 출입을 금지하고, 자리를 마련했습니다. 그리고…….」

유재호는 라온의 아버지다. 유혁이 흘끔 비서를 바라보았다. 뒤이어 얘기하라는 뜻으로.

「회장님께서 찾으십니다. 올라왔다 가시라는군요.」
「무슨 일로?」
「그 말씀뿐이셨습니다.」

유혁이 김 비서와의 대화를 떠올리며 피식 웃었다. 듣지 않아도 알고 있다.

"미치시겠지. 어디 하소연할 데도 없고."

유혁이 비웃듯 말을 내뱉었다.

짚이는 것은 물론 있었다. 이곳으로 오기 전 유혁은 세린에게 파혼을 통보했다. 또한, 조부에게는 세린의 사진 몇 장을 건네는 것도 잊지 않았다.

「이걸 어떻게 구한 것이냐?」

「제가 직접 구했죠. 직접 보기도 했고요. 남사스럽게 이걸 어떻게 남 시킵니까?」

「직접 봐? 어떻게?」

「좋은 거 있잖습니까. 회장님도 좋아하시는 거. 돈, 그리고 권력.」

고민이 많으실 겁니다. 그러시죠?

돈이 있으면, 다음으로 탐하게 되는 것이 권력. 가장 좋은 위치에 있는 정치계 거물, 차기 대권까지 바라보는 이를 사돈으로 삼을 기회를 두 번은 놓치고 싶지 않으실 거다. 실패는 어머니의 일로 충분하다고 여기셨을 테니까.

그러나 여자의 알려진 행실은 문제가 된다. 장차 로열그룹 안주인으로서 충분히 결격 사유가 될 터였다. 게다가 후계를 얻으실 생각이면 더욱더.

유혁의 얼굴에서 표정이 사라졌다.

하나에서 열까지, 자신을 조종하려 한다. 당신 뜻대로. 이 구석진 곳에까지 와서 군말 없이 사장 노릇을 하는 지금까지. 하지만……

쥐고 있는 것을 놓지 않으려면, 결국은 따라야겠지.

언제나 어머니의 말은 굴레처럼 머릿속을 맴돌았다. 유혁은 입안이 쓸쓸해졌다.

옷을 다 갈아입은 유혁이 거울을 보며 넥타이를 매는데, 휴대전화가 울렸다. 확인하니 환이다.

"나야."

― 목소리 깔지 마. 너인 거 다 알아.

유혁은 대꾸하는 대신 미미하게 입꼬리를 올려 웃었다.

"무슨 일이야. 바쁘다."

― 아, 맞다. 이제 사장님과 학생으로 계급이 갈렸는데, 잊었다.

환의 너스레가 싫지 않다. 그가 인정하는 친구가 하나뿐이라 해도 환 정도면 백을 책임지고도 남았다.

"서울 가야 해. 영감 호출이다."

― 이야. 병원 계시면서도 다 챙기시네. 이제 정신 드셨대?

"정신이야 예전에 드셨지. 그러니 나도 여기로 온 거고. 조만간 퇴원하실 거야."

― 너 서울 오는 거면, 얼굴 보고 얘기할 걸 그랬나?

"뭘?"

― 지난번 백서희 씨 건 알아봐 달라 그랬잖아.

백서희? 문득 라온의 얼굴이 떠올랐다.

― 너 그분 돌아가신 거, 알고 있었냐?

유혁의 눈썹이 꿈틀거렸다. 놀람을 지운 음성으로 물었다.

"언제?"

― 너 귀국하기 며칠 전이더라.

유혁의 미간이 굳었다. 머릿속에 대략적인 날짜가 떠올랐다.

— 그거 들으니까, 영감님 건강이 왜 갑자기 악화되었는지, 이해 가더라고. 백 선생과 진정한 소울메이트셨나 봐. 저승까지 함께 가시려 했나 보네.

"하."

소울메이트, 영혼의 반려까지는 몰라도 드러내지 못하는 평생의 연인이었으니. 그런 조부에게 백서희의 죽음이 큰 충격이었다는 것은 두말할 것이 없다.

유혁이 짧은 한숨을 내쉬었다. 악화된 조부의 건강 때문에 급히 귀국한 그때가 떠올랐다. 라온의 어머니 장례가 있었고, 그룹은 혼란스러웠다. 가까스로 뒷수습했고, 조부도 다행히 깨어나셨다.

내심 기대한 것도 사실이다. 어떤 일을 맡기시려나, 중요 요직 하나는 주시겠지. 그런데 이 강원도로 쫓아낼 줄은 생각도 못 했다.

그랬군. 유혁은 입안이 썼다. 지독하게.

— 그분, 꽤 오래 투병한 모양이야. 돌아가시기 직전에도 한바탕 난리가 있었다더라.

"무슨 난리?"

— 백 선생께서 지금껏 수제자 지정을 안 하셨잖아. 본인 돌아가서 대가 끊길 판이니, 이번에 전수조교를 두 명 지정하셨

다는데, 그중 한 명이 새파란 어린애래요.

어린애라니?

명인 반열에 오르려면, 몇십 년을 활동하고 익혀야 한다. 그만큼 나라에 공헌도 하고, 세상의 인정도 받아야 한다는 소리였다. 그런 그가 지정하는 전수조교란 그 명인의 수제자를 뜻한다. 그 명인의 뒤를 이어 명인이 될 이. 문외한인 유혁도 알고 있는 사실이었다.

유혁의 눈매가 가늘어졌다.

– 원래는 처음부터 그 어린애를 찍었는데, 나이가 너무 어리잖아. 그래서 마지못해 한 명 더 두었다는 얘기가 있어. 워낙 어릴 때부터 백 선생께서 의중에 두신 애라, 누구도 반대하고 나서질 못했대.

"그게 가능해?"

– 불가능한 게 어디 있어? 처음부터 영감님이 손쓰신 모양인데.

"우리 영감?"

– 그분밖에 더 있나.

"믿을 만한 얘기야? 확실해?"

– 짜식아. 믿지 못하겠거든, 믿지 말든가. 백 퍼.

또다시 떠오른 것은 3년 전, 그 밤. 벚꽃 날리던 봄밤의 여운. 아이를 부탁하러 온 백서희.

"혹시…… 어린애 이름 알아?"

유혁의 심장이 한순간 욱신 조여들었다. 물으면서도 묻고 싶지 않았다. 그녀의 이름이 들린다면……. 축하해주고, 좋아할 일이다. 대를 잇는 제자라니. 그의 꼬맹이는 그새 그렇게 대단한 위치에 올랐다. 그런데 유혁은 오히려 한없이 바닥으로 추락하는 느낌이었다.

내가 왜 이럴까.

— 진서혜. 너 혹시 아는 이름이야?

유혁은 잠시 입을 열지 못했다.

유라온이 아니다.

"……아니."

토해내듯 말을 내뱉고, 유혁은 동시에 안도 비슷함으로 가슴이 훅 가라앉았다.

유라온이 아니라고?

안도는 이내 의문으로 바뀌었다. 왜 네가 아니지? 왜?

"진서혜가 스물두 살이야?"

이내 유혁은 빠르게 냉정함을 되찾아 물었다.

— 그보다는 먹었어. 스물네 살인가, 다섯 살인가. 대학은 졸업했데. 다시 나오기 힘든 예술 천재라네? 연주뿐 아니라 창작이며, 판소리, 춤도 다 섭렵했나 봐. 선생들이 다 자기 제자로 끌어가려 했다던데. 결국은 백서희한테 돌아와 가야금을 선택한 거지.

라온이 있는데?

유혁의 심장 쪽에서 자신도 모르는 분노가 스멀거렸다. 표정이 굳었다.

─ 이게 또 그 바닥 떠도는 말이 있는데. 백 선생께서 어쩔 수 없는 선택을 했다는 소리가 있어.

"무슨 선택?"

─ 진서혜의 배경이 그 바닥 끝판왕이래요. 부모가 국악계 저명인사에 재력이며, 권력이며 나무랄 것이 없대요. 가야금이 유파가 여러 개잖아. 그분이 하시던 성옥선류? 이쪽이 매우 어렵고 까다로워서 이수자가 많지 않고. 주목도 제대로 받지 못하고. 그러니 힘 있는 애를 밀어줬다는 얘기가 들린다.

"실력도 안 되는데 됐다는 거야?"

참지 못한 유혁이 버럭 소리를 질렀다. 그의 반응이 뜬금없어 수화기 속 환은 '에?', 하며 말끝을 끌었다.

─ 그냥 있는 소리라고. 나이 든 조교 쪽에서 흘렸다는 말도 있고. 좀 복잡해. 그래도 대부분은 그런 천재에 배경도 빵빵한 애가 백 선생을 택해준 게 고맙단다. 근데, 유혁아. 너 그 이름 알고 있었어?

"몰라, 그런 이름."

기분이 좋지 않았지만, 유혁은 감정을 조절했다. 혹독한 조부의 조련 덕이라 생각하니, 유혁은 피식 웃음이 나왔다.

─ 아직 어리다면 어린데, 대단하지. 아직 경력이 안 돼 우선은 전수조교로 두고, 명인 지정은 아마 서른 이후에나 할 거라

고. 그쪽이 와글와글했단다.

"그럼 교육생들은 어떻게 되지? 거기 연구소에 연수생들 있지 않아?

– 나이 든 전수조교가 이끌겠지.

환의 말이 이어질수록 유혁의 머릿속이 혼란스러웠다. 그때, 백서희가 데려온 아이는 분명 유라온이었다. 최고의 찬사를 들은 것도 그녀였고. 그런데 정작 수제자는 따로 있었다고? 그러면 유라온은 만일을 대비한 스페어였다는 말?

하.

유혁은 속이 뒤집힐 것 같았다. 그가 피곤한 손길로 얼굴을 쓸어내렸다.

"알았어. 고맙다."

– 그걸로 끝이냐?

유혁이 피식 웃었다.

"뭐가 필요해? 학생이 너무 밝히면 안 돼."

– 미친. 굶주린 학생이다. 올라오면 연락해.

유혁은 알았다는 말로 환의 전화를 끊었다. 끊고서도 여전히 기분이 좋지 않았다. 라온의 눈빛이 텅 비어버린 이유를 알아버린 것 같았다.

온전히 어머니 때문만은 아니라고 생각하긴 했다. 다른 이유가 이거였나.

유혁은 천천히 객실 문을 열고 복도로 나왔다. 그의 눈에 다른 객실 앞에 서 있는 라온의 옆모습이 보였다. 카트가 서 있는 것을 보니, 그의 객실을 나선 후, 멀리 가지도 못한 듯했다.

"유라……."

라온이 서 있는 곳이 조세린이 묵고 있는 곳이라는 것을 깨달은 것은 오래지 않았다. 유혁이 부르기 전, 라온은 이미 객실 문을 카드키로 열더니 안으로 들어갔다.

급히 뛰어간 유혁이 천천히 닫히던 문을 잡았다.

조세린의 객실. 왜 마음이 불안할까. 지금껏 조용하던 조세린인데. 유혁의 심장이 저도 모르게 쿵쿵 울렸다. 안으로 밀고 들어가야 하나, 찰나 망설이던 그때였다.

"악!"

둔탁한 소리 뒤에 들린 날카로운 비명. 유혁이 번쩍 고개를 들었다. 본능적으로 라온의 것이라는 것을 알았다. 그는 정신없이 소리가 나는 쪽으로 뛰어갔다. 믿을 수 없는 모습에 숨이 멎었다.

"이런. 미안해서 어쩌지? 조심 좀 하지. 이건 네 탓이다?"

말의 내용과 달리 그와 마주 선 조세린의 눈빛과 어조가 독했다.

"네 주제를 좀 알아."

덧붙인 말까지. 보는 이를 섬뜩하게 한다. 그러나 유혁의 눈과 귀에 들어오지 않았다. 그저 보이는 것은 라온의 뒷모습. 천천히 내려간 그의 시선이 한 곳에 멎었다.

아래로 늘어진 라온의 손. 그리고 그 끝에서 주르륵 떨어지는 핏물.

이를 악문 유혁의 눈에 핏발이 섰다. 심장이 요동쳤다.

빌어먹을!

유혁은 달려가 휘청거리는 라온의 어깨를 잡아 품에 안았다. 슈트 상의 안쪽 주머니에서 꺼낸 손수건으로 피가 떨어지는 라온의 손가락을 감싸 묶었다.

"아…….""

라온의 여린 신음이 칼날처럼 유혁의 심장에 박혔다. 그는 으득 이를 물었다.

이미 라온의 손가락은 시커멓게 색이 변했다. 하얗게 뼈가 드러난 것을 유혁은 안간힘으로 외면했다.

"유혁 씨! 당신이 어떻게……! 이, 이거 일부러 그런 거 아니야! 실수였어!"

"닥쳐!"

거칠게 소리친 유혁이 라온을 두 팔로 안아 들었다. 아래로 늘어진 그녀의 손에서는 계속해서 피가 뚝뚝 흘렀다.

"내 잘못 아니라니까?"

"손가락 다 잘라버리기 전에 닥쳐라."

유혁은 울상인 세린을 밀치고 욕실의 수건 몇 장을 낚아챘다. 객실 밖으로 재빠르게 나왔다.

"구급차 불러! 아, 아니야. 로비로 나갈 거야. 차 대기시켜!

지금 빨리! 당장!"

유혁은 당황했다. 손가락이다. 가야금 하는 사람이 손가락을 다치다니. 하얗게 질린 라온의 얼굴을 똑바로 볼 수가 없었다.

이성을 잃었다. 전화 받는 비서에게 버럭 소리를 지르고, 동시에 유혁은 방향감각도 잃었다. 메인 로비로 가는 엘리베이터를 못 찾아 헛걸음까지 했다.

"저쪽이에요, 사장님."

기어이 라온이 성한 손으로 유혁의 옷자락을 흔들었다.

"나 괜찮아요. 침착하셔도 돼요."

라온이 유혁의 목을 껴안았다. 귓가에 속삭였다.

숨이 멎는 아픔은 순간이었다. 이제는 그저 손가락을 다쳤구나, 하는 덤덤한 마음이 들 뿐이었다. 그나마 왼손이네, 하며 다행스러워도 했다.

그런데 유혁이 당황하니, 라온은 그게 더 당황스러웠다. 이 남자도 이럴 때가 있네. 귀엽다, 라는 엉뚱한 생각마저 했다.

"기운 아껴. 말도 하지 마. 피 많이 흘려서 안색 귀신같아."

라온은 저도 모르게 풋, 웃음을 터트렸다. 지금 웃는 게 맞는지 모르지만.

"사장님도 귀신같아요."

때마침 승강기가 도착했다. 라온은 유혁의 가슴에 얼굴을 기댔다.

이 남자의 품이 이렇게 편안했나. 끈질기게 밝히는 남자인데. 맞아. 당신과 있으면 나는 언제나 편안했어. 지금처럼.

어지러워 눈을 감은 라온은 까무룩 정신을 잃었다.

라온이 정신을 완전히 차린 것은 늦은 오후가 돼서였다.

시내 병원에서 응급 처치한 다음, 그녀는 서울로 이송됐다. 유혁은 손가락 전문병원으로 가야 한다고 펄펄 뛰었고, 헬기를 불렀다. 덕분에 사고 발생부터 후 처치까지, 채 한 시간이 걸리지 않았다.

그렇다 해도 라온에게는 힘이 든 과정이었다. 간간이 눈을 뜨긴 했지만, 기력이 다해 까무룩 잠이 들기 일쑤였다.

"정신이 들어?"

유혁의 큰손이 라온의 이마와 머리를 쓰다듬었다. 어느새 그녀는 병실로 옮겨져 있었다.

"나 입원 안 해도 괜찮아요."

왼손 가운뎃손가락 손톱 반이 부러졌고, 약손가락 중간의 살이 패였다. 천만다행으로 손가락이 부러지진 않았지만, 인대를 이어야 했다. 그리고 피를 많이 흘렸다.

"네가 판단할 일 아니다. 일하다 다친 거라 산재야. 고용주는 책임질 의무가 있어. 일단 더 자."

유혁의 목소리가 무겁게 울렸다. 그의 가라앉은 눈빛을 마주하던 라온은 또다시 까무룩 잠이 들었다가 깼다.

"깼어요?"

유혁이 보이지 않는 대신 낯선 남자의 목소리가 들렸다. 눈을 깜빡이던 라온의 시야가 점차 또렷해졌다. 정말 유혁이 보이지 않았다. 시장통에서 엄마를 잃어버린 아이처럼 불안해지기 시작했다.

"유혁 씨는요?"

"제 보스한테 갔어요. 바로 온대요. 견딜 수 있죠?"

목소리의 주인 얼굴이 가까워졌다. 그가 입술을 늘여 웃었다. 인상이 동글동글 선해 보였다.

"김환입니다. 강유혁이 친구죠. 친구 없는 그놈 유일한 친구."

자신을 밝힌 환이 의자를 끌고 왔다. 침상 머리맡을 올려 라온이 편히 기대게 했다.

"불편한 곳 있어요? 필요한 것은?"

라온이 희미하게 고개를 저었다.

"라온 씨 불편해하면, 내가 강유혁한테 죽어요. 그 자식 성깔이 장난 아니라."

"괜찮아요. 안 불편합니다."

라온은 자신의 손을 내려다봤다. 왼손엔 붕대가 감겨 있고, 오른손 손등에는 링거 바늘이 꽂혀 있다. 그녀의 시선을 의식한 듯 환이 설명했다.

"부러진 손톱은 제거했는데, 아마 손톱이 빠질 거랍니다. 걱정 마요. 대신 예쁘게 난다니까."

환이 라온을 빤히 바라보았다. 시선을 느낀 라온이 고개를 들어 눈빛이 마주쳤다. 그는 멋쩍어 씨익 웃었다.

"이렇게 만나네요."

"네?"

"어머니 교통사고 담당 변호사, 제 형이에요. 그때 얘기 늘 었어요."

"그랬군요. 저는 엄마 회사에서 나오신 분이라고 알고 있었 는데."

유혁이 그렇게 처리했다. 본인이 말하기 전에 자신이 먼저 말할 수 없어 환이 둘러댔다.

"맞아요. 로열그룹 일 맡아 하니까."

"그때 변호사님께 매우 고마웠어요. 엄마한테 불리한 진술 이 막 나왔거든요. 횡단보도도 없는 곳에서 무단횡단했다는 식으로요."

"미친놈들 많죠. 그 새끼 그때 깜빵 보냈어야 했는데. 젊은 사람 앞길 막을 수 없다며, 아버님이 합의하셨다면서요."

"아. 반성도 많이 했대요. 울면서 매달리는데, 아버지는 자 식 같아서……."

"아이고, 그 자식 연기 학원에 다녔나. 그거 다 변호사가 시킨 쇼죠."

라온이 씁쓸하게 웃었다. 알아도 어쩔 수 없었다.

"반전 하나 알려줄까요? 그 자식 지금 깜빵 가 있어요. 제 버릇 개 못 줘서. 크게 한 건 쳤죠."

그랬구나. 라온은 고개를 끄덕였을 뿐이었다. 제가 저지른 만큼 당연히 받아야 할 벌. 그런데 그런 것이 이제는 당연해지지 않는 세상. 환의 말대로 반전을 떠올리면 기뻐야 할 텐데. 생각만큼 즐겁지도, 아쉽지도 않았다.

기운이 다 빠져서 그런가.

그녀의 기분을 알아차렸는지, 환이 화제를 돌렸다.

"오늘 강유혁이 혼자 죽을 뻔한 거 알죠?"

라온이 천천히 고개를 끄덕였다. 피가 많이 흘러서였다.

「당신이 의사면, 지혈 시켜야잖아! 왜 계속 피가 나냐고!」

시내 병원에서는 지혈 못 시킨다고 펄펄 뛰고, 봉합하고, 부러진 손톱 제거만 해도 된다는데 다른 곳은 이상이 없는지 확인하라며 목소리를 키웠다. 보호자가 리조트 사장이라는 것을 알게 된 병원 관계자는 내쫓지는 못하고 쩔쩔맸고, 의사는 혀를 찼다. 제 발로 서울로 간다 하니, 두 손 들어 환영했다는 후문이었다.

물론 서울에 와서도 똑같았다. 수술실까지 함께 들어간다는 걸 쫓아온 환이 억지로 끌고 나갔다.

"신기한데요?"

라온이 왜 그러느냐는 눈빛으로 환을 바라봤다.

"내 생전에 강유혁이 이성 잃은 걸 다 보고."

"사장님이 피를 무서워하나 봐요."

"피? 녀석이?"

환은 '글쎄요.' 하며, 말을 끌었다. 피도 눈물도 없다는 강유혁이 피를 무서워한다? 한때 의대 간다고 공부만 피기도 했던 녀석이다.

환은 라온이 깨어날 때까지 움직이지도 않던 유혁을 본 후였다. 그 간절함이라니. 게다가 사고를 일으킨 당사자가 조세린이라는 것을 알았을 때, 환은 오싹했다. 조세린이 어떤 보복을 당할지 예측할 수 없어서.

어찌 되었든 환은 더는 말하지 않았다. 상대를 향한 감정을 알아차리는 것은 본인들 문제라고.

유혁은 조부의 병실에서 확실히 깨달았다. 조부의 병은 백서희가 원인이라고. 백서희 선생의 타계로 인한 마음의 병이 이렇게 깊어진 거라고.

유배시키듯 해외로 보냈던 자신을 불러들일 때만 해도 유혁은 때가 되어 그런 거라 여겼을 뿐이었다.

하지만 조부는 외로우신 거다. 중심축을 잃고 마음이 허공을 떠다니는 중이다.

"드린 선물은 검토해보셨습니까?"

유혁은 조부께서 하실 말씀을 짐작했었다. 분명 서울을 떠나기 전, 자신이 건넨 사진에 관해 얘기하실 거라고.

"강유혁."

"예."

"네 뜻대로 해. 나는 네게 조금 더 수월한 길을 제시했을 뿐인데, 험한 길로 가겠다니 하는 수 없지."

유혁의 눈매가 의심으로 좁혀졌다. 이렇게 쉽게 포기하실 분이 아닌데. 역시 백서희는 혼자 간 것이 아닌가 보다.

보스 정신까지 걷어가셨네.

유혁이 속으로 혀를 찼다.

"그리고 나는 퇴임절차 밟을 테니, 네 세력 모아."

"회장님!"

이런 전개를 예상한 것이 아니었다. 조부의 독단에 몸서리쳤지만, 이런 무기력함을 원한 것도 아니었다. 그의 조부, 로열그룹 회장이 누구인가. 그깟 병 금세 훌훌 털고 일어날 만큼, 고집은 강철이고, 추진력은 무서울 정도였다.

"백 선생님 때문입니까? 이러고 계시면 많이 좋아하시겠습니다."

"네놈이 떠들 문제는 아니야."

어조 속에 묻어나는 귀찮음은 이미 조부의 마음이 정해졌음을 드러냈다. 유혁은 옅은 한숨을 내쉬었다.

"연세를 고려하면, 쉬셔야 하는 게 맞습니다만. 무기력한 모습 보이시려면, 물려주지 마십시오."

"원하던 것 아니었더냐? 너를 더는 휘두르지 말라, 무언으로 항의했잖니."

"3년 전 그때 이미 인정했잖습니까. 저는 빈복은 안 합니다. 순순히 밖으로 나간 건 제 뜻 접고 무조건 따르겠다는 의미였습니다."

유혁을 흘끔 바라본 조부는 피식 웃었다. 주름진 입매는 힘을 잃었다.

"확실히 나갔다가 오더니 단련이 되었구나. 자식보다 손자가 낫다."

"어머니와는 다른 선택을 한 것이니 비교하지 않으셨으면 합니다."

유혁이 짧은 한숨을 내쉬었다. 경직된 표정과 무뚝뚝한 어조가 아주 조금 풀어졌다.

"뒤로 물러나 계실 겁니까? 저는 뒤에서 하라는 대로 해야 하는 꼭두각시는 사절입니다."

"한 번 안 한다는 건 안 해. 완전히 물러날 거야. 사내로 태어나서 두말하지 않아."

"은퇴하시면, 무엇 하시려고요?"

"네 할아비, 원래 뼛속 깊이 한량이었다. 모르더냐?"

"노시게요?"

"논다? 하! 정만호를 어찌 보고? 어째 내 핏줄에 너 같은 무지렁이가 생겨났을꼬?"

"하."

유혁이 긴 한숨을 내쉬었다.

"풍류 하나 모른다고 사업체 이끌 손자를 무지렁이 취급하시는 거 봐. 절 뭐라 하시기 전에 어머니부터 탓하셔야죠. 한량 이해 못 하기로는 어머니도 섭섭지 않습니다."

"하! 모전자전이로세. 어찌 이것들이 내 자손으로 태어났나."

"생각해보세요. 저까지 풍류 즐기는 한량이었으면, 애초에 그룹 말아먹었습니다. 고 씨네처럼 옥바라지 쫓아다니셔야 했어요."

"고 씨네? 네가 어울리던 그놈 말이냐?"

정 회장의 얼굴이 완전히 일그러졌다.

"그놈들이야 내 심기 어지러우라고 일부러 어울린 거, 내 모를 줄 알아?"

"아시는 거, 저도 알고 있었습니다."

"흥! 똑똑한 거 닮은 걸 보면, 내 피가 맞긴 하는데 말이지. 저 메마른 심장을 보게."

짧게 한탄한 조부가 말을 이었다.

"자고로 풍류란 즐기는 것이야. 노는 게 아니라, 관조하며 즐겨야지. 내 얼마나 남았다고."

조부의 어조에는 씁쓸함과 허전함이 묻어났다. 그러나 이내 그는 고개를 저었다.

"아니다. 아직 해야 할 일이 있다는 것을 또 잊을 뻔했다. 너, 사람 하나 데려와라."

"사람이요?"

"아무래도 이리될 걸 예상한 모양이야. 내가 해야 할 일을 정해준 기분이야. 그 사람이……."

그 사람? 유혁이 굳게 다물었던 입을 열었다.

"백 선생님 말씀입니까?"

"그래. 그 사람이 아이 하나 부탁했던 것을."

"부탁? 누구를요? 제가 지금 찾아야 할 사람 말입니까?"

"늙으면 죽어야 하는 것이 맞지. 그 애를 잊고 있었어. 생전 가야 청 한번 없던 이가 그런 얘길 했다면, 의심했어야 했던 것을."

탄식 같은 조부의 말에 유혁의 눈매가 가늘어졌다.

"회장님도 백 선생님 병을 모르고 계셨습니까?"

"이미 예감했던 게지. 저를 이을 아이들이 뒤늦게 나타났다 했어. 특히 한 아이가 너무 늦어 안타까워했지. 끼고 가르쳤어도, 시간이 부족했지."

그저 '혹시라도 제가 먼저 가면, 저 아이 뒤 좀 봐주겠습니까?' 해서 '그러마.' 대답했다. 그때는 그저 가볍게 한 말인 줄 알았다.

정 회장의 눈빛이 3년 전, 봄. 그 밤의 기억을 헤아렸다.

그즈음 정 회장은 저기압이었다. 하나 남은 혈육이라 믿고 있는 손자, 유혁 때문이다. 착실하게 제 말을 따라와서 딸과 달리 이번에는 나름 기대를 했었다. 그런데 다 큰 그 녀석이 반항을 시작했다. 산 제 어미를 죽은 이로 알려줬다며.

그 반항이 언제까지 갈지 내버려두고 싶었지만, 정 회장은 손자는 자식과 다르다는 것을 간과했다. 부모 없이 자란 녀석이 더 애틋할 줄이야. 자식이 클 때는 느끼지 못하던 뿌듯함이 느껴질 줄이야. 그래서 평생 고집을 꺾었다. 제 어미를 불러들였다.

백서희의 방문은 그래서 기꺼웠다. 묘하게 울적한 그의 심사를 달랬으니까.

"서혜보다 어리다고?"

아이가 가벼운 창작곡과 제 기량을 있는 힘껏 뽐낼 수 있는 산조의 연주를 끝낸 후였다. 유혁이 집으로 온 걸 안 정 회장이 '너 정원서 비실비실 청승 떠는 저 녀석 좀 데려오너라.' 라며, 아이를 내보낸 후였다.

"세 살 어리죠. 아직도 서혜를 기억하십니까?"

"자네의 진한 아쉬움이 내게로 전해져서 그래. 서혜 고것이 영악할 만큼 잘했지. 듣는 이의 마음을 들었다 놨다."

아주 어린 아이 때부터 백서희가 공들였던 제자, 진서혜. 거친 세상에 상처받아 울던 아이를 기어이 잡지 못했다. 네가 원하는 것을 하며 훨훨 날아라, 하며 제 품에서 떠나보낸 지가 벌써 두 해 전이다.

"영감님 말씀대로 영악하기나 했으면요. 그 어린 것이 받은 상처는 제 탓도 큽니다. 부끄러워 얼굴을 들 수가 없어요."

"그렇다고 다른 선생한테 배운다고 뽀르르 가? 게다가 지금은 가야금도 아닌 춤을 배운다며?"

백서희가 씁쓸하게 웃었다.

"예. 승무를 전수하고 있다죠. 최 선생님이 워낙 아이를 아꼈습니다."

승무 무형문화재인 최향미는 백서희가 한때 춤을 배운 스승이기도 했다.

"최 선생은……."

흠, 목울림 소리를 내며 정 회장은 말을 아꼈다. 백서희와 달리 최향미는 세상사에 관심이 많다. 혹여 진서혜의 배경에 더 눈독 들인 건 아닌지. 그게 염려된 것이다.

"영감께서도 더는 말씀 마세요. 보호 못 해준 제 잘못입니다. 저야 그 아이 피에는 가야금의 혼이 흐른다고 하지만, 그래도 본인이 춤추는 게 좋답니다."

"뭐든 마음 붙이고 다시 한다 했다면, 다행이지."

"저를 잇게 하지 못했어도 우리 유파를 잘 이해하니, 서혜도 잊지 않을 겁니다. 끊기지 않게 해줄 겁니다."

"저 아이는 지금부터 시작해서 언제 완성하누?"

"최선을 다해 가르쳐야죠. 제가 끼고 힘껏 가르칠 겁니다. 다행히 빠르게 흡수하고 있어요."

"직접 데리고 있겠다?"

"늦게 본 제자이니까요."

"연줄도, 뒷배도 없다면서."

"그런 거, 제가 진저리치는 거 잘 아시면서. 능력은 최고입니다."

"진서혜가 최고라더니?"

"막상막하. 난형난제. 이럼 되겠습니까?"

백서희가 곱게 눈웃음쳤다. 마주한 정 회장도 호인처럼 웃었다.

"그러지 말고, 자네가 만 세까지 살아. 저 아이 뒷배가 되려면."

"영감님도 참. 저는 고울 때 가는 게 꿈입니다."

"자네는 백 세까지 고울 테니 걱정하지 마."

"영감님 또 그러신다. 그러지 말고, 저 없으면, 영감님이 저 아이 뒷배나 되어주시죠. 감상이 어떠셔요. 진정 탐나는 소리 아닙니까?"

"내 의견이 왜 필요해? 스승이 흡족하면 되는 게지."

"자랑하고 싶어서요."

"신기하구만. 자네가 자랑도 할 줄 알고."

"막판에 제자복이 터졌나 봅니다. 그러지 마시고. 혹시라도 제가 먼저 가면, 저 아이 뒤 좀 봐주겠습니까?"

"뭘 먼저 가? 나이순으로 따져도 내가 먼저인걸."

"이 선생 먼저 가는 거 보셨잖아요."

백서희가 얼마 전 급작스러운 교통사고로 타계한 이를 언급했다.

정 회장이 동조의 뜻으로 고개를 끄덕였다.

"그런 거야 어쩔 수 없지만. 자네 마음 가벼울 수 있다면, 왜 그걸 못해? 그렇게 하지. 단, 거꾸로라면 우리 손자놈도 좀 지켜봐."

"당연한 것을요."

슬쩍 나누던 눈빛을 거둔 것은 아이들이 들어와서였다.

정 회장은 뒤늦게 깨달았다. 그때 백서희는 이미 제 병을 알고 있던 것이다. 살기 좋은 계절이 오면, 그 제자 데리고 산에 들어가 몇 날이고 수련을 시켰다는 것도 알고 있었건만, 그저 어린 제자에게 쏟는 정성인 줄로만 알았다. 말도 없이 그리 준비하고 있을 줄이야.

차일피일 미루던 전수자가 지정됐다는 소식을 들은 후, 며칠이 지났던가. 그녀가 죽었다는 비보를 접했을 때, 정 회장은 그 자신도 넋을 놓았다.

"전수자 경합이 있었다는 걸 뒤늦게 들었지. 아이 이름이 뭐였더라. 당연히 그 애일 줄 알았는데."

"진서혜 씨가 선정되었다죠?"

"그래. 진서혜, 그 아이가 돌아왔다더구나. 마지막까지 결정이 힘들었겠지. 백 선생의 고뇌가 매우 컸을 게다."

"고뇌가 크셨다 해도, 백 선생님은 유파의 맥과 번영을 택하신 거네요. 진서혜 씨, 배경이 그렇게 빵빵하다면서요. 앞뒤로 끌어줄 사람도 많고."

"그런데 넌 진서혜를 어떻게 아니?"

"풍류는 몰라도 한량의 피는 흐르지 않습니까. 할아버지 밑에서 몇 년인데, 진서혜를 몰라요? 대회 나갔을 때도 저 데리고 가셨으면서."

데리고 갔다기보다는 끌고 갔다는 표현이 맞다. 내 손자 녀석도 국악에 관심이 많다고 조부는 지인들에게 알리고 싶어 하셨으니까.

"세상 시답잖다는 표정으로 듣고 있었으니 하는 말이지."

정 회장이 '이 녀석 제법이네.' 하는 눈빛으로 그를 흘끔 봤다.

"하아. 그런데 그 아이 이름이 뭐였더라?"

문득 정 회장이 기억을 반추하지만, 딱 떠오르지 않아 한숨을 내쉬었다.

"조 비서가 알 거야. 너도 본 적이 아마 있을 거다. 네가 유럽 나가기 전이니, 3년쯤 되었나? 기억 안 나더냐? 그 집에서 가야금을 뜯었더랬지."

어느 날의 일인지, 유혁은 짐작했다. 지그시 어금니를 물었다. 동요를 표시 내지 않았다.

"기억납니다. 고등학생 여자아이요."

"그래, 맞다. 그때 고등학생이라 교복 입은 모습만 기억나네."

"찾으면 어떡하시게요?"

"원하는 대로 해줘야지. 그 아이를 보살펴 달라, 제 스승의 유언이었으니."

유언. 그렇게 보면 백서희는 3년 전 이미 라온에 대한 유언을 마쳐놓은 셈이다.

"만약에 말입니다, 할아버지."

유혁은 신중하게 말을 골랐다.

「끊어진 인대는 이었습니다만, 경과는 지켜봐야 합니다.」

「제대로 쓰지 못할 수도 있다는……, 그런 말입니까?」

「모든 확률을 열어두면, 그럴 수도 있습니다.」

라온을 담당한 의사의 냉정한 말이 머릿속을 울렸지만, 이내 무시했다.

"그 아이가 그동안 가야금을 그만두었다면요?"

조부가 유혁을 빤히 바라봤다. 한심하다는 눈빛으로.

"아무리 모른다 해도 그런 소리는 하는 것이 아니다. 갑자기 스승이 돌아가시면, 방황은 할 수 있지. 그런다고 평생 업으로 여길 악기를 그만둬? 그 사람 안목이 그리 못나지는 않았을 게야."

"피치 못할 일이 있을 수도 있잖습니까?"

"왜 자꾸 만약을 붙여? 찾기 힘들어? 다른 사람 시켜?"

"아닙니다. 찾겠습니다."

역시 조부는 노련했다. 바로 의심의 눈빛을 빛냈다. 유혁 또한 말을 돌렸다.

"그리고 말입니다. 파혼하더라도, 선물 하나 했으면 합니다."

"선물?"

"조 의원과 그 딸내미요."

유혁이 여당 중진 의원인 세린의 아버지를 입에 올렸다.

"이대로 조용히 넘어가 주기에는 아쉽잖습니까. 멋모르고 결혼했다면, 온갖 잡놈들이 죄다 동서라고 달라붙었을 텐데. 회장님이나 저, 우리 집안을 아주 개떡으로 봐놨는데 그걸 봐 줍니까?"

"그래. 그 점은 나도 께름해서 후원을 끊을 예정이다만."

"박살을 내놔야죠. 그런 사람이 차기 대권까지 넘본다는 건 국가의 수치입니다."

유혁의 입매가 비틀렸다.

조세린, 감히 나와 내 여자를 건드려?

유혁은 여전히 부글부글 끓는 속내를 드러내지 않았다. '저 녀석이 무슨 꿍꿍이인가.'라는 조부의 눈빛을 외면했다.

칭. 세상이 다 틀렸다고 해도, 나는 네 편이야

하루가 의미 없이 지나갔다. 라온은 거실에 앉아 쏟아져 들어오는 늦은 오후의 햇살을 그대로 받았다. 그 햇살이 내려앉은 손가락을 조금씩 움직여보았다.

손가락을 다친 지 나흘째이다. 유혁은 계속 입원하기를 종용했지만, 혼자 계실 아버지 때문에라도 라온은 집으로 와야 했다. 치료와 재활은 고향에서도 할 수 있다며. 여전히 붕대는 감은 채.

손가락의 푸르스름한 기운도 남아 있지만, 부기는 많이 빠졌다. 나중에 남은 부분이 빠질 거라는 가운뎃손가락의 손톱은 드레싱 때 보니 까맣게 죽어가고 있었다.

인대를 이었다고 했다. 손가락을 움직여보려는 작은 시도에도 라온은 진땀이 났다.

"안 움직여도 상관없잖아. 가야금도 안 할 건데……."

라온이 혼잣말로 중얼거릴 때였다. 현관문 소리에 라온이 앉아 있던 바닥에서 벌떡 일어섰다. 생각 없이 있다 보니 아버지의 퇴근 시간인 5시가 이미 훌쩍 넘었다.

"라온아. 손이 마이 아프재? 어째야 하나."

"아버지!"

현관에 들어서던 아버지의 표정이 슬퍼졌다. 라온은 아니라며 활짝 웃었다.

입원했다가 돌아오니, 달라진 것이 한 가지 있다. 아버지가 출근하기 시작하신 것이다. 리조트의 매표원으로 일하게 되셨단다. 분명 유혁이 알게 모르게 손을 썼을 터다. 본인은 아니라며 잡아뗐지만.

그랬다 해도 뭐라고 할 수가 없다. 오히려 고마워해야 했다. 할 수 있는 일이 있다는 것은 삶의 질을 바꿔놓아 아버지는 활기차지셨다.

"그렇게 아프진 않아요."

"내 그걸 모르나. 니넌 손으로 하는 악기를 하는 아인데. 오늘도 병원 다녀왔나?"

라온은 그렇다고 확실히 대답하지 못했다. 무엇을 할 의지도, 힘도 잃어버린 시간.

그녀는 얼버무리다가 지갑을 챙겨 나섰다.

"슈퍼 다녀올게요. 저녁 준비한다는 걸 잊었어요."

라온은 서둘러 집 밖으로 나왔다. 일단은 아버지와의 대화를 피해야 했다. 병원 가는 것조차 잊고 종일 멍했으니까.

터덜터덜 계단을 내려온 그녀가 아파트 현관을 나왔을 때였다.

"유라온."

예상치 못한 목소리에 심장이 철렁 내려앉았다. 핏기 가신 얼굴로 돌아보자 자동차 두세 대가 서 있는 주차장에서 누군가 걸어왔다. 넘어가는 해를 등져 눈이 부셨다.

그러나 라온은 단번에 알아차렸다. 그 목소리를 듣는 순간 이미 소름이 끼쳤다. 무더운 여름의 늦은 오후였건만.

큰 키, 다부진 체격. 정중하게 갖춰 입은 슈트와 이마를 드러냈지만, 지독하게 단정한 헤어스타일. 표정 하나 없이 하얀 얼굴.

임태헌이다. 스승인 백서희의 아들.

목소리 하나로 주변을 긴장하게 하고, 존재감만으로도 떨게 하는. 아버지로 알려진 높은 분 앞에서조차 눈썹 하나 까딱치 않고 바로 독설을 퍼부었다는 그런 남자.

지금은 연예계 숨은 실력자로 그의 손을 거쳐 세상의 별이 만들어진다는 그런 환상을 만드는 남자, 그가 임태헌이다.

라온은 태헌이 허름한 현관문 앞까지 다가왔을 때, 저도 모르게 주춤 한 발 뒤로 물러섰다. 멍한 시선으로 바라보다 퍼뜩 정신을 차려 꾸벅 고개를 숙였다.

처음 그를 보았던 십 대 때와 달라진 것이 없다. 그는 여전히 두려운 존재였다.

"안녕하셨어요?"

동경을 넘어선 두려움.

왜 태헌을 두려워해야 할까. 한때 라온은 고민한 적이 있었다. 아마 잘 보이고 싶은 마음이 커서 오히려 태도가 부자연스러운 것 같다고 결론을 냈다. 그가 키운다는 연예인이 되고픈 생각은 조금도 없건만. 단지 그가 스승인 백서희의 아들이라는 이유로 그런 거였다. 그래서 라온은 그에게 스스럼없는 이들이 종종 부럽기도 했나.

태헌이 오래도록 마음에 뒀다는 진서혜 같은 사람은 그를 전혀 두렵거나 어려워하지 않을 거다. 라온은 그렇게 여겼다.

"전화는 왜 안 받니."

태헌은 자신이 이곳에 있는 이유를 얘기한 것이지만, 라온에게는 책망으로 들렸다.

묵묵부답. 그녀는 태헌의 시선을 피했다.

"어쩐 일이세요?"

"머잖아 어머니 사십구재야. 이 정도 시간이면, 마음 정리 됐으리라 여긴다. 돌아와."

라온이 고개를 번쩍 들었다. 아니라며 고개를 저었다.

"가야금, 안 해요. 말씀드렸잖아요."

"그 수제자 자리 하나가 네 인생을 흔들 만큼 중요해?"

라온이 두 눈을 치켜떴다. 모르는 소리 말라며 소리라도 버럭 지르고 싶은 충동을 라온은 애써 참았다.

"중요하지 않으면요? 그 전에 제 인생은 흔들렸어요. 선생님께 인정받을 꿈만 꾸고 살았는데…… 내쳐진 제게 남은 게 있어요?"

뿌리부터 흔들렸다. 겪지 않은 이들은 결코 모른다. 라온의 코끝이 시큰해졌다.

울지 마. 우는 것도 네겐 사치야.

"다른 길은 없니? 그렇게 중요하면, 다시 도전하면 되잖아."

"뭘요?"

태헌에게 묻던 라온이 "아!" 하며 고개를 끄덕였다.

"제게 진서혜 씨 제자라도 되라고요? 저는 완성되지 않았고, 그 사람은 이미 완성체에 원형에 가깝다고, 사장님도 그 이유 대실래요? 그동안 저는 뭘 배운 거죠?"

라온의 눈동자가 바람 앞 촛불처럼 사정없이 흔들렸다. 바라보던 태헌이 진중하게 고개를 저었다.

"그런 뜻은 아니었어. 설령 그렇다 해도 못 하겠니? 왜? 명색이 네 선배인데? 나이가 네 선생이 될 만큼 많지 않아서?"

"사장님 말은 이미……."

라온이 표정을 거뒀다. 꿀꺽 설움을 삼켰다. 저 혼자이던 세상에서 이제는 더는 버틸 힘도, 희망도 남지 않았다.

"균형을 잃었어요. 제가 원하지도 않는데, 그쪽 대변하고 있잖아요. 아무리 좋아한다 해도, 그러시는 거 아니에요."

태헌이 무언가에 놀란 듯 표정을 굳혔다. 고개를 돌려 하, 깊은숨을 짧게 내뱉고는 다시 라온을 바라봤다.

"네 생각이 틀렸어. 내가 그 아이 마음에 둔 건 사실이지만, 그렇지 않아. 지금 네 말대로 중심 잃었다고 할까, 더 냉정해야 했던 게 내 위치야."

"관심 없는 척하셨죠. 신경은 온통 곤두섰으면서."

태헌의 눈매가 가늘어졌다. 어린 나이지만, 라온은 그의 마음을 정확히 꿰뚫고 있었다. 세상의 이치는 유리온실 속 서혜보다 라온이 더 먼저 깨달았을 것이다. 구르고 깨져 지금은 둘 다 피투성이다.

그래서 태헌은 라온의 말을 부인하지 못했다. 그렇다고 수긍할 수도 없었다.

"진서혜가 싫고 안 된다면, 다른 선배한테 배워. 아니면 다른 선생님을 찾아. 그게 쉽지만은 않다는 걸 나도 알긴 하지만……."

"아뇨. 누구든 상관없어요."

라온의 눈빛이 독하게 빛났다. 단호하게 말을 뱉었다.

"이제 안 해요. 가야금 따위……!"

자존심이 상해서 못 하겠다는 말을 라온은 하지 못했다. 세상이 자신을 인정해주길, 아무것도 아닌 강원도 소녀 유라온이 국악계에 우뚝 서겠다고 달려오던 그 시간.

태헌이라도 제 기분을 알아봐 주길 간절히 원하던 때도 있었다. 그러나 이제 늦었다. 모든 것이 부질없다. 욕심이었다.

주인이 있던 것을…… 탐했다. 스승을 잇는 자리도, 임태헌 당신도. 이미 모든 것이 정해져 있었던 것을. 그것도 모르고 제가 제일 잘났다고 여겼다니. 스승의 인정을 받고, 가장 가까이 있으니, 뒤를 잇는 건 당연히 저라 여겼다니. 자만이 하늘을 찔렀다.

라온이 희미하게 웃어 보였다.

"끝났어요. 시골뜨기 유라온에게 가야금은 사치였다는 것을 뒤늦게 깨달았어요."

"넌 열등감에 빠져 있을 만큼 못나지 않았어."

"열등감 아니에요."

차라리 열등감이면 좋겠다. 저를 들러리 세운 스승에 대한 배신감이라는 말을 스승의 아들인 태헌에게 해도 되나.

"그럼 배신감? 알아. 나라도 그런 마음 들었을 거다."

라온이 하지 못한 말을 태헌이 대신했다. 그녀의 마음을 고스란히 드러냈다.

"널 욕심 내신 분이 누구도 아닌 어머니 본인이셨으니까. 하지만 어머니가 네 인생의 전부가 아니었잖아! 네가 음악을 한 이유가 어머니 때문이야? 너 스스로, 좋아서 한 게 아니었니?"

태헌의 목소리가 다소 강해졌다. 그가 화가 났다는 것을 라온은 알 수 있었다.

269

맞아. 이건 질투예요. 모든 걸 가진 진서혜, 그 여자를 향한 질투일 수밖에 없어요. 내가 이렇게 인정할 수 없는 건…….

'네 꼴을 좀 봐. 네 주제를 좀 알아.'

시간이 흐를수록 점점 더 선명해지는 소리. 말을 할수록 심장이 찌르는 것처럼 아파졌다. 라온은 입술을 물고 고개를 돌렸다.

든든한 재력과 능력. 다 갖고 태어나지 못한 건 내 죄가 아니야.

"네가 알고 있는 게 전부는 아니야. 어머니는 끝까지 고민이 많으셨어. 어느 쪽이 되었든 상처 입을 것이 눈에 보이셨을 테니."

태헌의 묵직한 목소리가 들렸지만, 라온은 다시 고개를 돌리지 않았다. 언뜻 들린 그의 한숨이 라온의 심장을 찔렀다. 찌르르 울렸다.

"네 어머니 돌아가신 건 왜 알리지 않았니?"

라온의 눈빛이 움찔했다.

"알릴 필요 없다고 판단했어요. 사장님도 계속 해외에 계셨잖아요."

라온은 태헌의 시선을 견디지 못한 채 손끝을 파르르 떨었다.

"그걸 말이라고 해? 네가 우리 집에서 산 세월이 4년이야. 적어도 부모님 일은 알렸어야지!"

라온은 입을 열지 않았다. 태헌의 분노가 느껴졌지만, 끝난 일이다.

"손은 또 왜 이래!"

순간, 태헌이 라온의 왼손을 홱 낚아챘다. 손목이 꽉 붙들렸다. 그가 눈높이까지 붕대를 맨 그녀의 손을 들어 올렸다.

"조금 다쳤어요. 손톱 빠진 것뿐이에요. 다시 난대요."

라온이 잡혔던 손목을 기를 쓰고 빼냈다. 제 등 뒤로 손을 숨겼다.

하지 못하는 것과 하지 않는 것.

가야금은 자신의 의지로 하지 않는 것이 되어야 한다. 태헌이 인대 끊어진 손가락을 보지 않았기를. 라온은 이를 악물었다.

"손가락 좀 아끼랬잖아!"

"상관없어요. 이젠 스무 시간씩 가야금 뜯다가 손가락 터질 일도 없으니까."

"네게 정말 실망이다. 너는 이겨낼 거라고 여겼는데."

마지막 말이 시간을 두고 들렸다.

"맞아요. 잡초니까, 밟혀도 일어나야죠."

"제발 꼬아 듣지 마."

한동안 침묵이 흘렀다. 태헌이 돌아섰기 때문이다. 그걸 알면서도 라온은 고개를 돌리지 못했다. 오로지 태헌이 제 부상을 눈치채지 못했다는 사실에 안도했다. 저도 모르게 한숨이 탁 내쉬어졌다.

자동차 문 열리는 소리가 들리고 또 닫힌 후, 라온은 태헌이 당연히 떠났을 거라 여겼다. 차 시동 거는 소리까지 들렸으니까. 그러나 바로 들려야 할 차 소리 대신 태헌은 차 문을 열고 나왔다.

그가 무언가 들고 와 라온에게 내밀있다. 가죽 커버에 둘러싸인 그것은 라온의 키만큼 길었다.

"어머니가 네게 남기신 거야."

라온의 두 눈이 커졌다. 힘이 들어가 휘둥그레졌다. 그제야 커버가 눈에 들어왔다.

백서희 명인의 가야금이다.

"네 거라는 말이야."

라온은 믿기지 않았다. 말을 잃은 입술이 달싹거렸다.

"왜 이걸 제게……."

"가족들에게 남긴 어머니 유언장이 며칠 전 공개됐어. 이건 네 거야."

라온은 감히 입을 열 수가 없었다.

인연이 돼야 만날 수 있다는 명기(名器)였다. 서양의 스트라디바리우스에 비할까.

스승이 이 악기를 구하기 위해 얼마나 기다리고, 노심초사

했는지 라온은 알고 있다. 악기를 만든 명장은 몇 년 동안 이 악기 하나에 매달렸다고 했다. 오동나무 하나를 구하기 위해 몇 년 동안 산야를 헤맸다고 했다. 값어치를 따질 수 없다.

그런데 이걸 왜 제게? 정통 후계자인 진서혜가 아니고?

"이 악기가 내 어머니께 어떤 의미였는지, 너는 알 거다."

알아요. 당연히.

그러나 라온은 입을 열지 못했다. 감히.

"어머니를 원망하는 건 어쩔 수 없지만, 그분 진심까지 의심하지는 마. 네게도 모든 것을 전하려 하셨으니까. 네가 어머니 뜻을 이어주길 바라셨으니까. 너는 어머니의 마지막 제자야."

거짓말. 믿지 않아.

라온의 입술이 달싹거렸다. 그러나 소리 내지 못했다. 철저했던 믿음이 배신당했던 그때만큼, 이 순간도 믿을 수 없었다.

"악기를 그만두었다면, 평범한 오동나무에 불과할 테지. 갖다 팔든, 불쏘시개로 태워버리든, 어떻게 쓰는가는 네 선택이야."

태헌은 악기를 라온에게 떠맡기듯 안겼다. 그러고는 제 할 말을 다 했다는 듯 뒤도 돌아보지 않고 차로 향했다.

이윽고, 그의 차가 완전히 아파트를 빠져나갔다. 라온은 그저 멍한 시선으로 바라보고 있었다.

이게 뭐야.

넋이 나간 라온이 순간 비틀거렸다. 다리에 힘이 풀려 서 있을 수가 없었다. 제자리에 주저앉던 그 순간이었다.

"무슨 일이야."

낮은 목소리는 음산하고 날카로웠다. 그러나 라온에게는 들리지 않는다. 유혁이 팔을 잡는 바람에 라온은 후들거렸다. 텅빈 눈빛으로 그를 올려다봤다.

너……!

유혁이 라온의 팔을 사납게 잡아끌었다. 가는 몸이 휘청거리며 끌려왔다. 그리면서도 한쪽 팔로 가죽 커버에 든 가야금을 꽉 껴안았다.

"뭐야."

유혁이 라온이 안고 있던 것을 뺏으려 했다. 그러나 그녀는 필사적으로 고개를 저었다.

하지 마. 망가지면 안 돼. 건들지 마!

"뭐냐고!"

뺏지 마.

당장에라도 울어버릴 것 같았다. 검은 눈망울을 가득 채운 물기. 차라리 울어버렸으면 하는 그런 것.

유혁의 심장이 쿵 내려앉았다. 그가 놓지 않으면, 사달이라도 날 것 같았다.

심장이 콱 막혀 안아주고 싶단 생각이 든 것은 순간이었다. 유혁은 라온을 품으로 끌어당겼다. 숨이 막히도록 단단히 안고 천천히 등을 쓸었다.

"괜찮아. 울어도 돼."

네가 제대로 우는 것을 본 적이 없어. 자면서 끅끅대지 말고 내 앞에서 울어. 그냥 울어버리라고.

졸지에 당한 어머니의 죽음 앞에서도 제대로 울지 못하고 정신을 잃었다. 인대가 끊어지던 그 순간에는 눈물이 날 만큼 아팠을 텐데도, 라온은 울지 않았다. 핑곗김에 울 만도 하건만.

유혁은 끊임없이 라온의 등을 쓸어내렸다. 울어도 된다는 그의 말에 화답하듯, 그의 슈트 앞자락은 라온이 흘린 눈물로 뜨겁게 젖었다.

라온의 눈앞에 산이 나타났다. 하늘에서 떨어진 힘찬 폭포 소리가 주변에 가득했다. 그 폭포 아래 한적한 정자 위에 여인 둘이 앉아 있었다. 젊은 여자는 가야금을 뜯고, 나이 든 이는 장고로 장단을 맞췄다.

"다시 해. 기교만 남았어. 이 장단은 절제된 힘이 있으면서도 우아해야 해. 앞엣것과 똑같은 목소리가 나잖니."

젊은 여자의 손끝은 반창고와 밴드로 칭칭 감겨 있었다. 그마저도 한 곡조 끝내면 터져서 다시 감아야 했다. 중간에 터지면, 가야금 현이 붉게 물이 들었다. 아래로 뚝뚝 흐를 때도 있었지만, 누구도 신경 쓰지 않았다.

"농현 끝까지 소리가 이어져야 제대로 현을 뜯은 게지. 왼손은 농현을 하되 소리가 나지 않는다면, 그건 그저 줄 뜯는 시늉만 하는 배우이지. 마이크 없이도 저 뒷 사람까지 모두 들을 수 있을 만큼, 무겁고 깊은 음색이 나야 하는 게다."

자각몽인가.

제 눈으로 보면서도 라온은 이것이 꿈이라고 느꼈다. 제 스승인 백서희의 목소리는 키랑가랑했고, 힘이 넘쳤다.

아아, 못 하겠어. 힘에 부쳐.

라온은 보면서도 괴로웠다. 얼굴에서는 땀방울이 뚝뚝 흘렀고, 헐렁하게 입었던 옷 또한 푹 젖었다. 터진 손끝이 아프고, 온몸의 힘을 밀어내야 하는데 정작 남은 힘이 없었다.

싫어. 그만할래요! 바보야, 그만해!

라온이 괴롭게 고개를 저었다.

그 순간, 눈앞에 보이는 것들이 사라졌다. 대신 기억하고 싶지 않은 그 날이 펼쳐졌다.

가야금 유파 중 하나인 성옥선류 가야금 전수관이었다. 제대로 전수한 이가 없어 끊길 뻔한 유파의 전통을 백서희라는 걸출한 명인이 나와 재조명된 곳이었다.

그곳에 모인 이수자들과 수강생들의 시선은 단연 한 여자에게 멈췄다.

국악계의 어느 분야를 막론하고 탐내던 그녀, 진서혜.

"정말 진서혜네?"

"저분이 누군데요, 선생님?"

"저분?"

뒤늦게 이수자 과정을 밟던 이가 다른 이에게 물었다. 전수관에서 학생을 가르치기에 선생이라 불린다. 조금 전 전수관 공연장으로 들어온 '진서혜'를 모르는 이들의 눈과 귀가 그들을 향했다.

"몇 년 전에 가야금 지겹다며 뛰쳐나가신 분."

"어머, 큰선생님이 애지중지 아끼셨다던 그 제자분?"

"무용하는 어떤 선생님 따라갔다고 들었는데. 설마 다시 왔어요?"

"이런 작은 유파는 만족할 수 없다더니. 지금 저기 나온 건 무슨 뜻이야? 오늘 경합 대상자가 재였다니 충격이다. 유라온이 재수도 더럽게 없네."

경합의 뒷차례였던 라온은 공연장 제일 앞줄에 앉아 있었다. 뒤에서 소곤거리는 소리는 듣지 않으려 해도 귓속으로 들어왔다. 가뜩이나 심란한 마음을 헤집었다.

「라온아, 거기 적힌 대로 해서 가져와.」

「이게 뭔데요, 선생님?」

「혹시 필요할지 몰라 준비해두려는 게다.」

「선생님! 이런 거 하지 마세요. 병 이겨내실 거잖아요.」

「사람 일이란 모르는 게지. 미리 준비해둬서 나쁠 건 없단다.」

스승의 병을 알게 된 것도 얼마 되지 않았다. 그렇게 위중한지도 그때는 몰랐다.

스승이 원했던 서류는 전수조교 지정을 위한 것이었다. 그러나 그녀의 스승은 정확한 대답은 하지 않았다. 라온 또한 내심 짐작했으면서도 더는 물어보지 못했다. 그런 것 지정하지 않아도 명인 백서희의 수제자는 자신이라는 자부심이 있었다.

그렇게 서류를 내고, 그것으로 모든 것이 끝난 줄 알았다.

들리는 말로도 자신의 나이가 있어서 이번 전수조교는 예외로 둘을 뽑는다고 했다. 선배인 권 선생은 당연한 거였고, 그다음이 라온 자신이었다. 자연스럽게 선배인 권 선생과 그쪽 사람들의 텃세와 견제 아닌 견제는 어느새 사라졌다. 이제 둘이 힘 모아 잘 이끌어 보자면서.

그런데 느닷없이 경합 통보를 받았다.

"어머. 재수가 나쁠 정도예요? 라온이 재도 정말 잘하잖아요? 가야금 천재라며 선생님 사랑 혼자 독차지했는데."

"큰선생님이 재 돌아오길 오매불망 기다리셨어. 이제 정통 오리지널이 돌아왔는데. 나는 가망 없다고 본다."

권 선생이 쯧쯧, 혀를 찼다. 불쌍하다는 건지, 안됐다는 건지, 뜻은 모호했다.

가늘고 고운 몸의 선. 단아한 여자다. 모든 것을 갖고 태어
났다는 금수저, 진서혜.

독주곡인 산조는 긴 시간을 연주하는 만큼 악기의 소리가
사람의 목소리처럼 자유자재로 나와야 했다. 연주자의 기량
이 한껏 드러날 수 있다. 게다가 오늘은 완곡으로 연주하면 한
시간이 넘는 시간이었다.

이윽고 진서혜는 연주를 시작했다. 느린 진양조와 중모리를
지나 중중모리로 들어서며, 그녀의 진가가 발휘되기 시작했
다. 듣는 이들의 눈빛에도 경탄의 빛이 어렸다.

오랫동안 가야금을 놓았다는 말이 맞나.

줄과 손가락이 닿았다 떨어졌다, 굴렀다 풀렸다. 진서혜의
손가락은 줄을 가지고 놀았다.

제가 꺾어야 할 상대면서도 라온 또한 감탄했다. 힘차면서
도 깊은 소리. 둥글면서도 맑은소리. 하늘과 땅의 조화로운 소
리. 언제나 스승이 강조한 것들이 정석처럼 들어 있었다. 심장
저 깊은 곳에서부터 울린 것이 눈시울을 뜨겁게 했다. 사람의
목소리처럼 현이 노래를 부른다.

그럼에도. 해볼 만했다. 상대가 저만하니 라온은 더 해볼 만
하다고 자신감이 차올랐다. 저에 비해 라온은 음색이 깊고 무
거웠다. 흘러넘치는 깊은 농현은 그녀의 장점이었다.

그렇게 라온의 차례가 왔다. 그녀는 제 악기를 갖고 무대로
올라갔다. 자리를 잡고 앉아 어젯밤 미리 꼼꼼히 체크하고 팽

팽하게 줄을 다시 매어 둔 가야금의 조율을 할 때였다.

문득 라온의 미간이 굳었다. 음이 이상하다고 느낀 순간이었다.

띵, 탁! 띵, 탁!

라온의 두 눈이 커졌다. 제 눈앞에서 끊겨 튕겨 나간 두 개의 현을 믿을 수 없다는 듯 바라봤다.

분명 조금 전까지 모두 점검해둔 것인데. 왜 이러지?

라온이 끊어진 현을 손으로 훑어 찾았다. 수십 개의 명주실을 꼬아 만든 줄의 끝은 날카로운 것으로 잘린 듯 반 이상이 댕강 잘렸다. 가야금 뒤판의 돌괘에 감긴 쪽이라 몰랐나 보다. 줄을 고르는 라온의 힘을 받아 그새 끊긴 것이다.

그렇다면 나머지도 이러지 말란 법이 없었다.

누가 이런 짓을.

라온의 눈앞이 캄캄해졌다.

"라온아, 왜 그러니?"

그녀의 바로 앞에 앉아 있던 백서희가 물었다.

"악기를 바꾸겠습니다."

가야금은 스스로 조율하고 음을 만드는 악기이다. 손에 익은 악기를 바꾼다는 것은 확정되지 않은 확률 위에 자신을 올린다는 뜻.

"괜찮겠니? 차라리 다시 잇지 그러니."

스승의 물음에 라온은 고개를 저었다. 열두 현을 다시 풀어다 이으려면, 시간이 많이 필요했다. 흐름이 끊긴다. 그걸 떠나 병원에 입원했던 백서희가 이 자리를 위해 나왔다는 것을 이 자리의 모두가 알고 있다. 시간을 지체할 수 없었다.

라온은 오히려 여유를 가장했다.

"괜찮아요, 선생님. 연습하던 다른 악기로 가져올게요."

그때, 먼저 연주를 끝낸 진서혜가 나섰다.

"괜찮으면 제 것 쓰세요."

그러며 진서혜는 자신의 악기를 가져와 내밀었다. 한눈에 보기에도 이름있는 악기, 소위 명금이라 불리는 것.

연주자와 합이 맞으면, 폭발적인 소리를 낸다는 그런 가야금이다. 간혹 악기의 힘이라도 빌리겠다는 말을 우스갯소리로 하곤 하는데, 그런 힘을 낼 수 있는 명기였다. 아직은 라온의 능력으로는 살 수 없는 악기 중 하나.

왜…… 왜 내게……. 당신은 내 경쟁자잖아.

라온의 표정이 굳었다. 그날에는 보지 못한 것이 꿈속에서 느껴져 라온은 당황했다.

웃는다. 진서혜가. 비웃음이 아니었다. 마음을 다해, 잘하라는 눈빛을 담아.

무대 위에서 줄을 고르는 라온의 심장이 거세게 뛰었다. 손가락은 본능적으로 움직이고, 소리는 최상의 울림을 쏟아내는데, 라온은 꿈을 꾸면서도 울고 싶었다. 시간이 갈수록 마음이 무거워지고 당황했다.

이 꿈의 끝을 알고 있다.

"전수 후계자는 진서혜 씨로 확정됐습니다."

확성기를 통한 것처럼 천둥과 같은 소리가 라온의 머릿속을 울렸다. 가야금 열두 현이 일시에 끊겨 소리는 무엇도 나지 않았다.

"아, 아니야! 아니야!"

라온이 격렬하게 고개를 저었다. 가야금 선율 대신 다른 말들이 그녀의 머릿속으로 한꺼번에 쏟아졌다.

진정한 후계자는 결국 진서혜였어? 이 바닥 뜬 게 아니라, 숨어 있던 건가?

그 배경을 어떻게 이겨? 부모에 친척에, 죄다 중앙 요직에 있고. 들리는 말로는 이번 블라인드테스트에 걔 엄마 측근이 참여했다잖아.

와, 그건 불공정하지 않아? 음색 다 표시나는데.

그래도 결정적 결정은 선생님이 하시잖아요. 그리고 가야금 소리로 구별은 못 했을걸? 라온이는 가야금 줄 끊어진 게 천운인 셈이었어. 그런데 그 가야금 줄은 왜 갑자기 끊어져?

누가 알아.

서혜도 대단해. 본인 가야금 선뜻 내주고.

자신감이지. 라온이 안되긴 했다. 자기라고 철석같이 믿었는데.

선생님으로선 어쩔 수 없는 거지. 앞날까지 보셔야 하잖아.

잘 보존하고, 발전해야 하잖아.

맞다. 유라온은 아직 안 된다.

머리로는 이해했다. 그런데 라온은 눈물을 참을 수가 없었다.

나도……, 나도 힘이 있었으면 되었을까? 여기저기서 오라고 끌었을까?

아니야. 나는 가야금 하나면 되었어. 이거 하나면 행복했었는데.

라온은 엉엉 울었다. 원망할 사람이 필요했는데, 실컷 울어도 받아줄 사람이 필요했는데.

원망할 새도 없이 병이 악화되신 선생님이 돌아가셨다. 그저 손잡고 미안하다고, 미안하다고…… 울고 계신 선생님께 라온은 아무 말도 할 수 없었다.

"엄마……."

라온은 엄마를 불렀다. 그 가슴에 안겨 어리광부리고, 투정하면 가슴의 응어리도 다 풀릴 것 같았다. 그래서 집에 왔는데, 엄마도 허망이 떠나신 이 여름.

"라온아! 유라온!"

그때, 누군가 그녀를 흔들어 깨웠다. 혼자서는 깰 수 없는 꿈.

몸을 뒤흔드는 강한 힘에 눈을 뜬 라온은 멍하니 앞을 바라보았다.

유혁? 강유혁?

당신이 왜 여기에.

라온은 저를 안고 있는 유혁의 얼굴을 멍하니 올려다보았다. 눈물이 펑펑 솟구칠 때마다 그의 손끝이 그녀의 눈물을 훔쳐냈다.

"강유혁……."

라온이 그의 이름을 되뇌었다. 기어이 그의 옷자락을 잡았다. 그 가슴에 얼굴을 묻었다. 웅얼웅얼 물었다.

"당신…… 나한테 무슨 의미야? 내 얘기 들어주려고 나한테 온 거야?"

이건 뭘까. 남은 생을 포기하고 싶은 그 순간에 만난 이 남자. 그리고 그를 향한 이 몽글몽글한 감정은.

눈물을 뚝뚝 흘리면서도 라온은 생각했다. 유혁이 쓰다듬어주던 느낌이 생생했다. 머리와 등, 그리고 온몸을.

그가 지금도 쓰다듬어주고 있다. 그와의 섹스에서 느꼈던 희열, 그로 인한 위로와는 분명 다른 느낌.

"하나만 바라보고 살아왔는데, 나는 그게 전부였는데……
근데, 아니래요. 내가 아니래."

"도대체, 누가?"

유혁의 손이 라온의 얼굴을 부드럽게 감쌌다. 감싼 손끝이 그녀의 볼을 쓸었다.

"세상 모두가."

"난 아니니까, 세상 모두라는 말은 정정해."

라온이 주춤주춤 시선을 들었다. 빤히 바라보는 유혁의 시선과 정확히 마주쳤다.

"세상이 다 틀렸다고 해도, 상관없어. 나는 네 편이야."

종. 네 마음마저, 모두 줘

라온은 숨도 쉬지 못한 채, 유혁을 바라봤다. 긴 침묵이 흐른 후, 그가 옅은 한숨을 내쉬었다.

"이보세요, 영재 양."

영재? 라온이 피식 웃었다.

"그렇게 불리던 때가 있긴 해요. 내가 영재 출신인 건 어떻게 알았어요?"

놀라서 눈물도 말랐다. 대신 너무 울어 머리가 지끈지끈 깨질 것 같았다. 유혁이 손끝으로 얼굴에 달라붙은 그녀의 머리를 뒤로 넘겨줬다.

"다 울었어? 얘기 들어달라며. 내가 독심술을 하는 것도 아니고. 말을 해야 들어줄 거 아니야."

"다 울긴 했어요. 정말 원 없이 울었어요. 머리가 지끈지끈 울려요."

"그러게 자다 말고 또 왜 우냐고."

라온이 씁쓸하게 웃었다.

"끔찍한데, 그리운 꿈을 꿨거든요."

꿈속의 선생님은 예전처럼 호통도 치시며 그녀를 가르치셨다. 다시는 돌아갈 수 없는 시간이다.

"그런 꿈, 다신 꾸지 마. 애를 완전 초주검을 만들어."

라온이 투덜대는 유혁을 빤히 바라봤다. 저보다 더 저를 생각하는 남자라. 라온의 심장이 걷잡을 수 없이 쿵쿵대기 시작했다. 저도 모르게 얼굴이 화끈 달아올라 그의 시선을 피했다.

"얼마나 잤어요?"

"한 시간."

라온은 그가 말한 한 시간 전을 떠올렸다. 집 앞에서도 엄청나게 울었다. 이웃 사람들이 하나둘 나와볼 정도로. 그녀의 아버지가 안 나오신 것이 다행이다.

「안 되겠어. 일단 타.」

그때쯤엔 라온도 유혁을 거부하지 않았다. 그의 손에 이끌려 차를 탔고, 어딘지 모를 곳으로 왔다.

처음에는 그가 묵는 객실쯤으로 여겼다. 아이처럼 안겨 들어올 때도 진이 빠질 대로 빠져 거부하지 않았다. 그가 침대에 안고 누워 등을 토닥토닥 두드리는 것 또한.

"계속 여기 있었어요?"

"응."

"울어서 눈 퉁퉁 부었겠다."

"그래도 시원하잖아."

유혁의 말대로다. 얹힌 듯 묵직했던 가슴이 조금은 뚫린 것 같았다.

"여전히 예뻐."

짧은 대화가 툭툭 이어졌다. 그러다 문득 들린 유혁의 말이 그 대화를 단절시켰다.

예쁘다고? 내가? 그런 말에 익숙지 않은 라온이 유혁을 멀뚱히 바라보다 견디지 못해 시선을 돌렸다.

예상치 못한 전개. 밉다는 말보다는 나은 건가. 아까부터 뛰기 시작한 심장이 더 크게 울렸다. 왜 이러지.

그때, 라온은 문득 가야금이 떠올랐다.

"가야금! 가야금은요?"

"저거?"

라온은 유혁의 눈짓을 따라갔다. 커버 쓰인 가야금이 한쪽 벽에 기대어 얌전히 서 있었다.

"네가 찾을까 봐 들고 왔어."

멍한 시선으로 가야금을 보던 라온이 끝내 고개를 돌렸다. 여전히 머리는 깨질 것 같았다.

저걸 제게 남긴 스승의 의중은 뭘까.

"하."

옅은 한숨을 내쉬며 라온이 몸을 일으켰다. 제가 누워 있던 침대와 침구를 내려다보며 분위기 파악을 하려 했다.

호텔보다도 정갈한 느낌. 어찌 보면 오히려 더 단순한 느낌. 일반 가정의 침실 같은데, 벽에는 흔한 그림 한 점 붙어 있지 않다. 나무 블라인드가 내려진 창밖 풍경이 궁금해졌다.

"여기가 어디예요?"

"내 집."

라온의 눈에 의문이 떠올랐다. 유혁이 손을 들어 그녀의 정수리를 헝클어뜨리며 쓰다듬었다.

"호텔이 불편해서 집 구해서 수리했지. 손님이란 느낌, 지난 3년으로 충분히 경험했다."

"3년?"

"나 귀국한 지 얼마 안 돼."

"교포였어요?"

유혁이 피식 웃었다.

"유배 갔다 왔어. 너 만난 후 바로."

라온의 고개가 갸웃 기울어졌다.

"날…… 만나요? 3년 전인데?"

겨우 두 달 전에 알게 된 사이인데. 기억이 없는 라온은 여전히 혼란스러웠다.

"내가 그렇게 임팩트 없는 인상이 아닌데 말이지. 관심이 없었나?"

"사람 잘 못 알아봐요. 말했잖아요."

"3년 전, 평창동, 복사꽃 흩날리던 봄밤."

기억해내라는 듯 유혁이 몇 가지 단서를 던졌다.

"신동급인 영재 양도 하나 덧붙일까?"

그때, 라온의 두 눈이 점점 더 커졌다. 유혁이 그녀를 알게
된 후 본 가장 큰 표정의 변화였다.

"내 정강이도 걷어찼지. 내가 그날 너 찍었어. 뽀뽀했잖아.
이래도 기억 안 나?"

"정 회장님네 망나니 손자!"

문득 떠오른 기억. 라온이 비명처럼 작게 소리쳤다. 유혁이
눈매를 좁혔다. 훗, 코웃음 쳤다.

"망나니? 영감이 진짜 날 내놨었네."

뒤늦은 기억을 해낸 라온이 서운하지는 않다. 그러면서도
말로는 책망했다. 알게 모르게 투덜거렸다.

"어지간히도 알아보질 못하는군."

"그때 함께 있던 그 남자가 정말 강유혁 씨예요? 유혁 씨는
회장님과 성도 다르잖아요. 그 사람은 마르고 얼굴 창백해서
는 엄청 아파 보였는데……."

라온의 입술이 실룩거렸다. 눈동자가 흔들렸다.

다르다는 것은 거기까지뿐. 맞다. 이 목소리. 냉랭하면서도
유들유들하던 어조. 왜 기억을 못 했을까. 얼굴은 떠오르지 않
아도 복사꽃 흩날리던 봄밤을 함께했던 그가 가끔은 궁금했던

것을.

"아프긴 했지. 심장 아프다고 했잖아."

"그 심장병, 다 나았어요?"

유혁이 쿡, 웃었다.

"그래. 나는 그날 너 만나서 다 나았어. 나는 너 한 번도 잊은 적 없는데, 그 꼬맹이는 아저씨라고 속 뒤집어놓은 오빠를 잊었단 말이지?"

"그랬구나."

그 사람이 유혁 씨, 당신이었어. 나 그날 세상을 다 가진 것처럼 기뻤는데.

새삼 그날이 떠올랐다. 라온이 다시 굵은 눈물을 뚝뚝 떨어뜨리자 유혁은 당황했다. 라온이 속 시원히 울기를 바랐으면서, 정작 울면 이렇게 정신을 차릴 수가 없다니.

"다 운 거 아니었어? 그래. 오늘 그냥 다 울어버려라. 그런데 내가 한 말이 그렇게 심한가?"

유혁의 손끝이 후드득 떨어진 라온의 눈물을 훔쳐냈다.

여자의 눈물에 흔들린 적 없다. 그런데 흔들리고 있다. 귀찮거나 짜증스럽지도 않다. 그저 애잔하고, 어쩔 줄 모를 뿐. 가능하다면, 유혁은 제가 대신 울고 싶었다. 라온은 그저 제 곁에서 웃어주기만 하면 된다. 봄꽃처럼 환하게.

"선생님은 그날 왜 절…… 거기 데리고 가셨을까요. 진서혜는 될 수도 없던 나를……"

"진서혜? 이번에 정통 후계자로 뽑혔다는 사람?"

유혁이 혼잣말처럼 되뇌다가 물었다.

"유혁 씨도 아는군요. 모두 내게 그런 이름이 있다는 걸 쉬 쉬했어요. 마치 금기처럼."

「유라온 쟤가 되겠어? 스펙 완벽한 진서혜도 못 견딘 것을.」

「서혜가 여러모로 완벽했는데. 선생님이 어린애한테 독하게 가르치긴 했어.」

「라온이 가르칠 때도 엄청 무서우서. 쟤도 그걸 견디네.」

「유라온은 이거 하나밖에 없잖아. 서혜는 다 잘하고. 벌써 판소리 완창을 몇 마당까지 했다잖아.」

「재능 많은 게 죄야. 하나만 잘하면 고민할 것도 없을 텐데. 쟤처럼.」

「행여나 최 선배 앞에서 진서혜 얘기하지 마. 지금도 경기하니까.」

궁금했다. 진서혜가 누구인지. 경기한다는 최 선배는 누구인지. 왜 그 이름이 전설처럼 회자되는지.

"진서혜, 알지. 너보다 더 어릴 때부터 전국대회를 휩쓸던 애니까. 말 그대로 꼬맹이 때부터 백 선생이 후계로 지목하여 키우셨어. 내막이야 난 알 수 없지만, 어느 날 홀연히 가야금 그만두고 떠났다더라."

라온의 가라앉은 얼굴을 바라보던 유혁이 입을 열었다.

"네 스승님이래도 이 얘긴 해야겠다. 그분 배신감은 이해할 수 있어도, 네게 진서혜에 대한 얘기를 안 해주신 건 실수하신 거야. 이런 거 보면, 가끔 나쁜 분이네, 백 선생님."

라온이 희미하게 웃었다. 알고 있다. 유혁이 무조건 제 편을 들고 있다는 것을. 이런 사람이 한 명이라도 존재하기를 간절히 바라고 바랐는데. 그 사람이 강유혁.

라온의 심장이 알싸하게 뭉클거렸다. 두근거림이 더 커졌다. 이런 감정을 무어라 부를까. 당신에게 끌리고, 좋고, 기대게 되고.

나 설마…… 당신을 사랑하고 있는 거야?

제 마음의 변화를 유혁이 눈치챌까, 라온은 얼른 고개를 숙였다.

"나도 선생님께 배신감 느꼈는걸요. 그런데 이 말 하기도 전에, 원망하기도 전에 돌아가셔서……."

"네 원망, 아프지 않으셨다면 충분히 들어주셨겠지. 돌아가시면서도 한이 되어 남았을 거야. 그분, 악바리라 소문나긴 했어도, 그렇게 마음 독한 분 아니야. 내가 알기론 그래."

라온이 시무룩하게 고개 숙였다. 유혁의 말이 맞다. 제가 이러고 있는 걸 알면, 눈도 못 감으실 텐데.

"너, 궁금하다 했지? 그날 왜 널 데리고 오셨는지."

라온이 시선을 들었다. 유혁과 시선이 마주치자 고개를 끄덕였다.

"넌 진서혜일 수 없어. 걔가 될 필요도 없는 유라온이야. 그 날 그 양반이 널 데리고 우리 영감한테 온 이유. 내가 아는 답은 하나야. 우리 영감한테 널 자랑하고 싶으셨어. 제자 다시는 안 거둔다고 했던 말 번복하겠다고."

무뚝뚝한 유혁의 말에 라온의 입꼬리가 미미하게 들렸다.

"그런 위로 필요 없어요."

"위로? 난 그런 거 몰라."

유혁의 어조는 건조했다. 사실의 전달에 충실할 뿐이라는 뉘앙스였다. 실제로도 유혁은 누군가를 위로해본 적이 없다.

"사실을 얘기하는 거야."

"사실일 리가 없잖아요. 선생님은 단 한 번도 절 칭찬해주신 적 없으세요. 항상 더 노력하라 하셨어요."

"3년 전이다. 내가 너, 네 선생님은커녕 국악을 잘 알던 사람도 아니고. 거짓말까지 해서 마음 풀어줄 만큼 난 성격이 좋지도 못해."

유혁이 라온을 침대에 내려놨다.

"답 됐지? 인간적으로 저녁은 먹어야겠다. 뭐해줄까?"

유혁이 그대로 일어서려 하자, 당황한 라온이 그의 옷자락을 잡았다. '뭐?' 하는 눈빛으로 그가 바라봤다.

"다른…… 다른 말씀은 없으셨어요?"

궁금한 거다. 라온의 눈빛은 기대와 간절함이 가득했다. 유혁이 원하던 그 눈빛. 희망이 보였다.

한풀 꺾인 표정으로 유혁은 라온의 머리를 쓰다듬었다. 입술을 비틀어 웃었다.

"말해주면, 넌 뭘 줄 거야?"

라온의 눈망울이 흔들렸다. 낯익은 기시감. 그녀는 입술을 물었다.

"나 줄 거 없어요. 알잖아요."

유혁이 미간을 찌푸렸다.

"내가 말할까?"

그러라며 라온은 고개를 끄덕였다. 망설이지 않은 유혁의 대답이 돌아왔다.

"너."

라온의 눈동자가 흔들렸다. 바람 앞 등불처럼 거세지다가 기어이 유혁의 시선을 피했다.

"이미 가졌잖아요. 나는……."

"나는."

유혁이 단호한 어조로 라온의 말을 끊었다. 손으로 턱을 붙들어 저를 보게 돌렸다. 부서지기라도 할 것처럼 부드러운 손길이다. 그가 입술을 올려 웃었다.

"네 마음마저, 모두 줘. 내가 가져야겠어. 다른 누구도 안돼. 오직 나야. 나만 봐, 유라온. 내 말만 들어."

유혁의 간절함을 모를 리 없었다. 그의 마음이 흠뻑 다가와 라온은 심장이 욱신거렸다. 떨리는 입술로 겨우 말을 달싹거렸다.

"내 마음 같은 거…… 쓸모없어요. 옛날의 나는 어땠는지 모르지만, 지금은 형편없어."

"사랑한다."

순간 정적이 흘렀다. 유혁이 무슨 말을 한 건지, 라온은 당장 이해하지 못했다. 그래서 확인하고 싶었다.

"뭐라, 했어요?"

"사랑해."

라온의 눈빛이 우뚝 굳었다. 갑작스러운 유혁의 고백이 믿기지 않았다.

"네 마음 부서뜨리지 마. 쓸모없다, 말하지 마. 내게는 세상 무엇보다 소중하니까."

유혁이 라온의 두 손을 잡아 가운데로 모았다. 고개 숙여 그녀의 손에 입맞춤했다. 멍한 시선으로 바라보던 라온의 눈에서 눈물이 뚝뚝 떨어졌다.

"왜 날…… 아무것도 없는 나를 당신이…….."

"너니까."

유혁이 라온의 어깨를 끌어당겨 품에 안았다. 머리를 쓰다듬으며 귓가에 속삭였다.

"유라온은 너 자체로 반짝거리는 사람이야. 많은 이들의 갈채를 받으며 빛 속으로 날아오르는 유라온도 좋지만, 아무것도 없다는 너도 좋아. 나로 채우면 되잖아. 보기 싫은 다른 건 보지 마. 나만 바라봐. 그래도 돼."

라온의 입술이 바들바들 떨렸다. 여전히 소리 못 내는 눈물이 주륵 흘러내렸다.

"힘들고 지칠 때면, 문득문득 네가 생각났어. 외로울 때면 그 밤을 떠올렸다. 너도 날 기억하고 있나, 궁금했어. 그런 널 다시 만나다니."

유혁의 목소리가 조금씩 젖어들었다. 다시 보게 된 그 날, 힘없이 무너지던 라온을 보면서도 그나마 다행이라 여겼다. 그녀가 힘들어할 때 곁에 있을 수 있어서. 제가 돌아올 수 있어서.

"나는 아무것도 아닌 사람이에요. 유일하게 갖고 있던 가야금도…… 이제 못할지도 몰라."

"네가 원할 때 해. 원하지 않으면 아무것도 하지 마."

고개 든 유혁이 그녀의 눈물을 손끝으로 훔쳐냈다. 강하게 안아 라온의 등을 토닥거렸다.

"원해도 못 할 수 있다는 말이에요. 내 손가락이 말을 안 들어."

"나 못 믿어? 손가락 같은 거, 내가 충분히 움직일 수 있게 할 거야. 네가 원하면 가야금은 할 수 있는 거고, 원하지 않으면 안 해도 되는 거야. 네가 주인이지, 가야금이 네 인생의 주인은 아니야."

날 믿어. 할 수 있어.

유혁의 속삭임이 심장으로 스며들었다. 가득 채우더니 넘칠 것 같았다. 벅차게 심장이 뛴 라온은 유혁의 너른 등을 천천히 껴안았다. 그의 목덜미에 얼굴을 묻고, 귓가에 나직하게 귀엣 말을 했다.

"안아줘요. 응?"

유혁은 뜨거운 것에 데기라도 한 듯 고개를 번쩍 들었다. 깊숙한 눈빛으로 라온의 눈을 뚫어질 듯 바라보았다. 의미를 가늠하는 것처럼.

"나 좀 안아줘요. 심장이 터질 것 같아."

유혁이 말이 없자, 라온이 다급해졌다. 유혁의 눈이 가늘어졌다. 라온을 끌어당겨 제 품에 안으려 했다. 그러나 라온이 강하게 고개를 저었다. 이것이 아니라고.

바라보던 그가 입술을 비틀어 웃었다.

"너, 나 계속 굶은 거 알면, 각오……."

유혁이 무어라 더 말하기 전이었다. 라온은 기다리지 못했다. 그녀가 먼저 그의 얼굴을 붙들고 입술을 부딪쳤다. 거칠게 혀가 얽히고 서로의 입술을 빨았다.

저돌적인 움직임. 그 반동에 유혁의 몸이 침대 위로 쓰러졌다. 그러다니 이제는 완전히 위치가 역전되어 라온이 그의 몸을 이미 올라탄 뒤였다.

"하!"

주도권을 놓쳤다. 오히려 유혁은 기분이 좋았다. 심장이 거세게 뛰고, 숨을 내쉬고 들이쉴 때마다 가슴이 크게 오르락내리락했다.

"너 알지?"

유혁이 라온의 손을 잡아끌어서는 제 심장 위에 놓았다.

"내 여기도 터질 것 같아."

바라보던 라온이 입술을 늘려 웃었다.

"네가 없으면, 나도 없어."

연이은 유혁의 말에 라온은 알겠다며 고개를 끄덕였다.

"사랑해."

세상이 멎었나. 연이은 유혁의 고백에 라온은 우뚝 굳었다. 굳은 채 서로를 바라봤다. 순간, 세상이, 각자의 피가 돌기 시작했다.

성급한 라온의 손길이 유혁의 하의를 단번에 벗겼다. 제 옷가지도 훌렁 벗고는 불쑥 튕기듯 솟구친 그의 페니스를 한 손으로 잡았다. 읔, 하는 유혁의 신음은 무시했다.

하나가 되고 싶어. 당신과 내가 하나가 된 순간이 좋아.

열망은 무모함과 용기를 낳는다. 라온은 제 열망대로 자신의 중심을 그의 중심에 가져다 댔다. 제대로 맞지 않아 그녀가 망설이는 모양이 되자, 유혁의 표정이 고통스럽게 일그러졌다. 라온의 아래쪽과 그의 페니스가 스칠 때마다 참을 수 없어 신음했다.

"미치겠군."

앉을까, 말까 망설이는 듯 제 위치를 찾았다. 성난 그의 것이 입구에 걸린 듯 움직이지 않았다.

"그대로 앉아."

라온이 몸을 떨었다. 한 손은 침대 헤드를 짚고, 다른 한 손은 유혁의 어깨를 짚어 버렸다. 서로의 것이 마찰하는 것만으로도 절정에 오를 것 같았다.

"유혁 씨……."

유혁이 라온의 엉덩이를 꽉 움켜쥐었다. 그가 이끄는 대로 라온은 천천히 주저앉았다. 전희 따위 없어도 상관없다. 그와 맞닿은 순간 이미 젖어들었다. 빠듯하게 스치는 이대로도 심장이 뛰었다.

"흐읏!"

라온의 신음이 터졌다. 가쁘게 들이켠 숨이 막혔다.

"천천히."

그녀의 엉덩이를 받치고, 가는 허리를 쓰다듬으며 유혁이 속삭였다. 결합된 위쪽 수풀을 헤치고 동그랗게 드러난 정점을 문질러줬다. 제 손에 가득 찬 가슴을 가볍게 주물렀다. 라온의 안이 경련하며 수축할 때마다, 그 또한 아득한 쾌감에 몸을 떨었다.

"미치겠다, 유라온."

"하아."

라온의 허리가 뒤로 휘었다. 고개가 젖혀졌다. 그의 페니스
가 상처라도 낼 것처럼 내벽을 쓸며 깊숙이 들어온 순간, 라온
은 절정을 이미 넘고 있었다. 몸뿐만 아니라 감정까지 흠뻑 젖
었다.

"좋아?"

"응. 좋아. 나도 좋아요."

지독한 합일. 몸도 마음도 하나가 됐다. 마음까지 통한다는
건 이런 것. 당신을 사랑하여 내 모든 것을 내어줄 수도 있다
는 것.

눈을 감은 라온은 퍼뜩 스친 생각에 몸을 떨었다.

나도…… 나도 강유혁 당신 사랑해요.

라온이 주춤주춤 엉덩이를 움직이기 시작했다. 그가 알려준
대로 허리를 돌려 원을 그렸다. 흠뻑 젖은 곳이 뜨겁게 마찰했
다. 질척한 소리에 머리털이 쭈뼛 섰다.

"하아아!"

젖은 곳이 그를 죽을 듯이 조였다. 꽉 물고 절대 놓지 않겠
다는 듯. 그녀가 움직일 때마다 깊게 들어온 그의 페니스는 그
녀의 안쪽을 연달아 자극했다. 몸서리치게 좋아 라온은 울음
이 터질 것 같았다.

"유혁 씨, 유혁 씨!"

정신없이 그의 이름을 부를 때였다.

"유라온."

깊숙이 들어와 하나가 된 채로 유혁이 상체를 세웠다. 그녀를 꽉 끌어안았다. 라온은 자연스럽게 그의 허리를 두 다리로 꽉 감았다. 헐떡이는 숨결이 그의 가슴으로 퍼졌다. 움켜쥐었던 그녀의 가슴을 쪽 빨아들인 유혁이 빙긋 웃었다.

"사랑한다. 처음부터 사랑했어."

하나처럼 꽉 껴안고 유혁이 그녀의 머리 위에서 속삭였다. 천천히 눈을 뜬 라온은 한 남자의 시선을 똑바로 바라봤다. 깊고 진중하고, 올곧다. 저만을 바라보는 이의 시선은 따뜻했다.

"선생님…… 엄마……."

라온은 저도 모르게 중얼거렸다.

이 여름, 제 삶의 중심인 두 사람을 거의 동시에 잃고, 삶의 의미도 잃었다. 그런데 이제는 그녀 또한 모든 것을 인정할 수 있었다. 그 순간순간 제 곁에 있던 이 남자의 의미. 제 텅 빈 곳을 채우던 남자의 열기가 무엇이었는지.

라온이 성한 손으로 유혁의 얼굴을 어루만졌다. 저녁이라 파릇하게 수염 자국이 돋은 곳을 부드럽게 쓸었다. 손끝에 전기가 온 것처럼 라온은 찌르르 전율이 흘렀다.

"유혁 씨."

"응."

"나도…… 사랑해요. 강유혁……, 사랑해."

놀란 유혁의 두 눈에 힘이 들어갔다.

"비실대던 그 아저씨 잊은 거 아니었어요. 허락도 없이 내 입술 훔쳐갔는데, 어떻게 잊어요?"

라온이 입술을 실룩거리며 웃었다.

"꽃잎 흩날리던 봄밤. 가끔 생각나면, 얼굴도 기억 안 나는 그 남자가 함께 궁금해졌어요."

"여고생의 첫사랑쯤 되나?"

눈물보가 터졌나 보다. 지금은 슬픈 것도 아닌데, 눈물이 뚝뚝 떨어졌다. 그때마다 라온은 손등으로 훔쳐내며 아무렇지 않다며 또 웃었다.

"맞아요. 첫사랑. 그때는 그저 설렜는데. 선생님이 날 수제자로 인정한 것 같아서 설렌 줄 알았어요. 그런데 그것만이 아니었어요. 늦게 고백해서 미안해요."

라온의 얼굴을 두 손으로 감싼 채, 유혁이 깊게 키스했다. 굶주린 듯 파고들어 그녀의 혀를 달게 빨았다.

"천만에, 꼬맹이. 다른 사람인 줄 알았다며. 나인 줄도 모르고 첫사랑 얘기했으면, 살인날 뻔했어."

유혁이 씩 웃었다. 그러더니 이내 결합한 자세를 바꿨다. 쓰러뜨리듯 라온을 침대에 모로 눕혔다. 그리고 그녀의 다리 하나 번쩍 들어 팔에 걸쳤다. 다른 한 손은 라온의 가슴을 부드럽게 애무했다. 손끝이 토독 솟은 젖꼭지를 귀엽다며 쓰다듬었다.

"내가 누군데. 난 한 번 찍은 건 놓치지 않아."

유혁의 움직임이 빨라졌다. 손에 닿는 대로 그의 팔을 붙든 라온의 몸이 거세게 흔들렸다. 풍랑을 만나 흔들리는 작은 배처럼, 라온은 몸과 마음이 하나처럼 녹아 몸부림쳤다. 살과 살이 부딪치는 야릇한 소리가 침실을 가득 떠돌았다.

"아아아!"

거침없는 유혁의 질주. 흥분이 최고점에 달할수록 라온은 참지 않고 비명을 질렀다. 그가 주는 환희가 좋아 이제는 막지 않았다. 그리고 그가 가장 깊게 들어온 순간, 가늠할 수 없는 절정에 올랐다. 눈앞이 수많은 빛으로 하얗게 터지고, 온몸과 마음이 그 빛처럼 산산조각이 나는 것 같았다.

"라온아!"

유혁은 라온의 귓가에서 그녀의 이름을 불렀다. 땀방울이 뚝 굴러떨어지고, 거칠게 숨을 내뿜지만, 그는 아직 끝까지 가지 않았다.

"조금만 참아."

유혁의 움직임이 미친 듯이 빨라졌다. 절정에 오르고도 또다시 꿈틀거리는 욕망. 용암처럼 뜨겁게 둘을 휘몰았다. 격한 신음을 토해내면서도 유혁은 라온을 가지고, 또 가졌다.

"유혁 씨!"

눈앞이 아득해진 라온이 그를 찾았다. 입술이 맞부딪쳐 상대의 것을 힘껏 빨아들였다. 마지막 피치를 올린 그가 바짝 몸을 굽혔다. 제 안의 모든 것이 사랑하는 여자의 몸 안으로 가득 퍼졌다.

"하."

라온을 등 뒤로 꽉 껴안은 채 유혁 또한 침대에 몸을 뉘었
다. 거친 숨결이 쉽사리 가라앉지 않았다.

"사랑해."

유혁의 속삭임을 자장가처럼 들으며 라온은 눈을 감았다.
입가에 빙긋 웃음이 떠올랐다.

쨍. 네 주인이 나야

깊은 밤, 문득 눈을 뜬 라온은 머릿속이 멍했다. 여기가 어디인가, 생각은 불필요했다. 등나무 얽듯 저를 안고 잠든 유혁의 얼굴이 보였다. 눈을 뜰 때부터 마음은 편안했다. 라온의 입가에도 은근한 미소가 스몄다. 잠시 눈 좀 붙이자고 하던 조금 전 상황이 자연스럽게 떠올랐다.

격렬한 섹스가 끝난 후, 유혁은 라온을 욕실로 데리고 들어갔다. 한쪽 손이 불편해서 씻겨준다는 명목이었지만, 거기서 그칠 유혁이 아니었다.

"하아. 유혁 씨!"

비누 거품이 가신 후에도 유혁은 라온을 그냥 두지 않았다. 욕조 턱에 앉히고는 계속 지분거렸다. 그의 옅은 웃음이 귓가에 흘렀다.

"배고파요."

"나도 배고프다. 나가자."

라온을 안고 나온 유혁은 그녀에게 자신의 티셔츠를 입혔다. 말라보일 만큼 가는 그녀에게는 어깨가 반은 드러나게 큰 옷이다.

"조금이 아니잖아요. 많이 커요."

제 옷을 입은 라온을 보고는 유혁이 쿡쿡대며 웃었다.

"살 빠져서 그런 거면, 살 좀 찌워."

"조금 덜 괴롭히면, 살찔 수 있어요."

"체력도 키워. 통통하게 키워서 잡아먹을 거야."

"정말 색마인 거 아니에요?"

"색마?"

"본인한테 색마의 피가 흐른다면서요. 피는 둘째고. 매번 그런 생각만 해."

라온이 예쁘게 눈을 흘겼다. 유혁은 크게 웃으면서도 제가 했던 말이니 부인하지 않았다.

"배고파서 기절하겠다. 진짜 밥 먹자. 맛있는 거 해주려 했는데, 늦어서 라면이야."

유혁이 라온의 손을 잡고 밖으로 나왔다. 주방으로 들어가려는데, 라온이 주춤했다. 돌아본 유혁이 '왜?' 하고 물었다.

"아버지도 저녁 안 드셨어요. 저녁 한다고, 장 보러 나온 길이었어요."

시무룩한 라온의 머리를 유혁이 흐트러트렸다.

"우리보다 일찍 드셨어. 지금쯤 술도 한잔 하셨을 거야."

"네?"

"오늘 관리부 전체 회식 있다고 다시 연락받으셨을 거라고."

라온은 여전히 이해 못 한 표정이었다.

"더 설명해야 해? 고객만족도 평가가 최고점으로 나와서 사장이 기분 좋아서 쏜다더라. 퇴근한 직원들도 다 불러서."

"아."

그랬구나. 이해하면서도 라온은 심장이 울컥했다. 예정된 회식이 아니었을 것이다. 아버지가 혼자 계시다는 제 말 한마디도 유혁은 가볍게 듣지 않았다.

"확실히 말하는데. 이렇게 나 말 많이 하게 한 여자는 네가 처음이야."

짐승처럼 으르렁대는 유혁에게 라온이 웃어 보였다. 슬그머니 다가서 그의 등을 끌어안았다. 그 등에 얼굴을 묻고 중얼거렸다. 얼굴 보고 얘기하기란 아직도 부끄러웠다.

"고마워요."

"뭐가?"

"전부, 다."

아버지한테 새로운 기회를 준 것도 유혁이라는 것을 안다. 라온은 그의 등에 얼굴을 비볐다.

"유라온."

"응?"

"그렇게 고마우면, 여기서 한 번 할까?"

유혁이 뒤돌아서서 라온의 허리를 홱 잡아당겼다. 제 두 팔 안에 그녀를 가두고, 입술에 쪽 입 맞췄다.

그렇게 유혁과 늦은 저녁을 먹은 후였다. 그가 조금만 쉬었다가 데려다준다고 했는데, 그새 함께 잠이 들었나 보다. 라온은 물끄러미 유혁의 얼굴을 올려다보다가 손끝으로 날렵한 턱선을 슬그머니 쓸었다.

마음이 움찔거린 것은 그 순간이었다.

소리가 들렸다. 누군가 부르는 소리다. 라온은 유혁이 깨지 않게 일어나 홀린 듯 방을 나섰다. 분명 자신을 깨우고 부른 소리가 들렸다고 생각했다.

거실은 달빛이 가득했다. 기본적인 가구만 갖춰진 곳이니 달빛이 주인인 양 들어와 주위를 밝혔다.

유혁이 나지막한 언덕배기, 마을이 내려다보이는 곳에 별장처럼 지은 집을 고친 덕에 거실에서 바라보는 풍경은 거칠 것이 없었다. 불야성을 이루는 카지노의 불빛도 손에 잡힐 듯 가까웠다.

스승의 가야금은 거실 한쪽 벽에 세워져 있었다. 바라보던 라온이 옅은 한숨을 내쉬었다. 말간 눈빛이 바람 앞 촛불처럼 흔들렸다.

네가 불렀구나. 꺼내달라고. 미안해. 계속 외면해서.

두려웠던 거다. 어떤 얼굴로 대면해야 할지. 그래서 시간을

309

미루고 있었다.

라온이 여전히 커버에 싸여 있는 가야금 앞으로 갔다. 지퍼를 열고 악기를 꺼내면서도 마음이 돌로 누른 듯 답답했다.

본체가 묵직하다. 인두질한 곳이 한두 곳 벗겨졌어도 가야금은 본래의 빛깔만으로도 검붉었다. 잘 익은 대춧빛이었다. 석상자고동(石上自枯桐), 수십 년 풍상을 겪으며 어렵게 자라다 말라 죽은 나무를 또다시 10년을 말리고 손질하여 기어이 만들어낸 악기.

「혼을 담았지. 장인의 혼도 담기고, 내 혼도 담기고. 서서히 말라죽은 오동나무의 혼도 담기고.」

악기가 집에 온 어느 날, 그녀의 스승은 그렇게 말씀하셨다. 그리고 또 말씀하셨다. 이 아이는 한이 서려서 이해하고 달래줘야 한다고.

"내가…… 그럴 수 있을까."

마치 옆에 있는 친구에게 말하듯 라온이 중얼거렸다. 온전히 제 모습을 드러낸 가야금을 물끄러미 바라봤다. 심장이 두근거려 감히 손을 대지 못할 것 같다.

수수한 것을 즐기던 스승답게 금박은 입히지도 않은 그저 소박한 악기다. 겉으로 보기에는.

그러나 분명 힘이 있다. 또르르 서 있는 안족이 맵시는 둘째치고, 일단 보는 것만으로도 황홀했다. 하나하나 틈 하나 없이 균형이 잡혔다. 새로이 간 줄 또한 팽팽하게 날이 섰다.

"명기는 주인을 알아본다며."

네가 진정 명기라면, 확인해보자. 네 주인이 진정 나인지.

훅. 깊은숨을 몰아쉰 라온이 거실 바닥에 철퍼덕 주저앉았다. 가야금을 오른쪽 무릎 위에 얹고, 오른손 집게손가락을 본청[5]인 여섯 번째 줄에 얹었다. 힘껏 뜯었다.

징!

조율 잘된 악기의 청아한 울림이 거실에 가득 찼다.

당!

한 치 음의 오차도 없다. 누군가 이미 해둔 조율 그대로 가야금은 소리를 냈다. 심장이 쿵쿵 울리고 떨려서 라온은 꿀꺽 마른침을 삼켰다.

청흥둥당동징땅지찡칭쫑쨍!

가야금 12현의 연속된 울림이 라온의 손끝에서 흘렀다.

이제 우리 말해볼까? 노래 부를까?

라온의 심장이 격렬하게 뛰기 시작했다. 손끝에서 찌릿찌릿 전류가 흘렀다. 전율로 몸서리가 쳐졌다.

하. 바들바들 떨던 입술에서 옅은 한숨이 새어 나왔다. 신음과 같았다.

---

5 기본음.

두 눈을 꾹 감았다가 뜬 라온이 기어이 두 손을 모두 현 위에 놓았다.

문득 소리가 들려 유혁은 침대에서 벌떡 상체를 일으켰다.

"유라온!"

라온이 곁에 없었다. 잠시만 쉬었다가 데려다준다고 한 것이 그만 잠이 들었다. 혼자 간다고 나간 건가 싶어 유혁의 마음이 급해졌다.

그런데 빠르게 침대에서 내려와 거실로 나갔던 유혁이 우뚝 멈췄다.

거실에 가야금 소리가 가득했다. 달빛에 어울려 울리는 가야금 소리가 문득 3년 전 그 밤을 떠올리게 했다. 가야금 산조의 구슬픈 운율이 적막한 심장을 강하게 울렸다.

"라……!"

유혁은 빠르게 라온에게 다가갔지만, 차마 입을 열 수가 없었다.

라온은 눈을 감은 채, 가야금을 뜯고 있었다. 느린 진양조의 농현을 하는 라온의 왼쪽 손가락이 현 위에서 바들바들 떨고 있다.

아직은 제대로 펴지지도 않는 네 번째 손가락, 그리고 겨우

아물고 있던 세 번째 손가락의 손톱. 현을 깊게 누른 어느 순간, 살이 터져 피가 흘렀다. 일부는 현을 적시고, 아래로 뚝뚝 흘렀다.

"하지 마. 안 돼."

유혁이 더는 기다리지 못하고 그녀의 손을 잡았다. 선율이 뚝 끊겼다. 라온의 가는 어깨가 파르르 떨렸다. 그를 바라보지 않은 채, 혼잣말처럼 중얼거렸다.

"이 아이, 선생님께서 귀히 맞으신 아이인데. 이제 제 거래요. 날 자꾸 부르고 찾았어요."

라온의 입매가 실룩거렸다. 울고 싶기도 하고, 웃고 싶기도 했다. 고개를 홱 돌린 그녀와 유혁의 시선이 맞닿았다. 가슴이 벅차올라 라온은 큰 숨을 몇 번이나 들이쉬었다.

눈빛이 반짝인다. 호기심과 의지. 유혁이 기억하는 라온의 눈빛으로 돌아와 그 또한 심장이 벅찼다.

"이 아이, 제 것 맞아요. 선생님이 음을 틔워놓으셨는데…… 내가 손만 대도 소리가 나와. 저 혼자 울고 웃어요. 나는 끄집어내기만 하면 돼요."

라온이 떨리는 손길로 가야금을 쓸었다. 굵은 눈물이 뚝뚝 그 위로 떨어졌다.

"나 다시 시작할 거예요. 누구라도 인정하는 예인이 될 거예요. 이런 멋진 아이의 주인이 형편없으면 안 되잖아요."

"누가 감히 유라온을 형편없대?"

유혁이 그런 사람이 있다면 가만두지 않겠다는 어조로 으르 렁댔다.

"애야말로 주인 제대로 찾았어. 내가 듣는 귀는 있다 했잖아. 나뿐 아니라 우리 영감 마음까지 홀린 연주가 흔한 줄 알아?"

라온이 믿지 못하는 것 같아 유혁의 말이 많아졌다.

"영감한테 당장 데리고 가야겠네."

"정 회장님요?"

"그래. 백 선생 돌아가시고 우리 영감이 위독했어. 백 선생이 영감까지 데려가시나 했다."

"지금은요? 괜찮으세요?"

"정신 차리자마자, 너 당장 찾아오라시잖아. 찾는 데 힘 꽤나 썼다고, 시간 좀 끌려 했구만."

유혁이 쯧, 혀를 찼다. 그러다 문득 아까 하다만 얘기가 떠올랐다.

"유라온, 너, 백서희 선생께서 우리 영감한테 뭐라 했는지 궁금하댔지?"

라온의 눈빛이 간절해졌다. 얘기해달라, 말하고 있다. 달라는 것 다 줬는데, 왜 지금껏 얘기 안 해주냐며.

유혁이 뜸 들이지 않고 입을 열었다.

그날, 둘러앉아 정 회장이 우린 차를 마실 때였다. 라온이 자신을 피한다는 것을 유혁은 은근히 느꼈다. 화장실을 간다며 나가더니 시간이 오래 걸린 것이다. 하던 양을 보면 뻔뻔함도 갖췄을 만한데, 은근 부끄럼쟁이다. 수줍음을 탄다.

그동안 정 회장과 백서희의 대화가 오갔다.

"녀석 참. 똑 부러지고, 제법이다."

"똑똑하지요. 학교 공부도 잘 합니다."

"힘만 조금 더 키우면 더할 나위 없겠어."

"연습만이 살길인 것을 아이도 알아요. 그만큼 이해력도 빠르고요. 가야금 소리가 저 아이 손끝에서 자유자재로 바뀝니다."

"그래. 늙은 고목에도 꽃이 피나. 심장이 찌르르하더군."

"영감님요?"

"오랜만이다. 이래 흡족한 연주는."

"타고난 아입니다. 제 스승 같으시면, 사내 어지간히 홀리겠다며, 색기 죽이라 호통부터 치셨을 겝니다."

듣던 유혁의 심기가 좋지 않았다. 불퉁하게 한마디 했다.

"연주만 잘하지 제가 보기에는 평범한 여고생이던데요."

"녀석 참. 누가 겉모습을 말하더냐? 음악이 홀린다는 말이다."

정 회장이 타박하는 것을 보고 백서희가 희미하게 웃었다.

"당연히 겉보기엔 열아홉 아이 맞지요."

"그걸 알아보는 것이 사내지. 그냥 저래 있으면 누가 끼 많은 예인이라 하겠니."

정 회장이 설명하자, 백서희가 덧붙였다.

"아무 사내의 눈에 다 보이겠습니까? 꽃도 저가 찍은 벌에게는 향기가 더 진한 법입니다."

유혁이 고개를 슬쩍 기울였다.

"꽃이 벌을 찍을 수가 있습니까?"

"꽃이라고 저가 좋아하는 것이 없을 수 있나요."

유혁으로서는 이해할 수 없는 선문답 같았다.

"어찌 되었든 대단한 애라는 거죠? 백 선생님께서 직접 칭찬도 다 하시고."

"다시는 저런 제자 안 거둔다더니. 말 바꾼 거 보아라."

"영감님도 참. 제가 언제 장담했던가요? 사람 일 알 수 없다 하신 분은 영감님이셔요."

백서희가 밉지 않게 눈을 흘겼다. 정 회장에게만 보이는 교태였다. 유혁은 보고서도 못 본 척 시선을 돌렸다.

"늘그막에 저가 제자 복이 터졌어요. 꽃 같은 아이들을 제자로 거둬 맥이 끊길 뻔한 유파를 잇게 했으니, 죽어도 여한이 없습니다."

"다 좋은데. 그 죽는다는 소리는 왜 자꾸 하누?"

정 회장이 숙우에 따라뒀던 차를 백서희의 잔에 재차 채웠

다. 오랜 발효를 거친 흑차는 검붉지만 투명함이 비친다. 주고
받는 마음이 담겼다.

"나이 들면 생각이 많아지는 것 아닙니까? 영감께서도 그러
신다면서요."

"나보다 백 년은 더 살 테니 걱정하지 마."

정 회장과 백서희의 대화가 투덕투덕 이어졌다. 유혁은 묵
묵히 제 잔만 비웠고, 그때 라온이 돌아왔다.

제자를 바라보는 백서희의 눈빛에 서린 자랑스러움을 유혁
이 모를 리 없었다.

조만간 다시 볼 수 있겠네, 꼬맹이.

무심한 척 조부가 우려준 차를 홀짝거리면서도 유혁은 라온
을 훔쳐보기 바빴다.

그날의 얘기를 끝으로 유혁이 빙긋 웃었다.

"백서희 선생이 그날 얼마나 네 자랑을 했는지 너는 모를 거
다."

여전히 안 믿기는 눈빛이다. 얼떨떨한 라온의 눈망울이 그
를 향했다.

"너도 안 믿기지? 그 꼬장꼬장하고, 자존심만 드센 예인께
서 하신 칭찬이라."

"정말 나였어요? 다른 사람이 아니라?"

"그날 너 말고 다른 사람 왔어? 안 믿겨? 증인 부를까?"

"아니……."

완강한 유혁의 태도에 라온은 고개를 저었다. 이제 믿고 싶었다.

"너는 그분의 마지막 제자야. 자부심을 느껴야 해."

"맞아요. 나를 그렇게 믿으셨는데……. 인정받았는데, 그걸 잊고, 그저 투정만 하고 있었어요. 자부심도 잃어버리고."

라온이 떨리는 입술을 꽉 물었다. 심장이 울렁거려 제대로 말이 나오질 않았다.

"그때 나는요. 세상에서 내가 제일 잘난 줄 알았어요. 선생님이 원하는 것 이상으로 해냈으니까."

"잘났던 것 맞아. 내 마음 홀리는 게 여간한 일인 줄 알아?"

"유혁 씨……."

라온이 유혁을 빤히 바라보았다. 입술이 실룩거렸다.

"다시 시작하는 거야. 손가락 제대로 쓸 수 있게 만들 거니까."

라온이 고개를 끄덕였다. 유혁이 곁에 있다면, 무엇이든 할 수 있을 것 같았다.

"치료도 잘 다니고, 재활도 열심히 할게요."

"그래."

유혁이 라온의 머리를 쓱쓱 쓰다듬으며 웃었다. 표정은 뿌듯함으로 가득했다.

"그 전에 이거부터 수습하자."

피가 계속 흘렀다. 라온의 손을 잡고 있던 유혁이 안 되겠다며 일어서 상비약 상자를 들고 왔다. 상처 연고를 바르고, 다시 붕대를 감았다.

"약속해. 지금은 무리하지 마. 억지로 쓰려 하면 안 된다 했어."

"응. 알았어요."

유혁이 하는 양을 멍하니 바라보던 라온이 중얼거렸다.

"그리고 너, 맹세할 것이 있어."

"맹세요?"

그에게 손을 맡겼던 라온이 이상하다는 뜻으로 되물었다. 유혁이 엄숙함을 가장했다.

"나 여간한 남자 아니니까. 네가 좋아하는 나만 홀려. 맹세해."

"나는 누구 홀린 적 없는데요."

"나 홀렸잖아."

"반한 거 아니고요?"

"그게 그거지. 맹세할 거지?"

라온이 희미하게 웃었다. 아무래도 터무니없는 유혁의 억지 같은데, 그것이 싫지 않으니 이상하다. 아니, 오히려 떼써주는 유혁이 좋았다.

은실 같은 달빛이 거실로 가득 쏟아져 들어오는 밤이었다.

가을볕이 좋은 날이었다. 재활하러 다니던 병원의 로비를 걸어오며 라온이 유혁에게 씩 웃었다.

"것 봐요. 많이 나아졌다잖아요. 나도 제법 열심히 훈련하다니까?"

라온이 손가락을 들어 하나둘을 세더니, 새끼손가락부터 다시 거꾸로 세어 유혁에게 보여줬다.

라온의 손가락은 외적으로 거의 다 나았다. 제대로 움직이지 않는 손가락의 재활훈련을 하는 중이다. 아직 살짝 불편해 보이기는 하는데, 시간이 지나면 그마저도 원래대로 가능하단다. 담당의로부터 그 확답을 듣고서도 유혁은 제 눈으로 봐야 한다며, 꼭 훈련할 때마다 따라왔다. 라온은 부담스럽다며 매번 투덜거렸다.

"알아. 누가 뭐래? 이렇게라도 데이트하고 싶다는 의미잖아."

"매일 얼굴 보면서 그래요. 사장님이 이렇게 일도 안 하고, 매번 땡땡이야."

"왜 이래? 일한다고! 올림픽 앞두고 내가 얼마나 바쁜 줄 몰라?"

유혁이 바쁜 것을 아니까, 이런 말도 하는 거다. 이즈음의 그는 서울 본사를 오가며 눈코 뜰 새 없었다. 그런데도 틈만 나면 라온을 찾았다. 옆에 없으면 불안하다는 듯.

"우리 영재 양도 요즘 바쁘잖아. 그러니 하루라도 빨리 결혼하고 싶다니까. 다시 물어. 우리 결혼하자. 안 해?"

"하아, 참. 유혁 씨는 내 나이가 몇인 줄 알고 결혼하자고 졸라요?"

"스물둘."

"알면서 그래요?"

"스물둘이 어때서?"

"스물둘밖에 안 됐잖아요. 요즘 누가 이 나이에 결혼해요?"

"남이 무슨 상관? 결혼하면, 얼른 안정되고 좋잖아."

유혁의 주장에 라온이 고개를 갸웃했다.

"그건 남자들이 원하는 결혼관이잖아요. 빨리 결혼해서 안정된 가정을 원한다."

"그런 거 따지지 말고. 나는 당장 널 내 집에 데려다 놓고 싶어. 결혼하자."

라온이 쿡 웃었다. 저 말이 '매일 매일 섹스 하고 싶다.'로 들리니 우스운 일이었다.

라온은 학교에 휴학을 신청했다. 지금은 그녀에게 처음 가야금을 가르쳐주셨던 선생님의 음악학원에서 아이들에게 가야금을 가르친다. 손가락이 아직은 온전해지지 않았지만, 틈

틈이 감을 찾고 있다. 자유자재로 움직이려면 시간이 조금 더 필요하단다.

"영감도 하라고 난리고. 안 할 거야?"

"생각 조금만 더 하고요."

그것만으로도 유혁은 좋은지, 입매가 빙긋 길어졌다.

"지금 집으로 갈까?"

"데이트하자면서."

라온이 찌릿 눈총을 보냈다. 유혁의 음흉한 속내가 환히 보였다.

"학원 애들 이번에 대회 나간다고 했잖아요. 그거 봐줘야 해서 지금 가봐야 해요."

"무리. 영감께서 너 보고 싶대. 데려오라 성화셔."

"지금 당장?"

"그래."

"안돼요. 아이들 레슨 끝나고 가요."

"네가 영감한테 말해. 나는 안 통해."

유혁과 얘기를 나누며 그들이 병원의 주차장으로 나왔을 때였다.

"유라온!"

저를 부르는 목소리에 라온이 돌아봤다. 어떻게 알고 왔는지 태헌이 서 있었다. 언제봐도 말쑥한 슈트 차림인 그의 옆에는 한 여자가 서 있었다.

그녀가 진서혜라는 것을 알아보고는 라온이 놀라 눈을 크게 떴다.

"너 여기 있다고 해서."

라온이 유혁을 흘끔 봤다. 제가 재활치료를 받는 사이, 아마 유혁이 전화를 받았을 것이다. 그러나 그는 먼 곳을 보며 딴청을 피웠다.

"안녕하셨어요?"

서혜는 같은 스승의 제자, 선배이기도 했다. 만나고 싶다고 이미 연락이 왔지만, 손가락이 조금 더 원활해진 후에 보고 싶었다. 그러자고 한 건 라온 자신이었다.

그런데 그사이 무슨 일이 있던 걸까. 화사하고 예쁘던 서혜는 얼굴 살이 쪽 빠진 것 같다. 어딘지 아파 보여 라온은 신경이 쓰였다.

"손가락 다친 거 늦게 들었어요. 못 와봐서 미안해요."

"만나자고 연락하신 거 알아요."

라온은 허심탄회하게 웃었다. 서혜에 대한 앙금은 없다. 그녀의 실력은 라온 또한 인정했으니까.

"지금은 괜찮아요?"

서혜의 시선이 라온의 손가락에 멎었다. 그녀는 손을 들어 보이며 싱긋 웃었다.

"네. 많이 나았어요. 무리하지 않고, 조금씩 익숙해지면, 예전대로 돌아온대요."

"학교도 이번 학기 휴학했다면서요."

"조금도 쉬지 않고 쫓기듯 달려왔으니, 쉼표를 찍을 때도 있어야죠. 꼭 돌아갈 거예요."

라온의 표정이 여유로웠다. 예전, 자신감 넘치던 그녀로 돌아온 듯하여 바라보는 서혜의 마음도 한결 가벼워졌다.

"사실 라온 씨한테 할 얘기 있어서 왔어요."

어느새 남자 둘은 뒤로 쳐졌다. 눈에 띄게 그들에게 얘기할 자리를 만들어 준 것이다.

"떠나기 전 라온 씨 꼭 보고 가고 싶어서, 제가 정 회장님께 부탁드렸거든요. 라온 씨한테 연락해 달라고."

"어디 가세요? 지난번 봤을 때보다 건강도 안 좋아 보여요."

서혜가 희미하게 웃었다.

"한동안 안 좋긴 했는데, 이제 괜찮아요. 저도 다 나아가고 있어요."

라온이 서혜를 빤히 바라보다가 옅은 한숨을 내쉬었다. 결국은 고백했다.

"선배님도 고민 많으셨죠? 너무 어린 나이에 천재로 떠서 그 부담도 상당했을 테고. 이해하려 하지 않고, 선배님 원망이 앞섰어요. 미안하고, 죄송해요."

"내 상황만 극복하면 된다, 나만 생각한 나도 있는 걸요. 라온 씨 생각 못 한 나도 미안해요."

서혜가 손을 내밀었다. 마주 보던 라온이 쑥스럽게 웃으며 그 손을 잡았다.

하얗고 가는 두 개의 손이 굳게 얽혔다. 이제부터 오랫동안 함께 갈 것 같다는 예감이 스쳤다.

"저는 이번 주말에 떠나요."

"어디를요?"

"공부하러 가요. 전 국제무대에 우리 가야금을 알릴 방법을 고민하고 올게요. 그래서 부탁인데……."

서혜가 몇 걸음 뒤에 선 태헌과 짧은 시간 시선을 교환했다.

"그동안 라온 씨가 전수관 내실을 다져줘요. 국내에 우리 유파를 알리는 일도 해야 할 거고."

"왜 제가?"

"선생님의 모든 것을 가장 오래 전수한 사람은 누가 뭐래도 라온 씨예요. 라온 씨의 연주가 성옥선류 원본에 가장 가까워요. 이건 선생님 뜻이기도 해요."

라온의 눈이 커졌다. 당장 뭐라 해야 하나, 할 말이 떠오르질 않았다.

"손 때문에 안 된다는 말은 안 통해요."

엄한 척하며 서혜가 웃었다. 바라보던 라온 또한 입술이 길게 늘여지기 시작했다.

"이렇게 절 원하시는데. 안 돌아갈 수가 없잖아요."

서로 마주 잡은 손에 힘이 더해졌다. 라온과 서혜 둘 다 입가에 웃음이 번지기 시작하더니, 바이러스처럼 서로에게 퍼

325

져갔다.

햇살이 맑은 가을날이었다.

에필로그

　서울 도심에서 외곽도로를 타고 오다 보면 만나게 되는 마을이었다. 전원주택 단지로 조성된 곳이라 널찍널찍 자리한 집들은 하나같이 그림 같다. 집주인의 개성을 듬뿍 드러낸다.

　겉보기에는 여느 마을과 다름없었다. 그러나 마을을 거닐다 보면, 어딘가에서 가야금의 맑고 청아한 소리가 꽃잎을 따라 흩어져 지나는 이의 걸음을 멈추게 했다.

　'월간 예술'에 근무하는 에디터와 사진기자가 올해 한국국악 경연대회에서 대통령상을 탄 유라온의 집을 찾은 것은 봄꽃이 흐드러지게 핀 봄날이었다.

　벽돌 한 장 올릴 때마다 집주인의 손길이 닿았다는 삼층집이다. 잔디 정원이 유난히 넓었고, 정원을 따라 둘러진 낮은 담에는 탐스럽고 붉은 덩굴장미가 한창이었다.

　마당과 이어진 1층은 뻥 뚫린 공간이었다. 말간 유리문을 열고 들어서면 마룻바닥이 깔린 넓은 홀이 먼저 보였다. 한쪽 벽을 꽉 채워 늘어선 가야금들이 이곳이 어느 예인의 연습실임을 드러내고 있다.

그 연습실 맞은편의 공간이었다. 작은 주방시설, 아일랜드 식탁, 긴 원목 테이블이 놓여 카페 같은 공간이다.

그 테이블에서 에디터는 라온과 차 한 잔을 앞에 둔 채 마주 앉았다. 동화에나 나올 것 같은 집, 그리고 해사한 웃음 가득한 집주인의 환대에 방문자들의 어색함이 사라졌다. 인터뷰하러 온 것이 아니라 친구이 집을 방문한 것처럼 편해졌다.

"프로필을 보니 올해 서른이신데요. 잘못된 것 아닌가요?"

"더 들어 보여요?"

라온이 환하게 웃었다.

"무슨 말씀을요. 이십 대 초반? 아직도 학생 같으세요."

"저는 칭찬으로 듣지만, 좋은 것만은 아니에요. 그 나이에 맞는 느낌이 있어야 하는데, 여전히 어른이 되지 못한 것 같거든요."

"그건 겸손이세요. 저희가 사전조사 없이 온 것도 아니고. 재능 기부 같은 좋은 일도 많이 하신다고 들었어요. 이미 확실한 어른이신데요."

라온이 손사래 쳤다. 웃으며 한마디 보탰다.

"모두 좋은 얘기만 하셔서. 오늘 처음부터 제가 완전히 붕 떴어요."

"저도 없는 얘기는 안 합니다, 선생님."

웃음소리가 공간을 울렸다. 화기애애한 분위기로 사소한 얘기가 오갔다. 본격적인 질문이 오가자 이내 분위기는 차분해졌다.

"청소년기에는 대회에서 상도 많이 타시고. 국악계의 촉망받는 인재셨잖아요. 그동안 활동이 없으셨던 이유가 있나요?"

라온이 희미하게 웃었다. 흘끔 제 손가락을 내려다봤다.

"손가락을 좀 다쳤어요. 인대가 끊어졌죠. 회복하느라 1년쯤 걸렸어요."

"아. 큰 부상이셨구나."

"그래도 운이 좋았어요. 줄에 직접 닿지 않는 왼손 넷째 손가락이기도 했고요."

"손 좀 보여주세요."

에디터가 라온의 두 손을 잡고 감탄하며 들여다봤다.

흔한 손톱관리 한번 받지 않았다. 길고 하얀 손가락, 그리고 가지런한 손톱은 윤기가 흘렀다.

그중 오른손 집게손가락 끝에 반창고가 붙어 있었다.

"잘 모르겠어요. 다치셨는지."

"흉터도 희미해졌죠?"

"자세히 보지 않으면 모르겠는데요. 정말 손가락이 가늘고 예뻐요. 성옥선류가 가장 남성적인 소리라는 평인데. 이런 손으로 그런 강한 소리를 낸다니, 놀랍습니다."

에디터는 라온의 손을 뒤집고는 더욱 놀라 했다.

"못이 다 박이셨어요."

"손이 앞뒤가 다르죠? 악기 하는 사람이면, 거의 이래요. 발레리나는 발이 그런 것처럼요. 요즘도 연습하다 보면 다시 터지곤 해요. 끝이 없죠."

"연습이 결과를 말해주는군요."

"네. 노력하는 이를 따라갈 수가 없거든요."

"유라온 씨는 연습벌레신가 봐요."

"맞아요. 말씀드린 1년을 제외하고는 꾸준히 악기는 놓지 않았어요. 대학원에 진학해서도 계속 공부했어요. 전수관에서 강사도 했고요. 공식적인 대회에 안 나갔을 뿐이에요."

"은둔 고수셨군요!"

"은둔 연습벌레?"

또다시 웃음이 터졌다. 라온의 웃음은 한층 여유로웠다.

"이번에 명인 인정받으신 진서혜 씨와의 관계가 화제가 되었는데요?"

"네, 같은 스승님께 배웠어요. 그리고 스승님께서 돌아가신 후, 진 선생님이 절 제자로 받아주셨죠."

"두 분은 다 고 백서희 선생께서 아끼시던 제자로 유명하시죠. 연배도 비슷하신데요. 다시 진서혜 명인을 스승으로 모시고 배우신다는 것이 망설여지진 않으셨어요?"

"배움에 망설임이 어디 있겠어요."

잠시 사이를 두고 라온이 덧붙였다.

"사실 어릴 때는 자존심을 세우긴 했죠."

허심탄회하게 고백하던 라온이 쑥스럽다며 웃었다.

"진 선생님은 제게 스승이자, 선배, 그리고 언니세요. 모두 쓰일 곳이 있다는 것을 돌아가신 선생님은 미리 보셨던 거죠."

많은 이야기가 오가며 인터뷰가 무르익을 때였다.

"계십니까?"

누군가 낮은 대문을 열고 정원으로 들어왔다. 초인종이 없기도 했고, 대문에서 1층에 있는 사람들이 보였기 때문이다.

의자에서 일어선 라온이 열린 문을 통해 밖으로 나갔다.

"어떻게 오셨어요?"

"여기가 유라온 씨 댁이죠?"

"네. 제가 유라온입니다."

"대전에서 왔습니다. 악기장님이 보내셨어요."

남자는 가죽 커버에 싸인 것을 들고 있었다. 한눈에 보기에도 가야금이었다.

"직접 유라온 씨에게 전하라 하셨습니다."

그때, 테이블에 올려두었던 라온의 휴대전화가 울렸다. 지켜보던 에디터가 그녀의 전화를 들고 뛰어나왔다.

"안녕하세요, 선……!"

— 유라온. 물건 받았나?

라온의 인사가 끝나기도 전이었다. 걸걸한 목소리가 들렸다. 물건을 보냈다 하는 대전 사는 그 악기장이셨다. 평소 왕래하던 악기장이긴 한데, 갑작스러운 연락이었다.

"선생님, 어떻게 된 거예요?"

— 네 남편과 시어른께 물어봐라. 내가 이제는 무슨 말을 못해요. 벼락 맞아 말라 죽은 오동나무를 정성 들여 손보고 있다는 소식을 어디서 듣고는 득달같이들 와서 악기 만들어내라, 어찌나 성화던지.

"네? 언제요?"

— 작년에 악기 가져가고 바로 성화 시작됐지. 해마다 한 번씩은 꼭 이러니, 내가 재료 구하기가 무서워.

악기장의 너스레가 듣기 나쁘지 않았다. 라온이 빙그레 웃었다.

— 서울 주가네는 진 선생 남편이 못살게 굴고. 여기 나한테는 유라온네 식구들이 난리고. 그쪽 스승과 제자 덕분에 악기장들이 몸살을 앓아.

"선생님도 참."

라온이 어색하게 하하, 웃었다. 서혜도 한 해에 한 번씩은 이런 일을 겪는다는 것을 아니, 무어라 반박할 수 없었다.

— 그 귀한 악기들 한 번씩 다 어루만져주고는 있는 것이냐?

"그럼요, 선생님. 제가 매일매일 아껴주고 있어요."

— 걱정은 않는다. 네가 어련히 아껴주겠어.

악기장의 호쾌한 웃음소리를 끝으로 전화를 끝냈다. 심부름 꾼에게 악기를 받아 든 라온이 안으로 들어섰다.

"새 가야금인가 봐요. 아. 어차피 가야금 뜯는 사진도 있어 야 하니, 한 곡 들려주세요."

에디터의 요청에 라온이 웃었다. 확인해보고 싶은 마음은 그녀 역시 같았다. 덮개를 벗기는 손길에 궁금함이 듬뿍 묻어 났다. 남편인 유혁과 시어른이 이번에는 어떤 가야금을 고르 셨을까.

이윽고, 가야금의 날렵한 몸체가 드러나자 에디터가 감탄했 다.

"와. 포스가 남다른데요?"

악기를 든 라온이 수줍게 웃었다. 저도 떨리지만, 내색할 수 는 없었다.

그녀는 마룻바닥에 앉아 악기를 제 무릎에 올렸다. 차분한 시선으로 전체를 꼼꼼히 쓰다듬던 라온이 현 한 줄을 뜯었다.

맑고 청아한 소리가 위로 올라 공간을 타고 흐른다. 뒤이어 강인하지만 부드럽고 섬세한 음률이 연습실에 가득 찼다.

저녁이 되어 집에 도착한 유혁의 얼굴은 미소를 띠고 있었 다. 낮에 깜짝 선물이 도착했으니, 라온이 얼마나 좋아할까.

혼자 상상만 해도 흐뭇한 것이다.

정원을 통해 안채로 들어가던 유혁의 발이 멈췄다. 환의 전화 때문이다.

– 어디야?

"집."

– 물은 내가 병신이지.

유혁이 피식 웃었다.

"넌 어디인데?"

– 사무실. 젠장. 비참하게.

"검사님! 왜 이래. 나쁜 놈들 잡을 궁리나 해. 늦을 것 같으면, 집으로 밥 먹으러 왔다 가든지."

– 미쳤냐? 왕복 두 시간 걸려 그 짓 하느니, 도시락을 시키지. 그 집 부부 닭짓에 명 주는 것까지 생각하면, 다 손해야.

"됐고. 전화한 이유가 뭐야?"

– 우리 사이에 특별한 이유가 있어야 해?

"싱겁긴."

– 야. 나 이따 밤에 모임 좀 나오라는데?

모임? 유혁의 한쪽 눈썹이 위로 올라갔다. 환이 모임에 나간다고 일일이 고할 성격은 아니었다. 그렇다면?

"어떤 모임? 거기?"

– 너도 아냐? 그래, 거기.

대명사로 지칭해두고도 어딘지 안다는 듯 통했다.

"그 모임 아직도 안 망한 거 보면, 어지간히 빨 인간 없나 보다. 그 자식 감옥 다녀오고도 정신 못 차렸지? 재교육 좀 받게 해 줘?"

— 쿳, 네가 굳이 재교육 안 시켜도 자폭 뻘이야. 거의 망했지. 거물들 다 빠져나가고, 물주가 미친놈인데. 이제는 다 흐지부지야.

고희찬 얘기다. 10년이 가까운 시간이 흘러도, 결코 가까이 하고 싶지 않은 부류. 여기저기 사고 친 것도 모자라, 무면허 음주운전에 약물복용으로 감옥까지 다녀오고도 정신 못 차렸다. 다시 떠올린 것만으로도 유혁은 불쾌해지려 했다.

— 그놈 결혼한대. 아이쿠. 돌싱이니 재혼. 누구랑 하는 줄 아냐?

유혁은 대답하지 않았다. 마치 대답을 들은 것처럼 환이 말을 이었다.

— 조세린.

뒤이어 환의 대답에 유혁은 실소가 터졌다.

"뭐야. 패자부활전이야?"

— 엑스 피앙세에 대한 예의상 애통한 신음 한번 흘려줘야지.

"총 안 맞았다. 언제의 엑스 피앙세야. 그동안 조세린이 몇 번이나 다녀왔지?"

— 두 번.

"사는 게 지겨울 때, 결혼 준비 시작하면 시간 잘 가겠네. 준비부터 다녀오는 데까지 1년은 재밌을 거 아니야."

– 미친놈 대 국쌍. 어지간히도 어울리긴 하지.

"관심 없다."

– 알고 있으라고. 두 집이 손잡은 이유가 로열그룹 겨냥하기 위해서란 소문이 돌아.

"나?"

유혁이 코웃음 쳤다.

대선 후보로까지 점쳐지던 정치인 아버지가 자식의 문란한 사생활 때문에 발목이 잡힌 것은 어쩌면 흔한 일이다. 그러나 동시에 자신의 불륜까지 터진 것은 걷잡을 수 없었다. 당내 경선을 앞둔 시점이었다. 정치인 아버지는 추문을 안고 사퇴했다.

세린이 팔려가듯 결혼 사업을 시작한 것이 그 때문이라는 소문이 돌았다. 정치인 아버지의 재기를 위해. 하지만 거래하듯 엮은 결혼의 끝은 빤히 점쳐질 정도로 끝이 좋지 않았다.

세 번째 결혼이라.

유혁이 쯧쯧 혀를 찼다. 이제는 조세린에게 측은지심이 일 정도다. 그러나 자신을 겨냥했다는 것은 다른 감정이었다.

"둘 다 덜 밟혔나 보네. 그러시든지. 아들놈이 말아먹어 다 쓰러져가는 그룹과 재기불능 정치인이 손잡아 뭘 하려고?"

– 난들 아냐. 왜 사람들이 현재에 만족하지 않는지. 평범한

검사는 그런 거 몰라.

"이참에 아주 뿌리까지 확 걷어버려야겠네. 다시는 꿈틀거리지도 못하게."

― 으으, 생각만 해도 무섭다. 강 회장, 좀 참아.

"됐어. 그 이름 나오는 거, 나도 이제 지겹다."

― 무튼, 다녀오면 연락해줄게. 참!

전화를 끊으려 하던 환이 급하게 유혁을 불렀다.

"왜?"

― 넌 한턱 안 내?

"뭘?"

― 아빠 되잖아!

"지난번에 술 샀잖아. 이 자식이 매달 이러네? 유효기간 끝난 거 아냐?"

― 그런 게 어딨어. 귀한 아이니까, 또 사. 나올 때까지 사.

"알았어. 연락해."

유혁이 전화를 끊었다. 입술 새로 비죽비죽 웃음이 새어 나왔다. 환의 말대로 결혼 6년 만에 생긴 아이였다.

「워낙 정 씨나 강 씨나 손이 귀한 집안이다. 조급해하지 않는다. 올 때가 되면 어련히 오겠지.」

그렇게 말씀하시던 조부도 라온이 아이를 가졌다는 소식에

337

덩실덩실 춤을 추셨다는 후문이다. 아이들이 뛰어놀 것을 염두에 두고 지은 집에 조만간 아이의 웃음소리가, 울음소리가 가득 찰 것이다.

3층 거실에 설치한 천체망원경으로 아이와 별을 관찰할 생각을 하면, 벌써부터 유혁은 짜릿해졌다. 실실 웃음이 나왔다.

그 사이, 들어오는 그를 발견한 라온이 종종걸음으로 뛰어나왔다. 디딤석을 콩콩 밟아 오더니 그에게 폴싹 안겼다. 얼굴을 비볐다. 종일 떨어졌던 두 개의 몸이 다시 하나가 되었다.

"내가 뛰지 말랬지?"

유혁이 으르렁댔다. 표정과 달리 그의 행동은 힘이 있되 부드러웠다. 라온의 어깨와 다리 밑으로 두 팔을 넣어 그녀를 안아 들었다. 그에게 안긴 채로 라온은 뭐가 좋은지 싱글싱글 웃었다.

"내가요. 당분간 가야금 들이지 않는다 했죠? 집 안에 희귀 가야금 박물관 만들 일 있어요?"

라온은 생글생글 웃고 있었지만, 말에는 가시가 있다. 유혁이 시치미 뗐다.

"가야금은 만든 지 2, 3년 차의 소리가 가장 좋다면서?"

"그거야 일반적인 가야금이죠. 당신과 할아버님이 데려오는 건 그 범주가 아니잖아요."

"오. 그럼 오늘 데려온 것도 시간이 갈수록 소리가 좋아지

338

나?"

"당연하죠. 오동나무가 벼락까지 맞았는데."

"그거 신기하데. 벼락이 오동나무를 내려칠 확률은 도대체 얼마야?"

"그럴 확률이 있긴 해요? 악기장님 아니라 다른 사람이 그런 말 했으면, 안 믿었을 거예요."

"그렇지? 나와 할아버님도 그래서 데려올 수밖에 없었어. 그런데 그거 당신 거 아니야."

"네?"

천연덕스런 유혁의 말에 라온이 입술을 벌렸다.

"우리 아이 것. 미리 주문한 게 온 거야."

이내 라온은 남편인 유혁을 찌릿 노려봤다.

"나는 우리 아이 악기 안 시켜요."

"어허. 그럼 쓰나. 요즘 시대가 원하는 인재는 멀티형이야. 공부도 잘해야 하고, 운동도 해야 해. 게다가 악기도 하나쯤 제대로 다뤄야 한다고."

"전공 안 시킨다고요. 그런 아이한테 여기 있는 악기들은 사치예요. 잘못 길들여 망가뜨리면 어떡하려고."

"당신이 잘 가르쳐야지."

"전공 안 시킨다니까?"

"쉿!"

유혁이 어느새 그들의 살림집인 2층 현관에 들어섰다. 안고

들어선 그대로 입술을 부딪쳤다. 봄기운 머금은 입술이 달콤
하게 얽혔다. 깊게 파고들어 말캉한 설육을 허기지게 빨았다.
은근한 신음이 몸을 달궜다. 서로에게 닿은 몸은 쓰다듬느라
정신없었다.

원래는 거실 통유리로 별빛처럼 야경이 깔리는 시내의 전경
이 보이는 곳이다. 그런데 유혁이 들어서며 커튼을 닫았다. 자
동 커튼이 닫히자, 바깥의 시선이 차단된 곳은 둘만의 낙원이
었다.

라온을 안은 채, 유혁은 상앗빛 소파에 앉았다. 그리고 그녀
의 다리를 벌려 제 허벅지에 앉혔다. 얇은 니트 안으로 쑥 들
어간 손이 조금씩 부풀고 있는 배를 슬슬 문질렀다. 그러다가
조금 더 아래 검은 수풀을 슬쩍 쓸었다.

라온의 중심이 움찔하고, 마주친 유혁의 눈빛은 욕망으로
이글거렸다.

"오늘부터 의사가 말한 안정기에 들어가. 너무 오래 참았
어."

유혁의 목소리는 이미 거칠게 갈라졌다. 그런데도 라온은
그 말의 내용 때문에 슬쩍 웃었다. 어이가 없기도 했다.

"카운트 하고 있었어요?"

"당연히."

이미 유혁의 페니스는 입고 있는 슈트 하의를 뚫고 나올 것
처럼 부풀었다. 당장에라도 터질 것 같은 그 위를 라온의 하얀

손이 덮었다. 살살 쓰다듬었다. 달래는 손길이지만, 유혁의
표정은 더욱 살벌해졌다.

"저녁 해뒀어요. 밥부터 먹고……."

라온은 말을 끝내지 못했다. 그녀의 뒷말은 이미 유혁에게
먹혔다. 그녀의 상의를 훌렁 벗겨버리고, 브래지어를 휙 올린
그가 동그란 젖가슴을 크게 베어 물었다. 허겁지겁 빨았다.

이미 그에게 저녁은 안중에 없었다. 욕망만이 가득한, 뜨거
운 밤이 시작되었다.

오랜 기다림 끝에.

— fin.

숨은 이야기. 당신과 함께하는 하늘 아래

라온의 갑작스러운 뉴욕행은 모두 유혁 때문이었다.

"일주일을 떨어져 있으라고? 말이 된다 여겨? 차라리 날 죽여."

한밤, 격렬한 섹스 후였다. 후희가 가라앉은 유혁이 그제야 정신이 드는지 볼멘소리를 했다. 집에 들어오자마자 덤벼들더니, 이제야 떠올랐나 보다.

"유혁 씨 일 때문에 가는 출장이잖아요."

"됐어. 너 옆에 있다고 내가 내 일 못 하나? 정력 넘쳐서 일 더 잘해."

아무리 라온이 눈총을 쏴도 유혁은 요지부동이었다. 이번 출장에 꼭 라온을 동반하겠다는 의지가 강철이었다. 그녀는 결국 한숨을 푹 내쉬었다.

"내가 피규어도 아니고. 꼭 주머니에 넣고 다니려는 것 같아요."

"차라리 피규어면 좋게? 항상 갖고 다니며 주무를 수도 있고. 내 맘대로 할 수도 있고."

유혁이 제 품 안에 안긴 라온의 벗은 몸을 슬슬 쓰다듬었다. 좋다고 웃으며 그녀의 목덜미를 천천히 핥았다.

"동반출장이라니. 욕먹잖아요."

"누가 널 공금으로 데려가나? 다 내 사비 털 거니까, 웃기는 소리 그만 하고."

"방은 따로 잡아요?"

유혁이 고개를 들었다. 이 무슨 해괴한 소리냐며, 미간을 모았다.

"유라온. 요즘 왜 이래? 결혼 앞두고 내외하나? 신혼집까지 다 구한 마당에. 남들은 공식적으로 함께 사는 시기야."

"누가 그렇대요? 유혁 씨가 너무 유명인이니까, 나까지 얼굴 팔려서 그렇지."

라온이 토라진 척을 하며 등을 돌리려 했다. 꿈틀거리는 그녀가 마음에 안 든다며, 유혁이 그녀의 허리를 확 끌어당겨 꽉 안았다.

"어차피 조만간 결혼할 거잖아. 우리 영재 양, 얼굴 팔리는 거 안 무섭잖아. 내가 마음에 안 드나? 데리고 다니기 쪽팔려?"

"누가 그렇대요? 유혁 씨 가는 곳마다 쪼르르 쫓아다니는 것 같아서 민망한 거지. 나 아직 아무것도 안 하는 백수인데요."

유혁이 그녀의 목덜미에 얼굴을 묻고 쿡쿡 웃었다. 간지럽다며 라온이 목을 움찔거렸다.

"백수라서 어쩌라고? 남편이 부자구만. 됐어. 어떻게 가진 네 마음인데."

라온은 마음이 저릿해졌다.

예쁜 말만 하는 내 남자. 하지만 가끔은······.

"우리 생각만 해. 상상해봐. 뉴욕 야경 죽이게 깔리는 곳에서 넌 내 밑에 깔리는 거야. 허리를 비틀며 우는 거지. 제발 더 해주세요! 거기, 더!"

"진짜 변태!"

"남편이 변태라서 영재 양은 좋겠어요."

"음······."

라온이 생각하는 척을 했다. 이내 활짝 웃었다.

"맞아, 좋아요. 실은 나도 좋으니까."

그렇게 유혁과 함께 온 뉴욕이었다. 출장 일정을 조정한 유혁은 서둘러 일을 마쳤고, 시간이 날 때마다 라온과 뉴욕을 헤맸다.

뮤지컬을 보러 가고, 뉴욕의 미술관 탐방을 하기도 하고, 가을의 햇살 좋은 어떤 날은 센트럴파크를 손잡고 걷고는 노천 카페에 한동안 앉아 있기도 했다.

일정이 촉박하지 않으니, 뉴욕까지 왔는데, 서혜를 지나쳐 가는 것도 아닌 듯했다. 서혜가 수업 끝나는 시간을 맞춰 이른 저녁을 먹자며, 유혁이 최고급 레스토랑을 예약해 뒀단다.

뉴욕 시내가 미니어처처럼 보이는 고층 레스토랑 창가 자리에 라온은 그렇게 서혜와 마주 앉았다.

"잘 지냈어요, 라온 씨?"

"네. 선배님은 바쁘셨죠?"

"나야 새로이 적응하느라 그렇죠."

서혜가 빙긋 웃었다. 격의 없고, 마음이 동화되는 선한 웃음.

오해한 것이 무색하게, 알면 알수록 서혜는 진중하고 마음이 깊은 사람이다.

어린 나이부터 드러난 천재성, 그리고 선의와 악의가 엇갈려 지켜보는 이들의 시선. 그것에 대한 그녀의 고뇌와 부담감이 어떠했을지. 상대에 대해 이해가 깊어질수록 라온에게도 그런 것들이 보인다.

유혁은 우스갯소리로 '우리 꼬맹이가 이제 마음도 잘 크고 있네.'라며 머리를 쓱쓱 쓰다듬었다.

「진서혜의 삶은 꼬마 때부터 고단했을 거야. 사생활이나 있었겠어? 사람은 적당히, 평범한 게 최고지.」

「저도 조금은 그 선배 마음 이해할 수 있어요. 저도 영재였다니까요?」

「신동? 유 신동?」

「또 그 소리. 어쨌든 유혁 씨 말이 맞아요. 십 대가 되어서야 가야금을 접한 제가 행운아일지도 모르죠. 알 거 다 알고, 내가 선택한 거니까.」

「유라온은 날 만난 자체가 기적이고 행운이야. 그건 나도 마찬가지고.」

라온은 부정하지 않았다. 저는 나날이 행복하니까.

그런데 한참 만에 본 서혜는 또 행복해 보이지 않는다. 한국에서 보았을 때보다 더 마르고, 얼굴빛이 까칠해 보였다. 어디가 아픈 게 아닐까, 싶을 만큼.

"선배님은 왜 이렇게 마르셨어요. 살이 쑥 내린 것 같아요."

"처음에는 적응하느라 바빴고, 다음에는 잘 안 통하는 영어로 수업 듣고, 논문 준비하고, 공연도 준비하고. 말 그대로 강제 다이어트 중."

서혜가 쿡하며 웃었다. 그때, 전화가 와서 자리를 피했던 유혁이 돌아왔다.

"임태헌 사장. 우리 언제 들어가냐고 묻네?"

"사장님이요? 왜요?"

"그러게 왜일까?"

라온이 유혁을 바라보며 고개를 갸웃했다. 서혜를 향해 해명하듯 입을 열었다.

"저희 미국 올 때요. 태헌 사장님이랑 같은 비행기였어요. 출장 오셨다던데. 선배님한테 연락 안 하셨어요?"

"아……."

어딘지 모르게 서혜의 표정이 난처해졌다. 눈치 빠른 유혁이 얼른 말을 보탰다.

"소속사 가수들 대규모 공연이 있었다잖아. 전세계 투어의 시작이래. 엄청 바빴을 거야."

"그러셨겠죠. 이번에 데뷔한 ATS 노래 정말 좋던데요. 멤버들도 다 잘생기고 멋지더라. 특히, 리더."

"누구? 리더? 거기 중앙에 머리 훌렁 뒤로 깐 애?"

라온의 옆에서 유혁이 찌릿 눈총을 보냈다.

"내가 방심하질 못해요. 불과 몇 달 전만 해도 요즘 노래 하나 모른다고 징징대더니. ATS는 또 뭐람."

"내가 언제 징징대요?"

"기억 안 나? 너, 지난여름 강가에서 아리랑 부르면서……!"

라온이 끝내 손바닥으로 유혁의 입술을 확 막았다. 그러면 어떤 얘기까지 다 털어놓을지 모를 일이니까. 바라보던 서혜가 괜찮다며 웃음을 터트렸다.

"좋다, 라온 씨. 국악 한다고 국악만 듣는다는 것도 선입견이죠. 저도 여기 와서 다양한 장르의 음악과 공연을 보려고 노력 중이에요."

"저도 요즘은 피아노 쳐요. 손가락 훈련 때문이라도."

"다른 세상을 봐야, 내 세상도 넓어지죠. 아는 만큼 우리가 하는 악기에 대한 시선도 넓고 깊어질 거예요."

"저도 다른 장르의 음악도 들어보려고요. 그런데도요. 세상의 다양한 악기를 접해도, 가야금만큼 다양한 목소리를 내는 건 없더라고요. 여자 목소리도, 남자 목소리도 내니까."

한참 그들이 대화를 나눌 때였다. 종업원들이 접시를 들고 와 그들 앞에 차례로 내려놓았다.

『오늘 에피타이저는 크림소스를 얹은 구운 굴요리로…….』

금발의 미남 서버가 설명했다. 그의 설명대로 통통하고 먹음직스러운 굴요리가 그들 앞에 놓였다. 냄새만으로도 식욕이 확 돌았다.

그런데 그때였다. '욱.' 하는 작은 소리가 들렸다. 라온이 앞에 앉은 서혜의 얼굴을 놀라 바라보았다.

"미안해요. 속이 요즘 좀 안 좋아서. 잠시 실례할게요."

서혜가 급하게 자리에서 일어섰다. 화장실 쪽으로 뛰어가는 것이 상당히 급해 보였다.

"어떡하죠? 진짜 속병 났나 봐. 진 선배님, 정말 안 좋은 것 같아요."

"혹시 임신 아닌가?"

"네?"

라온이 놀란 눈빛으로 유혁을 올려다봤다.

"증상이 딱 맞는데?"

"몸이 정말 안 좋은 걸 수도 있어요. 게다가 태헌 사장님은 한국에 있는데…….."

"임태헌이라는 법은 없지."

"말도 안 돼!"

유혁이 말을 끝내자마자, 라온이 강하게 부인했다.

"생각 너무 나간 거 알죠?"

"나는 객관적 진실만 말할 뿐이야."

"지금 일. 혹시라도 다른 데 가서 한마디만이라도 해요."

"하면?"

"당장 안 봐."

"내 입 그렇게 안 가볍다, 유라온."

"알아요. 그래도 이건 정말 중요한 일이니까. 다짐받는 거예요."

"알았어. 약속은 지켜."

"고마워요."

볼에 한 뽀뽀에도 유혁은 좋아 죽는다. 라온이 착하다며 엉덩이를 톡톡 쳤다.

"선배님, 정말 안 좋아 보이던데. 제가 가보고 올게요."

라온이 일어나 서혜가 간 화장실 쪽으로 가는 것을 유혁은 떨떠름한 눈빛으로 바라보고 있었다.

"하, 임태헌 그 양반, 참."

유혁이 혀를 찼다.

"큰일 낼 사람이네."

두뇌 회전 빠르고, 추진력은 타의 추종을 허락하지 않는 태헌이 서혜에 대해서만은 아직도 결론 내지 않은 것이 신기할 지경이다. 아니, 못 낸 건가. 감이 둔한 건가.

조금 전 전화할 때, 태헌은 라온이 혹시 서혜를 만났는지 궁금해했다.

「오늘 만납니다.」

한마디를 하더라도 유혁의 목소리는 시비조였다. 이상하게 태헌에 대해서는 감정이 평온하지 못했다.

「그런 건 왜 궁금하십니까? 궁금하시면 직접 물어보시지.」

슬쩍 한숨 소리가 들린 것 같았다. 유혁은 못 들은 척했지만.

왜 남의 여자 일정은 궁금해해. 딱 부러지게 묻지도 못하면서. 본인 여자나 좀 챙기지.

유혁은 흥, 코웃음 쳤다.

임태헌이 일에만 파묻힌 연애고자라더니, 그 말이 딱 아닌
가. 라온의 말로는 태헌이 진서혜를 마음에 둔 지 상당히 오래
됐다던데.

그동안 계속 저랬어? 서로 짝사랑이야? 아니지. 진짜 임신
이면, 상황 묘한 거고.

미국 가기 전 리조트에 왔을 때도 그들은 객실을 따로 썼었
다. 아니다. 따로 썼던가? 유혁은 기억이 헷갈리기 시작했다.

중요한 거 아니잖아.

중요한 건 임태헌이 지금 이곳으로 오고 있다는 것.

「어디서 만납니까?」

「오셔서 밥값이라도 내시게요?」

우스갯소리로 알려줬지만, 태헌은 바로 움직였다. 그의 목
적이 자신들이 아니라 진서혜라는 것은 바보도 알 것이다.

그렇다고 임태헌보다 진서혜가 나아 보이진 않는다. 그가
알고 있는 한 진서혜도 태헌에게 마음이 없는 것이 아닌데. 말
은 그렇게 했지만, 진서혜도 딱히 다른 남자가 있어 보이지도
않았고.

굴의 속살 하나를 떼 유혁은 입안에 넣었다. 맛있기만 하다
며 어깨를 으쓱했다.

그 시각. 라온은 화장실 밖에서 서혜를 기다리고 있었다. 그녀는 화장실 안에서 한참이 지나서야 나왔다.

소리를 막고 토한 걸까. 이럴 때조차 진서혜는 우아하고, 고고하다. 그렇다 해도 얼굴은 심하게 창백했고, 비틀거릴 정도로 몸이 좋아 보이지 않았다. 쓰러질 것 같은 서혜의 팔을 부축해 라온은 옆 칸인 파우더룸으로 그녀를 데리고 가 앉았다. 어쩌면 유혁의 추측이 맞을지도 모르겠다. 정말 임신인 걸까.

"미안해요, 라온 씨. 내가 오늘 몸이 안 좋아서 밥은 못 먹을 것 같아요."

"병원 가보셨어요?"

라온은 가볍게 물었지만, 서혜의 표정이 변했다. 심장이 덜컥 내려앉아 그녀는 라온의 시선을 피했다.

"병원 가볼 정도는 아니에요."

라온이 떨리는 서혜의 눈동자를 마주 보았다.

눈동자가 크고 맑다. 같은 여자가 봐도 예쁜 여자. 태헌이 지난 시간 끓인 마음이 이해가 갔다.

"선배님."

"음?"

같은 공간에서도 생각은 다른 곳을 헤맨다. 서혜는 화들짝 놀란 듯 대답했다. 라온이 그녀의 어깨를 꾹 잡았다. 안심하라는 듯 그녀를 차분하게 바라봤다. 어딘가를 헤매는 듯한 서혜의 눈동자가 차츰 안정됐다.

"선배님 많이 아파 보여요."

서혜의 입술이 무언가를 말할 것처럼 움찔했다. 아프다고 말하기는 부끄러웠다. 이제는 모든 것을 이겨내겠다고 돌아왔는데, 다시는 약한 소리 할 수 있는 처지가 아니니까.

"우리 일요일까지 여기 있어요. 그때까진 좀 아파도 돼요."

"네?"

영문 모르는 서혜의 눈이 둥그레졌다.

"곁에 있어 줄 수 있으니까. 혼자 아플 때 어떤 마음인지. 누구보다 제가 잘 알거든요. 저 왕따였어요. 선생님 총애받는다고 투명인간 취급도 당해보고."

라온이 빙긋 웃었다. 동류는 동류가 알아보는 법. 서혜도 그다지 다르지 않았을 것 같다는 느낌이 팍 왔다.

"그래도 선배님 몸 안 좋은 거, 한 사람만은 알았으면 좋겠어요."

서혜는 그게 누구냐고 묻지 못했다. 짐작이 가능했으니까. 그 상대인 태헌이 지금 같은 뉴욕 하늘 아래 있다는 사실을 알았을 때부터 심장이 울렁거렸으니까.

"그분 연락 기다리죠?"

서혜는 대답하지 않았다. 큰 눈망울에 물기가 설핏 고였다.

"태헌 사장님도 기다리고. 연락 주고받을 방법이 없겠어요."

서혜의 입술이 파르르 떨렸다. 안쪽 입술을 지그시 깨물어

동요를 감췄다.

"선배님, 이거 모르죠?"

마주친 시선 속에서 라온이 싱긋 웃었다.

"임태헌 사장님을 '오빠'라고 부를 수 있는 사람은 선배님뿐이에요."

"네?"

"저는 같은 집에서도 살았잖아요. 얄짤없었어요. 오빠라는 호칭, 불편하시대요. 진저리치고 싫어해요. 그래서 다 그런 줄 알았는데, 선배님이 '오빠'라고 부르셔서 놀랐어요."

"아, 나는 워낙 어릴 때부터 알아서……."

"어릴 때부터 알던 사람들이 선배님만은 아니잖아요. 우리 연구소 출신들이 한두 명인가."

투덜대던 라온이 정색했다.

"아프다고 하면 당장 달려올 걸요. 태헌 사장님 말이에요."

서혜의 입술이 점점 늘여졌다. 웃으려 입술을 실룩대는데, 툭툭 눈물 두 방울이 떨어졌다.

"고마워요, 라온 씨. 나 좀 가봐야겠어요. 병원부터 들를게요."

서혜는 서둘러 파우더룸을 나갔다. 뒷모습을 끝까지 보던 라온이 옅게 한숨을 내쉬었다. 천천히 파우더룸을 나오며 중얼거렸다.

"사랑이 위대하긴 하네. 내게도 이런 여유가 생기고."

"무슨 소리야?"

"앗, 깜짝이야."

몇 걸음 걷지 않아 들린 목소리에 라온이 화들짝 놀랐다. 언제 와 있던 건지, 유혁이 서 있었다.

"왜 여기 있어요?"

"기다리다 지쳐서."

라온이 웃으며 유혁의 손을 잡았다.

"이제 됐어요. 밥 먹으러 가요."

"둘이 3인분 먹어야 해. 많이 먹어."

"그러게요. 우리 둘이 3인분. 그런데 유혁 씨는 어떻게 알아요?"

"저기."

유혁이 눈짓으로 레스토랑 문밖을 가리켰다. 유리로 된 자동문 너머는 엘리베이터를 기다리는 공간이었고, 지금 그곳에는 한 쌍의 남녀가 마주한 채 서 있었다.

엘리베이터에서 지금 막 내린 남자는 태헌이었고, 내려가려던 여자는 서혜였다.

"오늘은 해피엔딩이겠네."

"안으로 안 들어올까요?"

"저 양반 성격상, 안 올 거야, 아마."

"병원부터 가면 좋겠다."

"그거 맞아?"

"나도 몰라요."

유혁과 라온이 귀엣말을 하며 레스토랑 안으로 들어갔다. 그 바람에 그들은 서로를 바라보다 손을 맞잡은 태헌과 서혜는 보지 못했다.

– '숨은 이야기' fin.

작가 후기

청, 흥, 둥, 당, 동, 징, 땅, 지, 찡, 칭, 쫑, 쨍.

이 책, '욕망, 그 뜨거운'의 각 장은 이 글자들로 시작하고 있다.

따로 놓으면 아무런 뜻도 없을 것 같은 이 열두 개의 글자를 산조가야금 12현의 입소리, 구음이라 한다. 구음은 서양의 계명인 도레미파솔라시도에 해당한다고 본다.

굳이 시리즈라고 이름 붙이지는 않았지만, 출간하고 보니 나름 시리즈처럼 보이는 글들이 있다.

이름하여 '어린 예술가 시리즈'.

먼저 출간되었던 책 중, 연극을 하던 정이서, 도자기를 빚던 이지유가 이 시리즈 중 먼저 나온 재주 많은 아이이다. 그리고 이 책의 주인공인 유라온은 가야금 연주가이다.

라온은 외로운 아이였다. 그 외로움을 이기기 위해 가야금을 벗한다. 평범치 않은 재능 때문에 더욱 외로워졌는지는 몰라도, 어쨌든 그 아이의 벗은 가야금이었다.

그런 아이가 그 가야금조차 위로가 되지 않을, 인생의 가장 끝 벼랑에 섰을 때, 한 남자를 만난다. 그, 유혁의 위로를 그리고 싶었다.

라온의 남자 유혁 또한 마찬가지이다. 그 날, 봄눈 흩날리던 그 밤. 라온의 가야금 선율이 뼛속까지 스미지 않았다면, 그의 인생이 지금쯤 어찌 되었을까. 돈으로 충족되지 못하는 무언가가 있음을 유혁은 알고 있는데 말이다. 분명 언제까지고 그 마음이 삭막했을 것이다.

어느 해 여름이더라. 아파트 현관을 들어오는데, 알림판에 붙은 모 리조트의 광고를 보게 되었다. 라온이 보았던 것과 같은 여름 단기사원을 구한다는 광고 전단이다.

리조트, 메이드, 그녀를 마음에 둔 사장.

몇 가지 단어만으로도 오래전 대단한 화제가 되었던 드라마의 한 장면이 떠올라 혼자 웃었다. 사실 나는 그 드라마를 보지 못했다. 그랬다 해도 하얀 커튼 나부끼던 그 리조트 장면만은 조연과의 장면임에도 가끔 영상으로 접해 알고 있었다.

"돈이 필요해? 그럼 줄게. 얼마면 될까?"

유혁이 라온에게 한 말이다. 출간을 위해 원고를 수없이 보다 보니 더욱 그 드라마의 그 장면이 떠올랐다. '얼마면 돼! 얼마면 되냐고!', 라며 원 모 배우님이 버럭하던 그 장면이.

그 장면을 알고 계신 분들은 이 작가가 오마주를 썼군, 그렇게 여겨주셔도 된다.(웃음.)

오랫동안 머릿속을 맴돌던 리조트 이야기가 위의 사연을 가진 라온과 유혁을 만나게 된다. 산과 바다를 함께 접한 리조트를 배경으로 찾다 보니, 라온은 강원도 소녀가 되었다. 지난 겨울 이 아이들과 뜨거운 겨울을 보내고 전자책으로 선보였는데, 실제 배경이 되는 한여름에는 종이책으로 세상에 나오게 되었다.

여전히 이들은 뜨겁다. 더 뜨거워졌다.

오랫동안 생각만 하던 가야금을 라온의 이야기를 구상하며 시작했다.

처음 현을 뜯던 날. 어린 손가락 살로 뜯는 현의 소리에 뼛속까지 울리는 것 같았다. 때로는 청아한 여자의 목소리를, 때로는 웅장한 남자의 목소리를 내는 악기, 가야금. 처음 악기를 만졌던 어린 라온의 마음을 상상하며 혼자 감동했더란다.

숨은 이야기로 등장한 태헌과 서혜. 서혜도 참 아픈 아이인데. 그들의 이야기도 차곡차곡 쌓여 언젠가 세상에 내보낼 수 있을 것이다. 내게 아픈 손가락으로 남지 않기를 간절히 바란다.

종이책을 오랜만에 내다보니, 후기를 쓰는 것이 낯설고 힘들어졌다. 이렇게 오랜 시간 후기를 들고 있다니!

언제나 고마운 내 남편과 우리 아이들에게 사랑한나는 말을, 전자북부터 함께 고민하고 고생하신 도서출판 가하 편집부에 감사인사를 전한다. (K님, 컴백하셔서 너무도 기쁩니다!)

다음은 지금보다 더 나은 글로 찾아뵙겠습니다.

2016년 8월, 연이은 열대야가 이어지는 밤.

이서윤 배상.